십이천문 十二天門

십이천문 14

허담 新무협 판타지 소설

초판 1쇄 찍은 날 § 2019년 11월 13일
초판 1쇄 펴낸 날 § 2019년 11월 20일

지은이 § 허담
펴낸이 § 서경석

총괄팀장 § 노종아
편집책임 § 김경민

펴낸곳 § 도서출판 청어람
등록번호 § 제387-1999-000006호
등록일자 § 1999. 5. 31
어람번호 § 제2-2817호

주소 § 경기도 부천시 부일로 483번길 40 서경B/D 3F (우) 14640
전화 § 032-656-4452 팩스 § 032-656-4453
http://www.chungeoram.com
E-mail § chungeorambook@daum.net

ⓒ 허담, 2018

ISBN 979-11-04-92084-4 04810
ISBN 979-11-04-91872-8 (세트)

도서출판
청어람
십이천문
十二天門
14
[완결]
파천행(破天行)下
허담 新무협 판타지 소설
FANTASTIC ORIENTAL HEROES

십이천문

十二天門

目次

제1장
큰 그물, 작은 낚시

"싸움은 어찌 되어가나?"

혼마 창이 물었다.

두 팔이 잘린 자리에는 의수(義手)가 붙어 있어 그나마 숟가락을 걸쳐 음식을 떠먹을 수 있는 상태였다.

정교하게 만든 의수다.

또한 몸은 뇌옥 안이지만 편한 의자 위에 앉아 있었다.

물론 몸을 자유롭게 움직일 수는 없었다. 두 다리에 매달려 있는 쇠줄은 여전했다. 내공을 지닌 사람이 아니라면 그 상태로 무거운 쇠줄을 끌고 백 보도 움직일 수 없었다.

더군다나 혼마 창처럼 구십 전후의 노인에게는 더더욱 힘겨운 족쇄가 아닐 수 없었다.

그럼에도 불구하고 혼마 창의 얼굴에는 여유가 흐른다.

처음 뇌옥에 갇혔을 때보다는 나아진 환경 때문인지, 아니면 뇌옥에 앉아서도 천하대세를 좌지우지하고 있다는 자신감 때문인지는 알 수 없었다.

그래서 오랜만에 찾아온 나왕에게 질문을 던지는 말투조차도 마치 자신의 일을 밖에서 수행하는 수하에게 묻는 것 같았다.

"어떨 것 같소?"

나왕이 되물었다.

"내가 그걸 어찌 알겠나. 깊은 땅속에 갇혀 지내는 사람이."

혼마 창이 능청을 떤다. 이미 세상의 모든 일이 자신의 머릿속에 있다는 자만심이 엿보이는 능청이다.

"그들이 어찌 움직일지 알고 있지 않았소?"

나왕이 되물었다.

"뭐… 약간의 예측은 하고 있지."

"어떤 예측을 하셨소?"

"밖의 일을 먼저 말해주는 게 순서가 아닐까?"

혼마 창이 나왕의 눈을 보며 물었다.

그러자 나왕이 그 시선을 회피하지 않고 혼마 창의 눈을 응시하며 말했다.

"먼저 그대의 예측을 듣고 싶소. 그래야 그대의 능력을 가늠할 수 있으니까. 정말 그대 자신이 자부하는 대로 한 근 뇌로 뇌옥에 갇혀서 천하의 움직임을 파악할 능력이 있는지 말이오. 그에 따라 당신에 대한 대접도 달라지겠지. 그리고… 내공도 없는 혼천안 따위 거두시오. 내게 무용지물이니 헛힘 쓰지 말고! 자꾸 그런 수작을 부리면 눈을 파낼 수도 있소. 난 위험을 안고 가는 사람이 아니오."

나왕이 살벌한 경고를 무심하게 해댔다.

순간 잠시 경직되는 듯하던 혼마 창이 급히 다시 웃음을 흘리며 입을 열었다.

"흐흐흐, 역시 불사 나왕! 천하십대고수의 명예가 공으로 얻어지는 것은 아니지. 알았네, 알았어. 그대 앞에서는 혼천안을 쓰지 않겠네. 하지만 이게 버릇이 돼서… 내 잠시 정신 줄을 놓고 또 혼천안을 쓰더라도 잠깐은 봐주게나."

"그 잠깐이 그대의 눈을 없앨 것이오."

한 치의 양보도 없는 나왕이다.

그는 혼마 창 같은 인물에게는 약간의 양보도 극히 위험할 수 있다는 것을 알고 있었다.

"제길, 이렇게 야박해서야. 눈을 감고 이야기할 수도 없고."

"그것밖에 방법이 없다면 그것도 좋은 방법이오."

여전히 일말의 여지도 두지 않는 나왕이다.

"아아, 알겠어. 불사, 그대를 만날 때면 내가 정신을 바짝 차리는 수밖에. 그나저나 내 생각을 알고 싶다고?"

혼마 창이 재빨리 화제를 돌렸다.

혼천안을 시전하는 일로 나왕의 화를 돋우고 싶지 않은 모습이다.

하긴 나왕 같은 인물이 내공이 주입되지 않은 혼천안에 당할 사람도 아니었다.

"말해보시오."

나왕이 무심하게 말했다.

그 무심함이 혼마 창에 대한 극도의 경계심 때문이란 것은 오직 나왕만이 아는 사실이었다.

"음… 일단 마맹이 무림맹의 몇 개 문파를 기습해서 피해를 입혔다면, 무림맹의 전력이 분산되었겠지. 본래 명문정파란 자들은 자파의 이득을 우선시하니까. 맞나?"

"맞소."

나왕이 짧게 대답했다.

"그렇게 되면 정천의 계획은 틀어지게 되었을 테니 정천도 다른 수단을 내겠지. 마맹을 다시 백마산에 몰아넣고 한 번의 큰 싸움으로 승부를 낼 계책 말이야. 정천에겐 아마 나름대로의 계획이 있을 거야. 맞나?"

"맞소. 정의대를 소집했소."

"정의대라… 음, 내가 이 지경이 되기 전 정천이 무림맹에서 만들었다던 별도의 조직체 말이군. 뭐 조직이랄 것도 없지. 무림맹에 속한 각 파의 고수들을 지역별로 모아 마맹을 공격하려는 것이니까."

"그렇소."

"좋은 계책이군. 지역별로 무림맹의 고수들을 소집하면 무림맹 각 파가 공격당하는 것도 어느 정도 대응할 수 있을 테니까."

혼마 창이 고개를 끄떡였다.

짐작하고 있었던 일이라 그리 놀라는 표정은 아니다.

"정의대를 소집한 이후에는 그의 의도대로 되어가고 있소. 물론 여기까지는 그대도 예상을 한 것이겠지만……."

나왕이 말했다.

"맞아. 이 정도는 예상했지."

혼마 창이 대답했다.

"그럼 이제 다음 수는 뭐요? 정천의 반격에 대응할 당신의 계획 말이오."

나왕이 물었다.

"내가… 그 계획도 세워줘야 하나?"

혼마 창이 되물었다.

순간 나왕의 입가에 가는 미소가 지어졌다.

'이자가 지금 거래를 시도하려는가 보군. 져줄까?'

가끔은 져주는 것이 이기는 것일 때가 있다.

오늘 혼마 창의 거래에 응하는 척하면 그는 아마 자신의 밑바닥 계획까지 드러낼 수도 있었다.

물론 그의 계획대로 일이 진행되지는 않을 것이다. 하지만 적어도 그가 지금까지 말하지 않았던 삼천의 더 깊은 비밀을 알 수 있을지도 모른다.

하지만 나왕의 자존심이 혼마 창 같은 자에게 고개를 숙이게 만들지 않았다.

'다른 방법도 있지. 이자를 더 급하게 만드는……'

나왕은 다른 길을 택했다.

"당신에게 더 이상의 계획이 없다면 좋소. 이제부터는 우리 계획대로 그들을 상대하겠소."

나왕이 몸을 일으켰다.

순간 혼마 창의 얼굴에 당황한 기색이 떠올랐다.

"어떻게? 전면전으로는 결국 무림맹의 일방적 승리로 끝나고 말 싸움인데?"

혼마 창이 급히 물었다.

그러자 나왕이 어깨를 으쓱하며 대답했다.

"그게 나와 무슨 상관이오?"

"무슨 소리지?"

"마맹의 마인들이 전멸을 하든 말든 그게 나와 무슨 상관이냐는 말이오. 솔직히 나로선 그걸 더 원하는 바요. 내가 무림맹 신웅조의 사람이었음을 잊었소?"

"……."

나왕의 말에 혼마 창의 말문이 막혔다.

생각해 보면 나왕이 마맹의 전멸을 걱정할 이유는 없었다.

다만 그에게는 무림맹의 승리로 정천 명안 이조를 제거할 기회를 갖기 어려워지는 것이 유일한 문제일 것이다.

"정천과 밀천은?"

혼마 창이 급히 나왕에게 물었다.

그 역시 나왕에게는 마맹이란 곳이 정천과 밀천을 상대하기 위한 도구에 지나지 않았다는 것을 즉시 인정한 것이다.

"천하대란이 일어나면 결국 그들도 틈을 보이지 않겠소? 그 기회를 찾도록 노력해 볼밖에… 뭐, 그도 안 되면 혈월야를 일으킨 당신 한 명 죽이는 것으로 만족할 수도 있고. 천하무림이야 그래도 정파의 손에 있을 테니."

나왕이 냉정하게 말했다.

"이천을 잡는 걸 포기하겠다는 건가?"

혼마 창이 눈살을 찌푸리며 물었다.

"언제 포기한다고 했소? 정사대전 중에 기회를 노린다고 하지 않았소? 단지 기회가 없으면 어쩔 수 없다는 거지. 진인사대천명! 결국엔 하늘이 그들의 운명을 정하지 않겠소?"

"나에게는 포기한다는 말처럼 들리는군."

혼마 창이 나왕의 심기를 흔들려 했다.

"뭐, 그렇게 느꼈다면 어쩔 수 없는 일이고. 당신 생각이 내게 중요한 것은 아니니까. 아무튼… 당신은 정사대전이 오래 이어지기를 바라야 할 거요. 이천을 잡든 못 잡든 정사대전이 끝나면 당신의 명도 끝날 테니까."

나왕이 무심한 경고를 남기고 발걸음을 옮기려 했다.

그러자 혼마 창이 급히 입을 열었다.

"내게 다른 방도가 있다면?"

"다음 계획은 우리보고 세우라고 하지 않았소?"

나왕이 고개만 돌려 혼마 창을 보며 물었다.

"내게만 너무 의지하려 하지 말란 의미였네. 아니, 솔직히 말하지. 거래가 필요하단 의미네."

"거래… 당신 목숨 살려놓은 것으로 충분하다 생각하는데?"

나왕이 냉정하게 말했다.

"지금까지는 그렇지."

"새로운 계획에는 새로운 거래가 필요하다?"

"그렇네."

"원하는 게 뭐요?"

나왕이 몸을 돌렸다. 거래에 응할 마음이 있다는 의미다.

"맑은 공기를 마시는 거… 이 습한 지하의 공기가 지겹군."

혼마 창이 정말 지하 뇌옥의 공기에 질렸다는 듯 말했다.

정말 그럴 수도 있었다.

혼마 창이 갇혀 있는 천화산 뇌옥은 비록 사람이 살 수 없을 정도로 열악한 환경은 아니지만, 사람이란 누구나 햇살과 맑은 공기를 오랫동안 떠나 살게 되면 심신이 피폐해지게 마련이었다.

혼마 창 같은 대단한 인물도 그건 마찬가지였다.

그는 오랜 뇌옥 생활에 지쳐가고 있었다.

'하지만 그게 전부일까?'

맑은 공기의 소중함을 모르는 바 아닌 나왕이다. 하지만 적어도 혼마 창과 같은 인물이 밖으로 나가기를 원할 때는 절대 공기 한 줌을 위해서만은 아니라는 것도 알고 있었다.

"밖으로 나가 뭘 하려 하오?"

나왕이 얼마간의 침묵 후에 물었다.

"맑은 공기… 따뜻한 햇살… 보기 좋은 경치… 더 필요한가?"

"날 너무 순진하게 보시는구려."

나왕이 입가에 미소를 지었다.

그러자 혼마 창이 잠시 나왕을 노려보다 고개를 저었다.

"만만치 않군. 역시 천하십대고수야. 맞아, 다른 목적도 있지."

"무엇이오?"

나왕이 물었다.

"그들의 최후를 보는 것."

"그들?"

"특히 날 이 지경으로 만든 배후라는 학사검과 밀천, 그들의 최후를 내 눈으로 보는 것. 그게 내가 하고 싶은 일이네."

혼마 창은 여전히 학사검 종선과 밀천이 자신을 이 지경으로 만든 원흉 중 한 명이라고 믿고 있었다.

그래서 혼마 창은 그들에 대한 복수심을 결코 버릴 수 없었다.

"그들의 최후를 본다라. 그건 당신에게 그들을 상대할 확실한 방법이 있다는 뜻이구려. 그 방법이 뭐요?"

"난 절대삼천이다. 절대삼천은 하나의 뿌리에서 나왔다. 그러니 그들을 한곳에 불러 모을 능력이 있지."

"함정을 파겠다?"

"음……."

"너무 위험한 방법이구려."

나왕이 말했다.

"그들을 제압하기 위해선 가장 좋은 방법 아닌가?"

"하지만 한 치라도 틈이 생기면 오히려 반격당할 수 있는 방법이 아니오? 그리고… 그렇게 간단하게 그들을 불러 모을 수 있었다면 왜 지금까지 그 방법을 우리에게 제안하지 않은 것이오? 마맹을 장악하고 천하대란을 벌이는 수고 따위는 필요하지 않았을 텐데?"

나왕이 차갑게 물었다.

그러자 혼마 창이 빙그레 미소를 지었다.

"비록 갇혀 있기는 하지만 그래도 삼천의 놀이에 여전히 미련이 남아 있었나 보지. 다만, 정천의 반격으로 더 이상 놀이를 이어가기 어렵다고 판단한 것이고. 뭐… 뇌옥에 갇혀 천하무림을 움직이는 쾌감도 느껴볼 수 있었고. 놀이가 일찍 끝나는 것은 아쉽지만."

혼마 창이 숨기지 않고 자신의 속내를 드러냈다.

그런 혼마 창을 나왕이 물끄러미 바라봤다. 그러다가 여전히 무심한 음성으로 말했다.

"생각해 보겠소."

"생각? 이런 좋은 기회는 다시없을 걸세. 그들 두 사람을 불러 주겠다지 않는가?"

"글쎄… 말대로만 되면 좋지만, 그 계획 안에 당신이 어떤 비수를 숨기고 있는지 알 수가 없으니……."

나왕이 말꼬리를 흐렸다.

"비수? 날 못 믿는다는 뜻이군."

"허허, 세상에 혼마 창, 당신의 말을 의심 없이 믿을 바보가 있겠소? 그런 기대를 하다니. 참 싱거운 사람이었구려. 아니면 당신 자신을 너무 모르거나. 아무튼 기다려 보시오. 곧 결론을 내리겠소."

나왕이 그 말을 남기고 미련 없이 뇌옥을 떠났다.

혼마 창이 떠나는 나왕을 잠시 노려보다가 이내 눈가에 미소를 지었다.

"후후, 의심하라. 하지만 의심 끝에 승낙한다면 더욱 완벽한 추락을 경험하게 될 것이다."

*   *   *

"너무 위험하오."

자왕 사송은 이야기를 듣자마자 고개를 저었다.

그러자 곁에서 함께 이야기를 듣고 있던 유왕 서리도 사송의 말에 동조했다.

"맞아요. 그건 너무 위험한 거래예요."

"하지만 제대로만 된다면 확실한 승부수가 될 것이오."

나왕이 말했다.

"그럼 불사께서는 그의 제안을 받아들이자는 말씀이오?"

사송이 굳은 표정으로 말했다.

"음… 적어도 이용할 수는 있을 것 같소."

"그를 다른 삼천과 만나게 해주고 말이오?"

"그가 예측할 수 없는 준비를 한다면 그것도 가능하다고 생각하오."

"그가 예측할 수 없는 준비라면 무엇을 말하는 건가요?"

유왕 서리가 물었다.

그러자 불사 나왕이 무겁게 말했다.

"그는 우리가 가진 것을 전부 알지 못하오. 그가 모르는 우리의 힘을 이용하면 어떤 술수를 부려도 승자는 우리가 될 수 있을 것이오."

"나름대로 계획을 가지고 계신 모양이군요?"

"처음부터 생각했던 계획이 있었소. 다만 문제는 삼천을 한자리에 모을 수 있을까 하는 것에 확신이 없었는데, 혼마가 그 일을 할 수 있다니 한번 해볼 만한 도박인 것 같소이다."

"자세히 들어봅시다."

자왕 사송이 팔소매를 걷어붙이며 앞으로 몸을 기울였다.

그러자 불사 나왕이 오랫동안 생각해 온 계획을 이야기하기 시작했다.

*　　　　　*　　　　　*

한 달 전, 무림맹의 정의대 소집에 응한 북두산문의 백완은 삼협 인근에 최초의 진영을 구축했다.

그녀는 그곳에서 열흘간 머문다는 선언을 근방의 무림문파들에게 전달했다.

백완이 이끄는 정의대에 합류하려면 그 안에 삼협으로 도착하라는 통보와 같았다.

그럼에도 그녀가 삼협에 머문 지 닷새가 될 때까지 어느 문파의 고수들도 합류하지 않았다.

그렇다고 각 문파의 고수들이 자신들의 본거지를 떠나지 않은 것은 아니었다.

북두산문과 인접한 중소문파들은 정의대의 명부에 이름을 올린 자파의 고수들을 강호로 내보냈다.

다만 그렇게 강호에 나온 고수들이 북두산문주 백완의 숙영지인 삼협의 거점에 모이지 않았을 뿐이었다.

그들은 일정한 거리를 두고 다른 문파들이 정의대에 합류하는지를 살피고 있었다.

일단 정의대에 합류하고 나면 이후에는 다시 발을 뺄 자파로 돌아갈 수 없기 때문이었다.

천하무림이 정의대 소집에 호응하는 쪽으로 움직이면 그때 움직여도 늦지 않다는 생각들이었다.

그런데 그런 그들의 망설임은 생각보다 빠르게 끝났다.

갑자기 황하 변에 나타난 무림맹의 전사들, 신응조와 영웅대의 전사들이 북두산문 진영에 합류했기 때문이다.

현 무림에서 구패를 제외하고 가장 강력한 힘을 지닌 곳을 말하라면 당연히 무림맹 신응조와 영웅대다.

아니, 어쩌면 그들의 전력은 구패 각 파를 능가할 수도 있었다.

그런 그들이 북두산문의 진영에 합류하는 순간, 주변에서 강호의 흐름을 관망하던 고수들의 망설임도 끝났다.

무림맹의 고수들이 합류했는데 더 이상 망설일 이유가 없었다.

덕분에 북두산문이 주도하는 황하 중류의 정의대는 채 열흘이 되기 전 수백 명으로 불어났다.

사기도 충만했다.

강호제일의 전사들이라는 무림맹 신응조와 영웅대가 함께한다는 사실이 정의대 무사들의 사기를 한순간에 높여놓았다.

이후의 일은 물 흐르듯 진행됐다.

백완의 정의대는 무림에서 가장 먼저 소집이 완료되었으므로, 무림맹으로부터 정의대 제일로(第一路)로 인정받았다.

일로의 정의대 수장은 당연히 북두산문의 문주 백완, 그녀는 일로의 정의대 소집이 완료되자마자 일로의 고수들을 근방의 각 지역으로 파견해 숨어 있는 마도 무리의 척살을 명했다.

전의에 불타는 일로의 정의대 고수들은 몇몇 곳에서 마두들을 소탕하는 성과를 성취했다.

그 이후로는 정의대 앞을 막아설 자들이 없었다.

숨어 있던 마인들은 불에 놀란 메뚜기 떼처럼 도주하기 시작했다.

덕분에 정의대 제일로 인근의 문파들은 마맹의 기습이라는 잠재적인 위협에서 자유로워졌다.

또한 백완의 명성은 순식간에 강호로 퍼져 나가기 시작했다.

백완으로서는 가장 먼저 정의대 호출에 호응한 덕에 수십 년을 노력해야 얻을 수 있는 명성을 단번에 얻게 된 것이다.

그리고 그런 백완과 북두산문의 승승장구가 다른 구패들도 움직였다.

그들도 더 이상 자파에 머물 수는 없었다.

자파의 안위만을 고집하다가는 비겁자로 낙인찍혀 구패의 지위가 흔들릴 수도 있었기 때문이다.

결국 구패 모두 정의대 호출에 응해 무림천하에 구로의 정의대가 형성되었다.

그리고 북두산문의 백완이 한 것처럼 각 로의 정의대는 근방의 마인들을 색출해 척살하기 시작했다.

그렇게 천하의 흐름을 주도하게 된 북두산문의 백완은 상황이 어느 정도 안정되자 정의대 고수들을 이끌고 황하를 따라 서진하기 시작했다.

그즈음 무림에 알려진 마맹의 본거지, 감숙 남쪽 어느 한 산중에 있다는 백마산을 향해 진격을 시작한 것이다.

그 행보 역시 구로의 정의대 중 가장 먼저였다.

일단 장안까지만 전진하고 그곳에서 몇몇 다른 로(路)의 정의
대가 합류할 것을 기대하고 있는 백완이었다.

그런데 그런 백완을 자왕 사송이 불쑥 찾아왔다.

"그분을요?"

백완이 놀란 눈으로 사송에게 물었다.

삼협을 떠난 지 오 일, 이동 속도는 느리지만 꾸준히 감숙성
백마산의 마맹을 향해 전진하고 있는 와중이었다.

그 와중 찾아온 사송의 갑작스러운 질문에 의아해하지 않을
수 없는 백완이다.

갑자기 백산 모청이라니.

"그렇소이다. 혹, 그를 만날 수 있겠소이까?"

백산 모청은 북두산문을 재건한 토목의 달인이다.

황궁의 일부까지 설계했던 그의 평소 행보는 세상에 알려지
지 않았다. 그런 그가 갑자기 왜 필요한지 모를 일이었다.

"쉽게 외인을 만나는 분은 아니지만 제가 부탁을 하면 만나지
못할 이유는 없지요. 하지만 이유가……?"

"무림에 대한 그의 생각은 어떻소?"

"생각이라뇨?"

"무림을 보는 마음 말이오. 혹… 무림의 일에 강한 거부감을
가지고 있거나, 무림인에 대해 불신을 하는 사람이오?"

사송이 계속 엉뚱한 질문만 해댔다.

그러자 백완이 정색을 하며 말했다.

"무림과 거리를 두시는 분은 맞아요. 하지만 무림의 일에서 완

전히 등을 돌리시지도 않지요. 본 문의 재건을 맡아주셨잖아요. 그런데 왜 그분을 만나려는 거죠?"

이젠 그 이유를 말하지 않으면 다음 대화로 넘어갈 수 없다는 완고한 고집이 드러나는 질문이다.

"불사께서… 그를 만나고 싶어 하시오. 그의 도움을 받고 싶어 하신다는 것이 정확한 말일 것이오."

"도움이요? 어떤……?"

"뭐, 토목을 하는 사람에게 도움받을 일이 뭐가 있겠소. 제대로 된 함정을 파자는 거지."

"함정이요?"

"그렇소."

"설마… 절대삼천을?"

"그렇소."

사송이 숨기지 않고 대답했다.

백완은 절대삼천과의 싸움에 있어 적월만큼이나 중요한 위치에 있는 사람이다.

적월은 마맹을, 백완은 무림맹을 움직여야 하기 때문이었다.

그러니 그녀에게 숨길 일은 없다.

"대체 어떤 함정을……?"

"솔직히 자세한 것은 나도 잘 모르겠소. 하지만 이 싸움의 끝을 준비하는 일이니 부디 힘을 보태주시기 바라오."

사송이 간절함을 담아 말했다.

그러자 백완이 얼른 고개를 끄떡였다.

"물론 그래야죠. 그 일은 저와 본 문의 일이기도 하니까요. 좋아요. 그분이 있는 곳을 말씀드릴게요. 더불어 그분께서 이 일에 나서실 수 있게 서신도 함께 준비하지요."

"고맙소이다."

"고맙긴요. 말씀드렸지만 제 일이기도 한데요."

백완이 고개를 저으며 말했다.

"그런데 그 양반이 우리의 일을 돕겠소? 그간 세상에 모습을 드러내지 않은 것을 보면 좀 전에 질문한 것처럼 무림 일을 꺼려할 것 같은데."

"그렇기는 해도 제 서찰을 보시면 도와주실 거예요."

"음… 역시 북두산문과 가볍지 않은 인연이 있구려?"

"그 정도 인연 없이 본 문의 재건을 맡아주셨을까요?"

백완이 처음으로 미소를 지어 보였다.

"하하하, 하긴 그렇소. 나도 참 바보 같은 질문을 하는구먼… 허허허!"

자왕 사송이 멋쩍은 웃음을 흘렸다.

*　　　　　*　　　　　*

마영 천이 걱정스러운 표정으로 적월을 바라봤다.

그럼에도 불구하고 적월은 망설이지 않고 제법 커다란 객잔으로 향했다. 천하가 마도를 추살하려는 혼란한 시기였다.

정의대로 인해, 소위 정의협사를 자처하는 무림맹 외의 무사들조차도 마인들을 찾아 눈이 벌겋게 뜨고 활개치고 있었다.

그런 와중에 마맹의 가장 중요한 인물인 신마령주가 벌건 대낮에 모두에게 노출된 저자의 객잔을 찾은 것이다.

위험천만한 일이 아닐 수 없었다.

그러나 그렇다고 적월의 행보를 막을 수도 없었다. 감히 신마령주의 행보에 이의를 제기했다가는 감당할 수 없는 분노를 살 수도 있기 때문이었다.

객잔의 주인도 경계심과 의심을 담은 눈으로 적월을 맞았다.

밝은 대낮에 얼굴을 가린 적월이다. 사람들의 의구심과 눈길을 끌 수밖에 없었다.

"여깁니다."

얼굴을 가렸다고 해도 손님은 손님이다. 더군다나 적월을 따르는 환동과 무영오마는 얼굴을 가리지 않았으니 객잔에 드는 것을 거부할 수는 없었다.

객잔 주인은 처음에는 꺼려했지만 마영천의 손에서 금자가 나오는 순간 객잔에서 가장 좋은 방을 내놓았다.

얼굴을 가린들 어떤가. 장사꾼에게는 금자가 최고의 가치였다.

"그런대로 하루 묵을 만하군."

적월은 객잔 주인이 직접 안내한 객방을 슥 둘러보고 안으로 들어가며 말했다.

객잔에서 가장 좋은 방이지만 적월의 눈에는 차지 않는 듯한 말투다.

그런 적월이 객잔 주인에게는 큰 상가의 주인이나 귀공자로 여겨졌다.

본래 강호의 큰 상가 주인들은 주위에 호위 무사들을 거느리고 강호행을 하지 않던가.

"그래도 이 근방에서는 제일 좋을 것입니다. 낙양이나 장안의 화려한 객잔을 찾으시기 전에는……."

나름대로 자신의 객잔에 자부심을 가지고 있던 주인이 자신도 모르게 의기소침한 목소리로 말했다.

"나쁘다는 것은 아니오. 요기도 좀 합시다."

"최고의 음식으로 준비하겠습니다."

객잔 주인이 얼른 대답했다.

"뭐… 되는 대로 가져와 보시오."

적월이 별 기대치 않는 목소리로 말했다.

"알겠습니다. 잠시만 기다려 주십시오."

객잔 주인이 얼른 고개를 숙여 보이고는 객방을 물러났다.

그러자 적월이 객잔에 들르기 전 포구의 작은 책방에서 산 서책을 꺼내 들었다.

이것 역시 엉뚱한 일이었다.

갑자기 책방에서 서책을 사다니.

하지만 무영오마 중 누구도 그런 적월의 행동에 의문을 제기하지 못한 것은 객잔에 들어올 때와 마찬가지였다.

"흐흠……!"

적월은 마치 서생이라도 되는 듯 책방에서 사온 서책을 한 장한 장 넘겼다.

하지만 글을 제대로 읽는 것 같지는 않았다. 책장을 넘기는 속도가 너무 빨랐기 때문이다.

글을 읽는다기보다 서책을 구경하는 것 같았다.

이 이상한 행동을 마영들은 곤혹스러운 표정으로 지켜볼 뿐
이었다.

탁!

적월이 얇다지만 그래도 오십여 장에 달하는 서책을 일각도
되지 않아 덮었다.

그러고는 갑자기 투덜거리기 시작했다.

"그 양반 참……."

불만이 가득한 목소리다.

"무슨 일이십니까?"

적월의 표정이 좋지 않자 마영 천이 물었다.

너무 갑작스러운 행동이기도 했다. 서책을 살펴본 적월의 행
동은 마치 누군가에게 무슨 말을 들은 사람 같았던 것이다.

"사부가 말이야."

"혼마 님 말씀이십니까?"

마영 천이 놀란 표정으로 되물었다.

"음."

"연락을 보내셨습니까?"

마영 천의 계속되는 질문에 적월이 서점에서 뜬금없이 사 온
서책을 들어 보였다.

"아……!"

마영 천의 입에서 탄성이 흘러나왔다.

일상적이지 않았던 서책의 구입은 그가 신마령주로 알고 있는
적월과 혼마 창의 비밀스러운 연락 방법이었던 것이다.

하지만 곧이어 의문이 떠올랐다.

"왜 굳이 그런 방식으로……?"

"길고 중요한 이야기니까."

"예?"

"직접 찾아오시기 전에는 다른 사람을 통해 전할 이야기가 아니라는 거지. 또한 사부께서 생각하는 향후 무림 경영에 대한 장대한 계획들이어서 이렇게 긴 서책으로 전하신 거고. 물론… 그대들은 봐도 몰라. 나와 사부만이 아는 별도의 문자를 쓰니까."

"아… 그렇군요."

마영 천은 새삼스레 자신이 주군으로 모시는 신마령주가 혼마 창의 온전한 후계자란 사실을 실감한 듯 대답했다.

"아무튼 말이야. 사부가 많은 일을 시키네."

"어떤 일을……?"

"곧 나오실 것 같아."

"예?"

"강호에 곧 나오실 것 같다고. 그 안에 당신께서 편히 무림을 접수할 수 있도록 이런저런 준비를 잘해놓으라고 하시는군."

"역시… 무림맹의 공격이 심상치 않다고 느끼신 모양이군요."

마영 천은 혼마 창의 출도가 정의대를 호출한 이후 지속적으로 공격을 가해오는 무림맹 때문이라고 생각한 듯했다.

"글쎄… 내 생각은 좀 다른데?"

"……?"

혼마 창이 출도하는 다른 이유가 있다는 적월의 말에 마영 천은 궁금한 눈으로 적월을 바라봤다.

그러면서도 입 밖으로 질문을 하지 않은 것은 혹 자신이 알면 안 되는 일일 수도 있기 때문이었다.

하지만 곧이어 적월의 입에서 나온 대답은 그를 맥 빠지게 만들었다.

"그 양반이 심심한 모양이야."

"예?"

"산속에 묻혀 지내시기 심심한 모양이라고. 굳이 나오실 필요가 없는 일인데……."

적월이 귀찮은 표정으로 말했다.

마영천으로서는 계속 당황스러울 뿐이다.

천하대전이 코앞인데 단지 심심해서 출도를 하는 것이라니. 평소 그가 보았던 혼마 창의 모습도 아니었다.

혼마 창은 칠마의 난 이후 마맹의 일을 건성으로 대한 적이 없었다. 그는 늘 진지했고, 마도의 부활을 위해 정력적으로 움직였다.

그런데 그의 제자인 신마령주는 그런 혼마 창의 활동들을 단지 무료함을 달래기 위한 일들처럼 말하고 있었다.

하지만 이들 스승과 제자의 일은 감히 마영천이 언급할 문제가 아니다.

"아무튼 마해오객에게 연락해서 내가 시킨 일의 결과를 듣고 싶다고 해."

"무슨……?"

"처음 그곳에 갔을 때 알아보라고 한 거 말이야."

"신화밀교의 일이라면 이미……."

마영 천이 되물었다.

이미 낙양의 현학원을 불태우고 신화밀교에서 나온 고수를 만난 적월이다.

"그 일 말고."

"그 일 외의 일이시라면……? 아! 그자!"

그제야 마영 천이 적월이 하는 말의 의미를 깨달았다.

"지금쯤이면 소재를 파악했겠지. 못했다면 내 말을 건성으로 들은 것일 테고."

적월의 무심한 말에 마영 천은 오히려 소름이 돋는 것을 느꼈다.

만약 처음 마해전을 방문했을 때 명령한, 사람 하나를 찾는 일에 성과가 없을 때는 마해오객 모두에게 심상치 않은 추궁이 있을 것이란 걸 깨달은 것이다.

"알겠습니다. 전갈을 보내겠습니다."

"소식이 올 때까지 일단 이곳에 머문다."

"직접… 그를 만날 생각이십니까?"

"가까운 거리면."

"굳이 그러실 필요까지……? 마영들을 보내시어 데려오면 되는 일 아닐지요?"

"그렇게 간단한 사람으로 보이나?"

적월이 마영 천에게 되물었다.

"예?"

"그자가 그렇게 쉬워 보이냐고?"

"물론 의술은 무섭다고 하지만 그래도……."

마영 천이 말꼬리를 흐렸다.

"그래도 의원일 뿐이다? 후후, 만약 단순한 의원이었다면 지금까지 살아 있었을까? 칠마가 원한 홍림의 의술이다. 다른 사람이라고 원치 않았겠는가?"

적월이 물었다.

"그야……."

"이 강호에서 변하지 않는 진리는 살아남은 자는 강하다는 것이다."

"알겠습니다. 제 생각이 짧았습니다."

마영 천이 고개를 조아리며 대답했다.

역용을 했지만 여전히 적월의 나이가 마영 천에 비하면 이십여 세는 어려 보인다.

그럼에도 불구하고 마영 천은 특별한 식견을 지닌 신마령주에게 매번 탄복할 수밖에 없었다.

나이답지 않은 이런 명석함은 결코 쉽게 얻을 수 있는 것이 아니다.

타고난 것이거나, 혹은 후천적이라면 어린 시절 처절한 고난을 겪은 자만이 얻을 수 있는 현명함이었다.

그런 면에서 마영 천은 적월에 대한 복종심이 시간이 갈수록 깊어지고 있었다.

"소식이 올 때까지 이곳에서 기다린다."

적월이 명했다.

"예, 령주!"

마영 천이 대답을 하고는 급히 적월의 객방을 벗어났다.

"너무 위험하지 않을까?"

늦은 밤, 객방을 밝히던 불들도 모두 꺼졌다.

객방에서 마해오객이 전해오는 소식을 기다린 것도 삼 일째다.

마해오객이 홍림괴의 사반수의 정보를 얻었다면 내일쯤은 소식을 전해올 것이다.

하지만 적월의 관심은 마해오객에게서 올 홍림괴의에 있지 않았다.

사실 마영 천에게 혼마 창이 보냈다고 말한 서책은 불사 나왕이 금림을 통해 전한 것이었다.

그 안에는 향후 절대삼천을 어찌 상대해 갈지에 대한 나왕의 계획이 들어 있었다.

그리고 그중 가장 적월의 관심을 끄는 것은 혼마 창을 다시 강호로 데리고 나오겠다는 것이었다.

비록 발톱을 뺐다고 하지만 사자는 사자다.

그의 울음 한 번으로 전 강호가 흔들릴 수 있다. 그런 위험한 자를 다시 강호로 데리고 나오겠다는 나왕의 계획은 극히 위험하고 대범한 것이었다.

"후우… 어쩔 수 없지. 스승님의 결정이니까."

적월이 낮게 한숨을 쉬며 중얼거렸다.

그런데 그때 문 쪽에서 미세한 인기척이 느껴졌다.

"누구냐?"

적월이 문을 보며 낮은 목소리로 물었다.

"천(天)입니다. 오객에게서 연락이 왔습니다. 그의 위치를 확인 했답니다."

마영 천의 나직한 목소리가 문밖에서 들려왔다.

제2장

기인(奇人)

　사송이 말 위에서 콧노래를 흥얼거렸다. 허리춤에 달린 두 개의 술병이 달랑거리며 박자를 맞췄다.

　사송은 무척 즐거워 보였다.

　그도 그럴 것이 최근 들어 이런 시간을 보낸 적이 없었다.

　적월과 나왕을 만나 십이천문을 만든 이후 그는 한순간의 여유도 갖기 힘들었다.

　혈월야의 일을 해결하는 것도 그렇지만 갑자기 벌어지고 있는 정사대전, 그리고 절대삼천이라는 거인들과의 싸움이 한 줌 마음의 여유조차도 앗아간 것이다.

　홀로인 시간도 거의 없었다.

　본래 사송은 십이천문이 만들어지기 전까지는 철저하게 강호의 어둠 속에서 살아왔다.

그 시기 그는 철저히 혼자였다. 가끔 유왕 서리와 은밀히 만나는 것을 제외하고는 거의 모든 시간을 홀로 지냈던 사송이었다.

그래서 십이천문이 만들어지고 자신과 운명을 함께하는 사람들이 생긴 것이 기쁘면서도, 가끔씩 홀로 강호를 종횡하던 시간이 그리워지는 것은 어쩔 수 없었다.

그런데 마침 그런 시간이 그를 찾아온 것이다.

물론 지금도 중요한 일을 하는 중이기는 했다.

하지만 그는 다른 때와 달리 혼자였다. 그의 곁에 유왕 서리도 없었고, 불사 나왕도 없었다.

그러니 그가 술병 두어 개 허리에 차고 얼큰히 술기운에 취해 여행을 즐긴다 한들 눈치 볼 사람이 없는 것이다.

자연스레 입에서 노래가 흘러나올 수밖에 없었다.

"흐흐흥!"

콧소리에 술기운이 묻어난다.

"어허, 더 마시면 안 되겠어. 이러다가는 길을 잃고 말겠구먼. 그런데… 무슨 놈의 길이 이렇게 험해?"

머리를 흔들어 술기운을 털어버리면서 사송이 중얼거렸다.

고개를 들어보니 숲과 바위가 거의 반반 섞인 석산이 눈에 들어온다. 봉우리도 하나가 아니었다. 높지는 않지만 험한 석봉들이 줄지어 이어진 산세다.

그리고 깊이가 있었다.

석산의 계곡들이 만만찮은 위험을 만들어내고 있었던 것이다.

"후우… 세상에 기인이란 사람들은 왜 이렇게 모두 위험한 곳에서 살고 있는 것일까?"

사송이 투덜거렸다.

그러다가 갑자기 고개를 저었다.

"아니지. 이유가 없는 것이 아니지. 우리 십이천문의 식구들도 모두 기인이라면 기인. 그래서 천화산 비룡벽에 거처를 만든 것 아닌가. 특별한 사람은 언제나 목숨이 위험한 법이지. 적 또한 특별하고. 그러니 험한 장소에 거처를 마련해 안위를 챙기는 것은 당연한 일일 것이다."

사송은 혼자임에도 마치 누군가 동행이 있는 사람처럼 주절 주절 떠들어대며 석산의 군락 속으로 말을 몰아갔다.

길은 생각보다도 더 험했다.

위태로운 절벽 중간을 따라 이어진 부분도 있어서 사송이 진기를 끌어 올려 술기운을 날려 버려야 할 정도였다.

말도 본능적인 두려움으로 속도를 내지 못했다. 급기야 사송이 말에서 내려 말의 고삐를 끌고 길을 가야 할 정도였다.

"대체 얼마나 대단한 사람이기에……."

사송이 고개를 저었다.

아무리 특별한 사람이라도 이런 오지에 숨어 산다는 것이 이해가 되지 않았다.

이런 곳에 살면 어떤 사람도 그를 찾아올 것 같지 않았다.

그러나 그 생각은 한순간에 사라졌다.

쿠쿵!

"응?"

갑자기 들려온 무거운 충돌음, 진기로 술기운을 흩어버렸다고 해도 조금은 남아 있던 취기까지 사라지게 만드는 소음이다.

뒤를 이어 더욱 신경을 건드리는 소리가 들렸다.

차차창!

분명 병장기가 만들어내는 소리다.

노련한 강호의 고수인 사송이 소리의 정체를 못 읽어낼 리 없다.

"젠장, 먼저 온 손님이 있군."

사송이 낭패한 기색을 보이면서도 말의 고삐를 놓고 두 발에 진기를 주입했다.

그러자 그의 몸이 순식간에 위태로운 산길 속으로 사라졌다.

노인의 얼굴에 근심과 걱정, 그리고 차가운 분노가 가득하다.

노인은 이상한 모습으로 있었다.

그는 바위를 깎아 만든 듯한 집의 지붕 위에 앉아 있었다. 지붕 위에는 평소 그가 햇살을 즐기거나 혹은 주변의 경치를 즐기기 위해 준비한 것 같은 의자가 놓여 있었다.

노인은 그 의자에 앉아 여러 겹으로 만들어놓은 거처의 담장들을 깨뜨리려는 사람들을 지켜보고 있었다.

보통의 경우 무공을 수련한 사람에게 민가의 담은 아무런 방해가 되지 못한다.

날아 넘거나 깨뜨리고 넘으면 그뿐이다.

무림인의 시야를 방해할 수는 있어도 움직임을 방해할 수 없는 것이 민가의 담장이다.

하지만 노인의 거처를 에워싼 담장은 보통의 담장과는 완전히 달랐다.

노인의 담장은 고정되어 있지 않았다. 담은 스스로 움직여 외부의 침입자들을 막아내고 있었다.

침입자들이 담장들 사이로 이어진 길을 따라 들어가려 하면 좌우로 움직여 길을 막았고, 담장을 날아 넘으려 하면 기다렸다는 듯이 쇠침들이 담장에 파인 구멍을 통해 쏟아져 나왔다.

덕분에 다섯 명의 중년인들은 눈에 보이는 노인에게 쉽사리 접근하지 못하고 있었다.

가끔은 담장 안쪽에서 날아오는 화살을 막기 위해 도검을 휘둘러야 할 때도 있었다.

사람의 손으로 만들어진 건물이 아니라 마치 살아 있는 거대한 괴물을 상대하고 있는 것 같은 상황이었다.

"백산! 아무리 기관을 움직여도 그대가 우리 손에서 벗어날 수는 없다. 그러니 장난은 그만하고 밖으로 나와라."

담장의 기이한 움직임에 막혀 노인에게 접근하지 못하고 있던 침입자들 중 한 명이 소리쳤다.

"후후후, 어리석은 놈들이 자만심만 가득 찼구나. 담 하나 넘지 못하는 놈들이 어디서 감히 큰소리냐? 너희들이야말로 헛힘 쓰지 말고 물러가라. 아니, 그전에 대체 뭐 하는 놈들이기에 남의 거처에 찾아와 함부로 도검을 휘두르는 것이냐?"

"애초에 초대에 순순히 응했으면 이런 일이 없었을 것 아니냐?"

검을 든 중년 사내가 소리쳤다.

"정체를 밝히지 않는 자의 초대에 응할 사람이 세상에 어디 있단 말이냐? 정체를 밝혀라. 듣고 날 초대할 만한 사람이라면 초대에 응하겠다."

그러자 중년 사내가 자신의 뒤에 서 있는 동료들을 돌아봤다. 동료들의 의견을 묻는 것이었다.

그러자 동료 중 한 명이 고개를 저으며 말했다.

"주군의 존함을 함부로 말할 수 없소. 만약의 경우……."

"음, 그렇긴 하지만. 저자도 주군의 존함을 들으면 순순히 우리 따라가지 않겠소?"

중년 사내가 말했다.

"그렇긴 하지만……."

"계속 힘으로 밀어붙이면 설혹 저자를 제압한다 해도 나중에 우리의 일에 협조하려 하겠소이까?"

중년 사내가 다시 말했다.

그러자 그들의 주군을 밝히는 것을 반대한 사내가 말했다.

"그야 나중의 일이고, 또 주군을 만나게 된다면 그 누구도 주군의 명을 따르지 않을 수 없지 않겠소."

"하긴… 감히 주군의 명을 거부할 사람이 강호에 있을 수는 없지. 그럼… 조금 더 밀어붙여 봅시다."

중년 사내가 결국 자신들의 주군을 밝히는 것을 포기했다.

그러자 큰 도를 들고 있던 건장한 사내가 두 사람의 대화에 끼어들었다.

"이렇게 합시다. 괜히 담장의 기관을 피해 들어갈 생각 말고 조금 시간이 걸리더라도 차근차근 담장을 부숴 버립시다. 큰 성도 아니고, 몇 개 되지 않는 담장 아니겠소?"

"그렇긴 한데 쇠침과 화살들이 튀어나오니 그게 쉽지 않구려."

중년 사내가 말했다.

"내가 한 곳을 집중해서 파괴하겠소. 다른 방향에서 날아오는 화살들을 막아주시오. 기관이란 것이 한 곳을 깨뜨리면 다른 곳도 영향을 받는 법 아니겠소?"

대도를 든 사내가 모습만큼이나 단호한 말투로 말했다.

"알겠소. 한 번 깨뜨려 봅시다."

노인과 대화를 하던 사내가 동의했다.

대도(大刀)를 든 사내가 천천히 담장을 향해 걸음을 옮겼다.

그그긍!

사내가 다가서자 담장이 다시 움직이기 시작했다.

쾅!

사내가 망설이지 않고 도를 휘둘러 담장을 가격했다. 그의 도에 실린 진기의 힘이 도기를 만들어 담장을 때리자 담장의 일부에서 파편이 튀어나갔다.

그러나 그 정도로 담장이 무너지지는 않았다.

대신 좌우에 위치한 담장에서 화살과 쇠침이 날아들었다.

쐐애액!

카카캉!

대도를 든 사내를 에워싼 동료들이 무섭게 날아드는 쇠침과 화살들을 막아냈다.

그사이 사내는 다시 도를 들어 담장을 가격했다.

쿠오오!

이번에는 도에서 일어나는 소리조차 달랐다. 마치 거대한 소용돌이가 일어나듯 도를 중심으로 기이한 소음이 일어나더니 뿌연 도기가 다시 담장을 가격했다.

쿠웅!

콰직!

이번에는 제법 효과가 있었다.

도기에 맞은 담장의 일부분이 크게 파여 들어갔다.

"됐군."

도의 주인이 덤덤하게 말했다. 그러고는 연이어 도기를 발출하기 시작했다.

언제나 일은 시작이 어려운 법이다.

일단 실타래의 끝을 잡고 나면 실타래는 순식간에 풀린다.

콰콰쾅!

사내의 도가 만들어내는 벽력같은 도기들이 계속해서 담장한 곳을 집중적으로 파괴했다.

그러자 결국 단단하던 담장도 버티지 못하고 파여 나간 곳을 중심으로 아래위에 금이 가더니, 급기야 안쪽으로 무너져 내리기 시작했다.

쿠르릉!

담장 하나가 무너지면서 담장 속에 숨겨져 있던 쇠침들이 함께 쏟아내 내렸다.

또한 보통 사람은 이해할 수 없는 복잡한 기관 장치들이 함께 흩어져 내렸다.

"한 꺼풀 벗겼군."

대도를 든 사내가 가볍게 숨을 몰아쉬며 말했다.

자신의 지닌 모든 진기를 쏟아부었기에 내공의 고수인 그조차도 힘이 드는 모양이었다.

하지만 쉬는 것도 잠시, 사내가 다시 두 번째 담장을 향해 다가갔다.

쐐애액!

불청객들이 무너진 담장을 넘어 안으로 들어오자 사방에서 더욱 매서운 쇠침과 화살의 공격이 시작됐다.

마치 사람이 쏴대는 것과 같은 매서움이다.

하지만 그렇다고 그것들이 불청객들의 움직임을 막지는 못했다. 번거로울 뿐 치명적인 공격은 되지 못하는 공격이다.

"자, 다시 시작이다."

대도를 든 사내가 이미 하나의 담장을 무너뜨린 성과를 보았기에 힘을 내 다시금 눈앞의 담장을 때려 부수기 시작했다.

쿠쿠쿵!

"음……."

지붕 위에서 자신이 만든 담장들이 무너지는 모습을 지켜보던 노인의 입에서 나직한 침음성이 흘러나왔다.

그렇다고 두려운 빛은 없었다. 다만 짜증이 나는 듯한 기색은 역력했다.

"애써 마련한 곳인데·떠나야겠군. 그런데 대체 어디서 온 자들일까? 궁금한데 한 번 만나봐? 조금 위험해 보이긴 하는데……."

노인이 고개를 갸웃했다.

위험한 선택이라는 것을 모르는 것은 아니지만 자신을 찾아온 자들이 누구인지 호기심이 돋는 모양이었다.

"아니야. 굳이 분란을 만들 필요 없지. 저놈들이 누구인지는 천천히 알아보면 되니까. 일단 피해 있자."

노인이 몸을 일으켰다.

그러고는 가볍게 발을 구르자 그가 올라가 있던 지붕이 갑자기 아래쪽으로 푹 꺼졌다. 그러자 순식간에 노인의 모습이 사라졌다.

콰콰쾅!

결국 노인의 거처는 무너졌다. 돌을 다듬고 쌓아 올려 만든 단단한 담장이었지만 무림 고수의 힘을 당해낼 수 없었다.

다만 담장도 주인을 지켜야 하는 역할은 충분히 해냈다.

불청객들이 담장을 완전히 무너뜨리고 집 안으로 들어왔을 때는 이미 노인이 자취를 감춘 후였기 때문이다.

"후우후우……."

대도를 든 자가 거칠게 숨을 몰아쉬었다.

아무래도 바위 담장들을 무너뜨리며 들어오느라 내력이 바닥이 난 듯 보였다.

"제길, 역시 사라졌군."

대도를 든 자가 잠시 숨을 몰아쉰 후 자신의 발로 차버린 문 안쪽을 보며 중얼거렸다.

단출해 보이는 살림살이가 들어 있는 집 안은 텅 비어 있었다. 어디에도 사람의 흔적이 보이지 않았다.

불청객들이 거칠게 담장을 부수고 침입하는 사이 주인이 사라진 것이다.

"어쩔 수 없지 않겠소? 뒤를 지키는 형제들이 있는 쪽으로 갔기를 바랄 수밖에……"

처음 노인과 말씨름을 하던 사내가 노인의 집 뒤쪽의 위태로운 바위산을 보며 중얼거렸다.

*   *   *

"망할 놈들!"

노인이 연신 투덜거렸다.

아무래도 오랫동안 공들여 지은 자신의 거처가 무너진 것이 못내 서운한 모양이었다.

그럼에도 불구하고 노인은 침착하게 움직였다. 자신의 뒤를 따르는 자가 있는지 끊임없이 뒤를 돌아보면서도, 전진하는 속도 역시 느리지 않았다.

성정이 본래 침착한 인물이라는 것이 위급한 상황에서도 드러나고 있는 것이다.

그런데 노인이 막 위태로운 절벽을 끼고 돌아 숲으로 들어가려던 순간 그의 걸음이 뚝하고 멈췄다.

그러고는 어두운 음성으로 중얼거렸다.

"그렇지. 너무 쉽지… 후우."

노인이 가벼운 한숨을 내쉬었다.

그런 노인 앞쪽에 두 개의 그림자가 어른거렸다.

노인이 가려던 방향, 숲 안쪽에서 흘러나온 사람의 그림자였다.

"대체 누구의 명을 받고 온 자들이냐?"

노인이 자신의 앞을 막아선 중년 사내 둘을 보며 물었다.

"당신을 해치려는 것이 아니오. 다만 주군께서 당신께 물어볼 말이 있다 하시니 같이 가십시다. 주군과 인연을 맺어두면 당신의 인생 역시 지금까지와는 다를 것이오."

"지금도 나쁘지 않은데?"

"지금처럼 숨어 살지 않는, 무림에서 가장 화려한 자리에서 삶을 즐길 수 있는 기회가 주어질 것이오."

감언이설이라지만 전혀 허황되게 느껴지지 않는 말투다.

"궁금하기도 한데. 어떤 사람이 그대들의 주군일지."

"천상천하 유아독존! 이 말이 가장 어울리는 분이시오."

사내가 다시 말했다. 역시 믿음이 가득한 말투다.

"천상천하 유아독존? 당금 무림에 그런 사람이 있나? 설마 황제께서 사람을 보내신 것은 아닐 테고. 황제께서는 날 잘 아는데 이런 식으로 초대하시지는 않지."

"세상에는 그 실체가 제대로 알려지지 않은 분이오."

"그럼 구패의 주인들이나 마맹의 대마두도 아니라는 뜻이군. 알려지지 않은 사람이란 것이 나쁘게 말하면 음모자의 삶을 사는 사람이란 뜻인데… 좋지 않아. 세상을 속이고 살아가는 사람이라면 언제나 그 끝이 좋지 않지."

"감히… 주군을 모욕하지 마시오. 참는 것도 한계가 있소."

"제길, 남의 집을 그렇게 때려 부숴놓은 것이 참은 것인가?"

노인이 빈정거렸다.

그러자 사내가 잠시 노인을 바라보다 가볍게 한숨을 쉬었다.

"후우… 주군께서는 그대를 정중하게 데려오기를 바라셨소. 하지만 우리의 뜻에 따르지 않을 경우에는 약간의 무리를 해도 된다고 하셨소."

"약간의 무리라… 팔다리 하나쯤 잘라 가도 된다는 뜻인가?"

"어쩌면 그럴 수도 있소."

중년 사내가 부인하지 않고 대답했다. 섬뜩한 위협이지만 표정에는 여전히 변화가 없다.

그러자 노인이 잠시 불쾌한 표정을 짓다가 물었다.

"나에 대해 얼마나 아나?"

"알 만큼은 알고 있소. 백산 모청, 당대 강호제일의 기관진식대가. 황궁의 일부를 증축했고, 가장 최근에는 북두산문의 거대한 장원을 복구한 사람 아니오?"

"잘 알고 있군. 그리고 또?"

"더 알아야 하오?"

중년 사내가 물었다.

"당연하지. 내 팔다리를 잘라 가고자 한다면 당연히 알아야 하는 것이 하나 더 있어."

"……?"

중년 사내가 직접 말해보라는 듯 노인, 당대 제일의 기관진식대가 백산 모청을 바라봤다.

그러자 백산 모청이 한줄기 미소를 지으며 입을 열었다.

"역시 제대로 감추고 살아온 모양이군. 최소한 그 비밀은 지켜진 듯하니… 이것 봐라, 애송이들. 내 팔다리를 자르겠다고? 미안하지만 그건 구패의 주인들도 할 수 없는 일이야."

"…그 말은 무공을 숨기고 있었다는 뜻이겠구려."

"역시 눈치가 빠르군."

백산 모청이 빙긋 미소를 지으며 대답했다. 태도나 말투로 보아 정말 자신의 무공에 강한 자신감을 가지고 있는 듯 보였다.

하지만 중년 사내 역시 별로 당황한 기색을 보이지 않았다. 대신 그는 침착하게 말을 이었다.

"역시 그렇구려. 혹시 그럴지도 모른다고 주군께서 말씀하셨소. 그래서 우리도 만약을 대비해 제법 강한 형제들이 왔소. 구패의 주인이라도 목을 벨 수 있을……."

순간 처음으로 노인의 눈빛이 흔들렸다.

역시 전혀 과장이 없어 보이는 중년 사내의 말이다. 그런데 그 말을 그대로 믿자면 자신은 지금 빠져나갈 수 없는 그물에 걸린 꼴이다.

구패의 주인이라도 목을 벨 수 있는 능력을 지닌 자들이라면 백산 모청이 아무리 대단한 무공을 숨기고 있어도 이 위기를 벗어날 기회는 거의 없었다.

그렇다고 정체도 모르는 자들을 순순히 따라갈 수도 없었다.

"오랜만에 검을 써보겠군."

백산 모청이 결심을 굳혔다.

일단은 숨겨둔 무공으로 이 위기를 벗어나 보기로 한 것이다.

"어려운 길을 선택하는구려. 하지만 그대가 선택한 것이니 존중하겠소. 물론 그 결과도 받아들여야겠지만."

사내가 그 말을 끝으로 더 이상 할 말이 없다는 듯 검을 뽑아 들었다.

그러자 그의 곁에 있던 동료도 동시에 검을 뽑았다.

"나도 유감이군. 그대들이 무리한 선택을 한 것 같아서. 마찬가지로 그대들도 그 결과를 받아들여야 할 거야."

백산 모청이 지금까지와 다른 차가운 안광을 쏟아내면서 말했다.

그러면서 그의 손이 가볍게 자신의 허리로 향했다.

차르웅!

순간 그의 허리에서 풍경 소리 같은 맑은 소리가 나더니 그의 손에 허리에 두르고 있던 요대가 들어왔다.

차르릉!

백산 모청의 손에서 그의 요대가 요란한 소리를 내며 펼쳐졌다.

휘류룽!

백산 모청이 손에 든 요대를 한 번 휘두르자 묘한 파공음이 일어나면서 요대가 눈부시게 번쩍였다.

"연검을……."

백산 모청이 요대로 위장되어 있던 연검을 들자 그를 상대하려던 중년 사내들의 표정이 좀 더 굳어졌다.

본래 병기라는 것은 연약한 사람의 신체를 대신하기 위해 만들어진 것이다.

그래서 단단한 쇠로 만들어지고, 손과 발보다 날카롭게 벼려진다.

그런데 병기 중에는 그런 병기 본래의 특성에 어긋나는 것들이 몇 개 있었다.

지금 백산 모청이 뽑아 든 연검 역시 마찬가지였다.

바람이나 공기의 저항에 갈대처럼 휘어지는 검이 연검이다. 연검은 쇠 특유의 단단함을 포기하고, 무게를 가볍게 해서 부드럽게 휘어져 초식의 변화를 극한까지 끌어올린다.

대신 적의 병기와 충돌하거나 적을 벨 때는 연검의 주인이 강력한 진기를 주입함으로써 일순간 무쇠의 단단함을 되찾아야 한다.

그러므로 연검을 사용하는 자는 절정의 공력을 지닌 고수일 수밖에 없다.

그래서 백산 모청이 연검을 사용한다면 그는 무시할 수 없는 고수인 것이다.

중년 사내들로서는 경계할 수밖에 없었다.

"시작하지?"

자신이 연검을 사용하는 것을 보고 긴장한 듯한 중년 사내들을 보며 모청이 말했다.

그러자 두 검객이 정신을 차리고 좌우에서 백산 모청을 에워싸기 시작했다.

"조심하시오."

중년 사내의 입에서 경고가 흘러나오는 순간, 그의 목소리보다 먼저 그의 검이 백산 모청의 관자놀이를 파고들었다.

"과연!"

백산 모청의 입에서 감탄의 소리가 흘러나왔다. 그러면서도 그의 몸은 이미 적의 검을 피해 땅으로 꺼져 내리고 있었다.

순간 그의 다리를 다른 사내의 검이 횡으로 베어왔다.

순간 모청도 연검을 휘둘렀다.

차르릉!

모청의 검이 뱀처럼 꿈틀거리며 자신의 다리를 베어오는 사내의 검을 휘어 감았다.

지잉!

날카로운 마찰음이 검과 검 사이에서 일어났다. 그러자 사내의 검이 모청의 연검에 말려 방향이 틀어지면서 땅에 박혀들었다.

쾅!

검에 실린 공력으로 인해 땅이 움푹 파이면서 묵직한 충격음이 일어났다.

순간 백산 모청이 낮은 기합성을 터뜨렸다.

"핫!"

그의 기합성에 호응하듯 연검이 강검처럼 빳빳하게 일어났다.

그러고는 땅을 가격한 사내의 목덜미를 향해 날카롭게 뻗어나갔다.

팟!

그야말로 전광석화!

중년 사내가 거의 피할 수 없는 일 초다.

그런데 그 순간, 다른 중년 사내의 검이 뱀의 허리를 자르듯 모청의 연검 중간을 내려쳤다.

차앙!

모청이 한순간에 검을 비틀어 사내의 검에 연검의 허리가 끊어지는 것을 피해냈다.

그럼에도 두 개의 검이 마찰을 일으키며 소름 끼치는 마찰음을 일으켰다.

스슥!

모청의 움직임은 유려했다.

일단 두 적의 공격을 막아낸 것부터 훌륭했고, 뒤를 이어 반격이 실패로 돌아가자 미끄러지듯 두 적으로부터 거리를 벌리는 것도 능숙했다.

"역시 보통이 아니구나."

두 사내가 모청의 무공에 감탄하면서도 거의 동시에 몸을 날렸다.

그러자 모청이 두 사내의 중간 지점을 향해 검을 뻗었다.

휘류룽!

연검이 흔들리며 다시 영롱한 바람 소리가 일어났다.

어찌 보면 검은 빈 허공을 찌르는 것 같았다. 그러나 연검이 춤을 추기 시작하자 그 검에서 단번에 십여 개의 검영이 일어나더니 두 사내를 향해 화살처럼 뻗어가기 시작했다.

쐐애액!

허초와 실초를 구분할 수 없는 검초들, 그런 검영 대여섯 개의 공격을 받은 두 사내가 얼굴을 굳히며 벼락처럼 검을 휘둘렀다.

우웅!

두 사내의 검이 무거운 검음을 토해냈다. 동시에 두 개의 이질적인 검초들이 격돌했다.

콰콰쾅!

벼락같은 소리가 사방으로 터져 나갔다.

그사이 한 줄기 빛이 두 사내 중 한 명의 방어막을 뚫고 들어가 그의 어깨를 스치고 지나갔다.

팟!

"읏!"

사내의 입에서 다급한 목소리가 흘러나왔다.

그의 몸이 반으로 젖혀지며 흔들렸다. 그런 그의 어깨에서 붉은 피가 솟구친다.

"손속이 독하구려!"

부상을 당한 동료를 놓아두고 애초에 모청과 말을 섞던 사내가 독수리처럼 모청을 덮쳤다.

"죽고 사는 겨룸에 어찌 사정을 둘까!"

모청이 퉁명스레 대꾸하면서 다시 연검을 휘둘렀다.

휘류룽!

모청의 연검이 다시 힘을 냈다. 모청의 공력은 대단해서 연검에 깃든 위력이 전혀 줄어들지 않았다.

중년 사내가 신중한 표정으로 모청을 향해 검을 내리그었다.

차앙!

맑은 충돌음과 함께 모청의 연검과 사내의 검이 다시 충돌했다.

그리고 이번에는 두 사람의 거리가 쉽게 벌어지지 않았다. 두 사람은 승부를 보겠다는 듯 접근한 채 무서운 속도로 서로를 향해 검을 휘두르기 시작했다.

차앙차앙!

살기가 가득한 강렬한 검음이 끊이지 않고 이어졌다.

중년 사내의 기세는 강렬했다. 그러나 시간이 지날수록 오히려 나이 든 모청 쪽으로 전세가 기울었다.

혼자 두 명의 적을 상대하던 모청이다. 적이 하나로 줄어든 이후에는 여유를 갖고 자신의 모든 실력을 드러낼 수 있었다.

반면 중년 사내의 검세는 거칠기 이를 데 없었지만, 모청의 섬세한 검초에 막혀 중간중간 약점을 드러내고 있었다.

그러고 그런 작은 약점들은 고수들 간의 싸움에서 치명적인 영향을 미친다.

파파팟!

지루한 공방전이 이어지던 한순간 모청의 검이 갑자기 여러 개의 검영을 만들었다.

사방으로 퍼진 검영들은 일정한 거리에 이르자 다시 하나의 점으로 모여들었다.

그 점의 중심에 사내가 있었다.

사내는 자신의 모든 사혈로 파고드는 모청의 검초에 당황한 기색을 내보였다.

그러면서도 거칠게 검을 열십자로 휘둘렀다.

우웅!

사내의 검에서 일어난 검기가 순식간에 그의 몸을 감쌌다.

그러자 그를 향해 꽂히던 연검의 검영들이 허공에서 형체를 잃기 시작했다.

카카캉!

검영에 깃든 막강한 진기 때문에 사내의 검과 충돌하는 검영들이 강렬한 소음을 만들어냈다.

그리고 그중 하나가 날카롭게 사내의 검기를 통과했다.

"흡!"

자신의 검기를 뚫고 들어오는 검영을 본 사내가 숨을 들이쉬며 재빨리 몸을 틀었다.

삭!

연검의 검영이 날카롭게 사내의 옷자락을 잘랐다.

"음!"

사내의 입에서 재차 나직한 침음성이 흘러나왔다.

옷과 함께 베인 그의 허벅지에 엷은 혈선이 그어졌다. 깊은 상처는 아니어서 싸우는 데 지장을 주는 것은 아니었다.

그러나 상대에게 베였다는 정신적 충격은 어쩔 수 없었다.

"이쯤에서 승부를 봐야겠군."

승세를 잡은 모청이 사내를 향해 부드럽게 다가들었다.

모청은 결코 서두르는 법이 없었다.

무림에는 기관진식의 대가로 알려진 모청이지만, 보법을 보면 절대지경에 오른 고수에 부족함이 없어 보였다.

"쉽지 않을 거요."

번쩍!

모청이 공세로 나서자 허벅지를 베인 중년 사내가 두 다리를 기둥처럼 땅에 박아 넣고 검을 위에서 아래로 내리그었다.

쿠오오!

순간 그의 검에서 일어난 검기가 벽력처럼 모청을 갈라왔다.

"이젠 그런 호기는 통하지 않네."

산이라도 가를 듯한 기세의 검기를 보면서도 모청은 침착했다.

모청의 몸이 버들가지처럼 흔들렸다.

그 순간 모청의 몸이 부드럽게 회전하며 사내의 검기를 흘려보냈다.

그리고 그 와중에 모청은 어느새 사내의 일 장 안쪽에 다가와 있었다.

"끝이네."

모청이 사내를 보며 무심하게 말하고는 검을 뻗었다.

모청에게 거리를 내어준 사내의 얼굴에 당황한 빛이 떠올랐다. 패배가 목전에 다가와 있었다.

하지만 사내의 패배는 뒤로 미뤄졌다. 그에게는 어깨에 부상을 입었지만 여전히 검을 휘두를 힘이 남아 있는 동료가 있었던 것이다.

"노괴! 멈춰라!"

앞서 모청의 검에 어깨를 베였던 자가 날카롭게 외치며 모청을 향해 손을 흩뿌렸다.

그러자 그의 손에서 날카로운 비침들이 소나기처럼 쏟아져 나왔다.

쐐애액!

사내의 손을 떠난 비침들이 백산 모청을 향해 날아갔다.

"이제 보니 살수들과 진배없구나!"

모청의 입에서 노한 음성이 터져 나왔다.

지금까지는 서로 도검을 맞대고 싸웠지만 상대를 향해 살검을 쓰지는 않았다.

그런데 위급한 지경에 처하자 사내들이 숨겨왔던 살인의 본능이 살아난 모양이었다.

모청이 화를 내는 건 당연했다. 이들이 단지 자신을 데리러 온 것이 아니라 일이 잘못되면 죽일 수도 있다는 걸 안 이상 상대에 대한 적의가 자연스레 솟구쳤다.

그래서 그의 검도 살기를 띠었다.

따다당!

모청이 휘두른 연검에 비침들이 우박처럼 사방으로 튕겨 나갔다.

그 와중에 모청이 방향을 틀어 애초에 상대하던 사내를 놓아두고 비침을 날린 사내를 향해 날아갔다.

팟!

모청의 움직임이 지금까지의 부드러움과 달리 숲을 달리는 비호 같다.

차차창!

자신을 향해 모청이 달려오자 사내가 다시 비침을 날렸고, 그 비침들은 모청의 연검에 연거푸 튕겨 나갔다.

그리고 한순간 모청이 손에 들고 있던 연검을 던졌다.

파릉!

연검이 허공에서 한차례 파공음을 일으키더니 화살보다 빠른 속도로 사내를 향해 날아갔다.

"헉!"

비침을 날리던 사내가 어느새 자신의 눈앞에 다가온 연검의 모습에 놀라 헛바람을 흘려내며 몸을 틀었다.

하지만 연검은 사내의 움직임보다 빨랐다.

픽!

연검이 거침없이 사내의 가슴에 박혔다.

"윽!"

사내의 입에서 고통스러운 비명이 흘러나왔다.

사내의 한쪽 무릎이 꺾였다.

쿡!

사내가 검을 땅에 박아 겨우 몸이 쓰러지는 것을 막았다.

그런 사내 앞에 어느새 다가온 모청이 사내의 가슴에 꽂힌 검을 번개처럼 뽑아 들었다.

"운 좋게 심장을 비껴갔으니 네 목을 대신 베어주겠다."

모청이 살기 어린 표정으로 소리치며 사내의 목을 향해 연검을 들어 올렸다.

그 순간 그의 거처가 있던 방향에서 날카로운 목소리가 터져 나왔다.

"손을 멈춰라!"

어느새 모청을 추격해 온 자들이 동료의 위기를 보고 급히 소리친 것이다.

"젠장… 늦었군. 넌 살려두마. 부상을 입었으니 널 치료하느라 몇 명은 이곳에 남겠지. 아니면… 널 그대로 둘려나?"

전장에서 일부러 적을 죽이지 않고 부상만 입히는 경우가 종종 있다. 적들이 부상당한 동료에게 발이 묶여 후퇴나 추격이 늦

춰지기 때문이다.

모청은 혼자서 자신을 찾아온 자들 모두를 상대할 수 없다는 걸 알고 있었다. 적 중 몇이라도 발을 묶을 수 있다면 사내를 살려둘 가치는 충분했다.

"더 이상 날 쫓지 마라."

모청이 차가운 경고를 남기고 훌쩍 몸을 날렸다.

그의 몸이 순식간에 숲속으로 사라졌다.

"거 질긴 놈들일세."

노인 모청이 산봉우리에 올라 잠시 고개를 돌리며 말했다.

자신을 찾아온 자들이 계속해서 자신을 쫓아오는 것이 보였다.

"대체 나 같은 늙은이를 왜 저리 쫓아오는 거지? 무공과 추격술도 보통이 아닌데… 이러다간 따라잡히겠어."

노인 모청의 안색이 어두워졌다.

추격자들을 피할 묘책이 선뜻 떠오르지 않았다. 그렇다고 정면 대결을 벌이기에는 상대의 숫자가 너무 많다.

진퇴양난. 그런데 그에게 갑자기 솟아날 구멍이 생겼다.

"이보슈, 날 따라오시오. 내 저들을 따돌릴 길을 만들어주겠소."

괴팍해 보이는 노인의 갑작스러운 등장에 모청이 놀라 훌쩍 뒤로 물러서며 연검을 들어 올렸다.

"아아, 경계하지 않아도 되오. 난 북두산문 문주님의 전갈을 가져온 사람이오."

"백 문주님의?"

모청이 여전히 노인을 경계하며 되물었다.

"그렇소. 그런 의심 말고 어서 갑시다."

"당신을 뭘 믿고?"

"뭐, 믿고 싶지 않으면 따라오지 않아도 되오. 하지만 저들을 혼자 감당할 수 있겠소? 그러니 고집부리지 말고 따라오시오. 알고 있는지 모르겠지만 난 자왕 사송이란 사람이오. 십이천문의! 갑시다."

사송이 자신의 정체를 스스럼없이 밝힌 후 석봉의 반대쪽으로 달리기 시작했다.

그러자 모청이 놀란 표정으로 중얼거렸다.

"십이천문의 자왕 사송! 그가 어떻게 여기에… 아니, 그걸 따질 때가 아니지. 자왕 사송이라면 저들을 따돌릴 능력이 있는 사람이다."

모청이 금세 자신의 처지를 깨닫고는 자왕 사송의 뒤를 쫓아 몸을 날렸다.

제3장
천객 주용

"대체 뭘 하려는 것이오?"

모청이 앞서가는 자왕에게 급히 물었다.

그의 얼굴에 의구심이 가득하다.

자왕 사송이 적들로부터 멀리 도주하는 대신 산을 빙 돌아 다시 모청의 거처가 있던 곳으로 되돌아가고 있었기 때문이다.

등하불명(燈下不明)이란 이치를 모르는 것은 아니다. 그들이 다시 모청의 거처가 있는 곳으로 돌아갈 거라고는 추격자들도 생각지 않을 것이다.

하지만 돌아가는 것을 선택하기 전에 이미 추격자들을 충분히 따돌리고 있는 상태였다.

자왕 사송의 재주는 소문보다 뛰어나서 절대 추격자들이 따라붙을 수 없는 도주로를 찾아냈다.

그의 뒤를 따르면서 사송이 기발한 도주로를 찾아낼 때마다 감탄했던 모청이었다.

하지만 지금의 선택은 이해할 수 없었다.

충분히 멀리 도주할 수 있는데, 왜 다시 적들이 있을지도 모르는 곳으로 돌아간단 말인가?

굳이 거처의 상태를 확인할 필요도 없었고, 찾아야 할 물건도 없었다.

그런데 모청의 질문에 대한 사송의 대답이 또 의외다.

"가져올 게 있소."

사송이 대답했다.

가져올 것이라니. 돌아가는 곳은 모청의 거처다. 그런데 자왕 사송이 가져올 게 뭐가 있단 것인가.

아무리 생각해도 모청 자신의 거처에는 다시 돌아가 가져올 귀중한 물건이 없었다.

"대체 뭘 찾아오겠다는 거요? 혹 내가 나도 모르는 귀중한 물건을 가지고 있었소?"

모청이 물었다.

간혹 강호에는 자신이 모르는 지보를 우연히 가지고 있는 경우가 있다.

모청의 경우 그런 상황을 충분히 의심해 볼 만했다.

정체를 알 수 없는 방문객들, 거기에 자왕 사송이 나타났다. 그렇다면 그 자신이 모르는 중요한 무엇인가가 있을 수도 있었다.

"그건 아니오. 물론 노사 본인께서 보배 같은 분이라고 할 수 있겠지만……."

사송이 대답했다.

백산 모청에 대한 칭찬이지만 틀린 말도 아니었다. 강호의 모든 문파, 상계의 모든 상가들은 누구든 백산을 초청하려 한다.

그의 손길이 닿은 가문의 본거지는 수백 년을 이어갈 수 있는 요처로 탈바꿈되기 때문이다.

"그럼 뭘 찾으러 가는 거요?"

굳이 자신이 보배라는 말을 부인하지 않은 모청이 다시 물었다.

"어떤 놈들인지 알아보아야 할 것 같아서 말이오. 거, 노사의 검에 당해 쓰러진 놈이 아직 그 자리에 있을 것 아니오?"

"아!"

그제야 모청은 사송이 되돌아가는 이유를 확실히 알게 됐다.

그리고 자왕 사송이라는 사람이 소문보다 훨씬 대범한 인물이라는 것을 알게 됐다.

아무리 적의 정체가 궁금해도 이런 위험을 감수하는 것은 쉬운 일이 아니다.

그런데 그러자니 또 하나의 의문이 생긴다.

"자왕께서도 저들의 정체를 모르시는 것이오?"

"내가 어찌 알겠소이까?"

사송이 되물었다.

"난 때마침 자왕께서 나타나셔서 저들의 정체를 알고 있는 줄 알았소이다만……."

"우연이외다. 백산 노사께 볼일이 있어서 오긴 했지만 그런 흉악한 놈들이 나타날 줄은 몰랐소. 물론… 짐작이 가는 자들이 있기는 하지만."

"짐작하시는 자들이라면……?"

"일단 그놈들을 잡을 수 있다면 잡은 뒤에 이야기합시다. 확실하지 않은 일로 오해를 살 수 있으니."

모청에게 흉수들을 보낸 자들이 무림의 대현자 명안 이조가 보냈을지도 모른다고 말하기는 당장 어려웠다.

명안 이조의 정체를 모르는 모청이 사송의 말을 믿을 리 없었다.

오히려 그 순간 사송이 의심받을 것이 분명했다.

그렇다고 이 와중에 절대삼천의 비밀에 대해 장황하게 설명하는 것은 더 어려운 일이다.

더군다나 흉수들이 정말 명안 이조가 보낸 것인지는 자왕 사송도 확신할 수 없었다. 그의 말대로 백산 모청은 보물이라 불릴 수 있는 귀한 인재였고, 그를 욕심내는 자들은 강호에 널려 있었다.

일단 부상당한 자가 그 근처에서 부상을 치료하고 있기를 바랄 뿐이었다.

다시 숲의 경계에 섰다.

어둠이 내리고 있었다. 그리고 그곳엔 예상대로 사냥감이 기다리고 있었다.

후우우!

사내는 길게 호흡을 하며 눈을 감고 있었다. 몸에 난 상처에선 더 이상 피가 흐르지 않았다.

다행히 그를 지켜주는 동료는 없었다.

처음부터 호법을 서지 않았는지, 아니면 일차적인 치료가 끝난 후 몸을 추스르는 동안에는 사내 혼자 있어도 될 거라 판단한 것인지는 모른다.

어쨌든 그들이 쫓는 자가 도주를 하고 있으니 사내를 위협할 사람이 없다고 생각한 것은 분명했다.

하지만 그들의 생각과 달리 일반적인 사람들과 다른 방식으로 생각하고 행동하는 사람도 있게 마련이다.

자왕 사송처럼!

"있구려."

자송이 반가운 표정으로 말했다.

"그러게 말이오. 더군다나 지키는 사람도 없고… 이자들이 방심했군. 제법 철저해 보이는 자들이었는데……."

백산 모청도 흥분한 표정으로 말했다.

"데려옵시다."

사송이 망설이지 않고 걸음을 옮겼다.

"흡!"

사내가 갑자기 숨이 막힌 듯한 소리를 내뱉었다.

그도 그럴 것이 누군가 다가오는 기척을 느끼고 운기를 멈추려는 순간 이미 그의 마혈에 다른 사람의 손이 닿았던 것이다.

"조심해. 그러다가 주화입마에 빠지면 어쩌려고……."

자왕 사송이 조롱하듯 말했다.

하지만 사내는 어떤 반발도 할 수 없었다. 정말 주화입마 일보 직전에 가 있었던 것이다.

"자자, 숨을 크게 쉬고……."

"후욱후욱!"

사내가 말 잘 듣는 아이처럼 길게 호흡을 내쉬었다. 그러자 떨리던 그의 몸이 조금씩 진정되기 시작했다.

"그렇지, 그렇지… 아주 잘 배웠구먼. 기초가 튼튼해."

자왕 사송이 사내를 칭찬했다.

그 모습을 보고 있던 백산 모청의 얼굴에 자신도 모르게 미소가 지어졌다.

자왕 사송의 장난기에서 그의 사람됨을 파악한 것이다.

이런 성정을 지닌 사람 중에 악인은 드물다. 가끔 자신의 감정을 너무 드러내서 문제를 일으키기는 하지만 적어도 악의를 가지고 누군가를 대하는 경우는 드물었다.

자연스레 사송에 대한 믿음이 생긴 모청이다. 더군다나 그와 깊은 인연이 있는 북두산문주 백완이 보낸 사람이 아닌가.

"얼추 진정된 것 같으니 어서 데려갑시다."

모청이 말했다.

"그럽시다. 보자… 어디로 가나?"

자왕 사송이 주위를 돌아보며 말했다.

"마땅한 장소가 있소. 추격자가 있을 때라면 모를까, 없을 때 숨어들면 누구도 찾기 어려운 곳이오."

"그럼 그리 가시지요."

사송이 얼른 사내를 들어 어깨에 메며 말했다.

그러자 백산 모청이 서둘러 산길을 걷기 시작했다.

'묘한 위치다.'

백산 모청의 뒤를 따라 작은 동굴로 들어서며 자왕 사송이 생각했다.

석동은 백산 모청의 거처가 있던 산 뒤쪽 절벽 중간에 있었다.

이십여 장의 제법 높은 절벽 중간에 천신이 도끼로 반을 갈라 놓은 듯한 비좁은 공간이 이어져 있었는데, 도저히 사람이 들어갈 공간이 없어 보이는 그 비좁은 공간에 석동의 입구가 있었다.

물론 입구를 통과해 절벽 안쪽으로 들어가면 제법 넓은 공간의 동굴이 있었다.

모청은 그곳으로 자왕 사송을 이끌었다.

"자연적으로 사람의 눈을 피할 수 있는 곳이군요."

사송이 동굴 안으로 들어서며 말했다.

"맞소이다. 사람의 손길이 닿지 않아 더더욱 그렇지요."

모청이 대답했다.

"이런 곳을 알아내는 것도 쉽지 않았을 텐데……?"

"사람이 자기 사는 곳 지형 정도는 살펴봐야지 않겠소? 그리고… 나와 같은 사람은 멀리서 보는 것만으로도 대충 그 풍경 안에 숨은 사정을 알아볼 수 있소이다."

순간 사송은 상대가 강호제일 기관진식의 대가인 백산 모청이라는 사실을 떠올렸다.

"백산 노사의 명성을 제가 잠시 잊었나 보오이다."

자왕 사송이 빙그레 미소를 지으며 말했다.

그러자 모청 역시 웃으며 말했다.

"자, 그럼 자왕께서 절 찾아온 이유를 들어볼까요?"

"음… 그건 이 서찰을 보시면 아실 테고. 난 이자에게 좀 물어 볼 것이 있소이다. 물론 백산께서 더 궁금하시겠지만, 이런 일은 내 전문이니 내가 맡지요."

사송이 백산 모청에게 북두산문주 백완이 써준 서찰을 건네 주고는 어깨에 메고 있던 사내를 바닥에 내려놓았다.

쿵!

"음……."

비록 급하게 상처를 치료했다지만 거칠게 바닥에 내려진 사내 의 입에서 신음 소리가 흘러나왔다.

모청은 그런 자왕의 모습을 잠시 바라보다 받아 든 서찰을 살 피기 시작했다.

그사이 사송은 고통으로 얼굴이 일그러진 사내를 일으켜 자 신 앞에 바로 앉혔다.

"자, 이제 시작해 보자. 일단 먼저 한 가지 경고하자면 난 손 이 무척 독해. 물론 너희들도 특별한 수련을 받아 고통을 견디 는 데 익숙하겠지만 내 손을 견뎌내는 것은 그리 쉽지 않을 거 야. 그러니까 피차 어려운 일을 하지 말고 순순히 내가 묻는 말 에 대답을 하도록 하거라."

자왕 사송이 사내 앞에 쭈그려 앉아 말을 건넸다.

그러나 사내는 자왕의 말에 어떤 대답도 하지 않았다. 아니,

하지 못했다. 마혈과 아문혈이 동시에 제압되어 말을 할 수 없었기 때문이다.

"끄으으."

사내가 말 대신 거친 신음 소리를 냈다. 아마도 자왕 사송에게 화를 내는 듯 보였다.

"저런, 이래서는 곤란하지. 너무 기가 살아 있구나. 그럼 일단 묻기 전에 내가 네게 줄 수 있는 고통의 맛을 약간 보여주지. 그럼 대화가 더 쉬울 테니까."

사송이 무심하게 말하며 그의 갈비뼈 부근에 손을 댔다.

슥!

순간 그의 팔소매 안쪽에서 예의 그 갈고리 모양의 기병이 빠져나와 그대로 사내의 갈비뼈 사이를 파고들었다.

"컥!"

살을 뚫고 들어오는 기병을 자신의 눈으로 보고 있던 사내의 입에서 한순간 숨이 막힌 듯한 소리가 흘러나왔다.

어떻게 했는지 자신의 몸을 파고든 사송의 병기가 참을 수 없는 고통을 만들었다.

사내는 고통을 참지 못하고 눈자위까지 하얗게 변했다.

백완이 보낸 서찰을 읽고 있다가 그 모습을 본 백산 모청이 자신도 모르게 눈살을 찌푸렸다.

자왕 사송의 손속이 그가 예상했던 것보다 훨씬 독했기 때문이다.

그래서 모청은 잠깐 동안 자신이 사송이라는 인물을 잘못 보았나 하는 생각조차 할 정도였다.

사송은 열을 셀 정도의 시간 동안 사내에게 고통을 선물했다. 그러고는 부드럽게 사내의 옆구리에서 기병을 빼냈다.

어떻게 찔렀는지 사송의 기병에 뚫린 사내의 몸에서는 피도 거의 흐르지 않았다. 옷자락에 겨우 혈흔이 묻어나는 정도. 사송이 이런 일에 극히 능통하다는 의미였다.

"힘들지? 힘들 거야. 내가 생각해도 참 못할 짓이니까. 나도 내 손에 견딘 사람을 지금껏 본 적이 없어. 일파의 수장이라는 사람들조차도 말이야. 아무튼, 그래서 네가 내게 굴복하는 것은 그리 수치스러운 일이 아니야. 아마 네 주군이란 사람도 이 고통을 맛보면 이해할 거다. 그러니 이제 다시 내가 네게 손을 쓰는 일이 없도록 해라."

사송이 진지하게 사내에게 충고를 하고는, 사내의 아문혈을 풀었다.

"커어억!"

아문혈이 풀리자 사내가 침과 피를 함께 뱉어냈다.

사송은 사내가 진정될 때까지 충분히 시간을 줬다. 그리고 사내의 호흡이 편해지자 그제야 질문을 던졌다.

"이름이 뭐냐?"

"……?"

"대답하기 싫다면 어쩔 수 없지."

사송이 다시 사내의 아문혈을 제압하기 위해 손을 뻗자 사내가 급히 대답했다.

"주용!"

"주용이라. 좋은 이름이군. 그런데 살수로 키워진 것 같지는 않고… 어느 문파에 속해 있지?"

"…달리 문파에 속해 있지는 않소."

사내가 낮은 목소리로 대답했다. 이쯤은 답하는 데 거리낌이 없는 모습이다.

"좋아. 어떤 문파에 속해 있지 않음에도 무리를 지어 백산 노사를 찾아온 것은 결국 세상에 문파로서는 존재하지 않지만 누군가의 지시를 받고 있는 무리들이 있다는 뜻이겠지?"

"……."

주용이라 이름을 밝힌 사내가 침묵으로 수긍했다.

"누구의 명을 받고 왔느냐?"

사송이 기다리지 않고 알고 싶은 것을 물었다.

사송의 독한 손속에 어두운 표정을 짓고 있던 백산 모청도 이 질문에 대한 사내의 대답에 관심을 보였다.

대체 누가 자신을 데려가려 했는지, 왜 그 요구를 거부할 때는 죽이라고 했는지 궁금할 수밖에 없었다.

"……."

하지만 이번에는 사내가 쉽게 대답하지 못했다.

그러자 사송이 고개를 끄떡였다.

"고민이 되겠지. 하지만 대답하지 않으면 죽음보다 더한 고통을 맛보게 될 거야. 조금 전 네가 느꼈던 고통은 고통 축에도 들지 못한다는 걸 알게 될 거다. 그러니 묻는 말에 대답해."

사송이 겁박하기보다는 설득하는 듯한 모습으로 말했다.

그도 더 이상 누군가에게 독한 고통을 주기 싫은 기색이 역력하다. 하지만 사송은 또한 필요하다면 결코 주저하지 않고 고문을 할 수 있는 강한 심기를 가진 사람이었다.

사내 역시 사송의 말투에서 그런 정도는 읽어낼 수 있었다. 그럼에도 불구하고 사내는 쉽게 입을 열지 못했다.

그러자 사송이 다시 입을 열었다.

"직접 입에 올리기가 어려운 모양이군. 그럼 내가 조금 더 쉽게 대답할 수 있게 해주지. 입은 열지 않아도 된다. 고개만 끄떡이면 되니까. 이 일을 시킨 사람, 너희들의 주군은 무림오선에 속한 인물인가?"

사송의 질문에 사내의 눈이 번쩍 떠졌다.

대답을 하지 않아도 사송의 말이 맞다는 것을 알 수 있는 반응이다.

"좋아. 눈빛을 보니 내가 짐작하는 사람이 맞겠군."

사송이 만족스러운 표정으로 말했다.

그러자 뒤에 있던 백산 모청이 급하게 입을 열었다.

"대체 무림오선이 왜 나를 이런 식으로……?"

확실히 의아한 일이다.

무림오선은 강호에서 가장 존경받는 인물들이다. 그들이 백산 모청을 데려가려면 정체를 밝히고 정중히 초대를 하면 되는 일이다.

아무리 백산 모청이 세상을 등지고 사는 인물이라도 감히 무림오선의 부름을 거절할 만한 인물은 아니었다.

"그는 아마도 만약 백산께서 이 초대를 거절할 경우를 생각했던 모양이오. 그리고… 자신이 백산 노사를 초대했다는 것이 세상에 알려지는 것을 원치 않았을 수도 있소."

사송이 말했다.

"그 말은 자왕께서는 날 부른 사람이 오선 중 누구인지 알고
있다는 뜻이오?"

"두 사람을 짐작하고 있소. 물론 그중 한 사람에게 팔 할의 심
중이 가지만."

"그가 누구요?"

백산 모청이 급히 물었다.

그러자 사송이 대답 대신 중년 사내 주용에게 다시 질문을 던
졌다.

"아마도 운중학은 아니겠고… 명안이겠지?"

사송의 물음에 사내 주용의 눈이 더 이상 커질 수 없을 만큼
커졌다. 대체 어떻게 그 사실을 알고 있는지 믿을 수 없다는 표
정이다.

"명안! 정말 그 명안 이조요?"

모청이 뒤에서 다급하게 물었다.

"이자의 표정을 보니 그런 듯하오."

"대체 그가 왜……?"

"그 이유는 차차 설명하겠소."

자왕 사송이 말했다.

"설마 그 이유도 알고 계시다는 말이오?"

모청이 놀란 눈으로 사송을 바라봤다.

"명안 이조요. 어찌 이유도 없이 그를 의심하겠소."

"대체 이게……."

모청은 자신에게 일어난 일을 도저히 믿을 수 없다는 듯 계속 고개를 저었다.

그러자 사송이 잠시 생각에 잠겼다가 명안 이조의 명을 받고 모청을 데리러 온 사내에게 물었다.

"넌 명안을 위해 죽을 각오가 되어 있느냐?"

"……?"

사내는 대답 없이 사송의 얼굴을 바라봤다.

"지금 상황에선 난 널 죽일 수밖에 없다. 이유는 너도 알 것이다. 내가 명안 이조의 비밀을 알고 있다는 것을 네가 알게 되었으니 어찌 널 살려두겠느냐?"

"…죽이시오. 다만 고통은 없었으면 하오. 당신은 얻을 것을 다 얻었으니."

사내 주용이 어쩔 수 없다고 생각했는지 체념한 표정으로 말했다.

죽음이나마 편안했으면 하는 말투다.

"만약 살길이 있다면?"

"……?"

주용이 다시 사송을 바라봤다.

어떻게 자신이 살 수 있단 말인가. 오늘 일을 타인에게 말하지 않겠다고 맹세한들 이들이 자신을 믿을 근거가 없다.

무림에서 누군가의 입을 막는 가장 확실한 방법은 살인멸구다. 더군다나 이자들과 자신은 어떤 인연도 없었다.

그런데 살길이 있다니.

"뭘 해야 하는 거요?"

사내 주용이 물었다.

그는 비록 사로잡힌 몸이지만 오랜 세월 강호의 어둠 속을 종횡한 노련한 무인이었다.

세상에 대가 없는 선의는 없다. 특히 무림에선.

자신이 살려면 분명 이자가 원하는 것을 주어야 할 것이다.

"말이 통하는군. 네가 명안에게 돌아갈 수 없는 상황을 만들면 무공을 폐하고 널 살려주겠다. 이후에는 강호를 떠나 은거하며 촌부로 살아가면 될 것이고. 하겠느냐?"

사송이 다시 물었다.

"주군께 돌아갈 수 없는 상황이라. 그 말은 주군을 배신하라는 뜻이구려."

"배신? 글쎄… 배신이라면 배신이겠지. 하지만 명안 역시 너희들… 천객이라고 하나?"

"음……."

사송의 입에서 천객이라는 말이 나오는 순간 사내 주용이 침음성을 흘렸다.

사송이 천객들의 존재까지 알고 있을 줄은 몰랐던 것이다.

명안 이조를 따르는 은자들, 명안 이조의 명에 따라 죽고 사는 자들로 무림의 어둠 속에서는 살수 노릇도 마다하지 않는 자들이었다.

그들은 스스로 주군인 명안 이조와 함께 무림의 정기를 지키고 있다고 믿고 있었다.

명안 이조가 절대삼천의 일인으로서 천하를 두고 다른 이천과 경쟁을 하고 있다는 사실을 알고 있는 자는 천객 중에서도 극히 적었다.

아마도 평소 명안 이조를 그림자처럼 수행하는 대여섯 명의 천객들만이 그 사실을 알고 있을 것이다.

주용은 그들에 포함되지 않는 인물이었다.

"쉽지 않은 선택이지. 적어도 너희들은 명안 이조가 무림의 구원자로서 정파의 구심점이라고 생각하고 있을 테니까."

"아니란 말이오?"

주용이 되물었다.

절대 인정할 수 없다는 태도다. 일이 이 지경이 되었지만 명안 이조에 대한 신뢰감은 사라지지 않는 것 같았다.

"이조에 대한 네 믿음을 바꿀 생각은 없다. 아무리 설명해도 받아들이지 않으면 그뿐이니까. 하지만 이 한마디는 해두지. 명안 이조는 세상이 알고 있는 그런 사람이 아니다. 적어도 나에게 존경의 대상은 아니지. 오히려 세상을 속이고 있는 간교한 책사에 불과할 뿐인 인물이다."

"…그럴 리가 없소."

주용이 믿을 수 없다는 듯 고개를 저었다.

"말했지만 널 이해시킬 생각은 없어. 다만 난 사실을 말했을 뿐이다. 여기 백산 노사를 이렇게 무리한 방법으로 데려오라고 한 것부터 사실 명안 이조의 명성과는 어울리지 않는 일이지. 그리고 아마 천객으로 살면서 명안 이조의 명으로 살수행도 제법 했을걸? 세상모르게. 아니냐?"

"그야… 무림의 평화를 위해……."

"후후후, 무림의 평화? 그런 일이라면 무림맹의 신응조나 영웅대가 움직였겠지. 굳이 명안이 나설 이유가 없지 않느냐?"

사송의 논리 정연한 반문에 주용이 대꾸를 하지 못했다.

하지만 그의 얼굴에는 여전히 명안 이조에 대한 믿음이 남아 있는 듯 보였다.

그러자 사송이 다시 말을 이었다.

"아무튼 좋다. 널 설득하려는 게 아니라 거래를 하려는 것이니까. 네가 알고 있는 천객의 조직에 대해 모두 말해라. 그럼 넌 살 수 있다. 물론 그 말 중에 거짓이 있으면 안 돼. 나도 천객들에 대해 얼마간 알고 있는 것이 있으니 네가 말하는 것 중 거짓이 발견되면 그 순간 넌 죽는다. 하겠느냐?"

주용 정도 인물을 살려주고 천객들에 대해 알아낸다면 나쁠 것이 없었다. 사실 절대삼천에 대한 정보들 중 십이천문이 가장 모르고 있는 것이 명안 이조를 따르는 천객들에 대한 것이었다.

"나도 천객들에 대해 아는 것이 거의 없소."

주용이 대답했다.

"물론 그렇겠지. 명안 이조 같은 사람이 천객이라고 그 조직에 대해 모든 것을 알려주었을 리는 없을 거야. 그러니 네가 아는 것만 말해봐라."

사송의 말에 주용의 눈빛이 흔들렸다.

다시 한번 이조에 대한 충성심과 살고 싶다는 욕망이 충돌을 일으킨 것이다.

그러나 결국 그는 사는 쪽을 택했다.

"알겠소. 내가 아는 것은 다 말할 테니 약속은 지켜주시오."

"생긴 건 이래도 약속은 반드시 지키는 사람이지."

사송이 대답했다.

그의 말에 믿음이 가는지 주용이 가볍게 한숨을 내쉬고는 입을 열기 시작했다.

자왕 사송과 백산 모청은 명안 이조를 따르는 천객 주용을 데리고 삼 일을 동행했다.

그들이 주용을 데리고 이동한 것은 그에게 들어야 할 말이 있기 때문이기도 했지만, 그사이 주용의 심정적인 변화가 확실한지 살피기 위함이기도 했다.

주용을 데리고 이동하는 동안 자신들을 추격하는 자들이 있는지 살피는 것 역시 중요한 일이었다. 다행히, 혹은 자왕의 특별한 능력 덕분인지 세 사람을 추격하는 자들은 보이지 않았다.

그렇게 삼 일을 이동한 후 사송과 모청은 사내 주용을 황하의 작은 포구에서 배에 태웠다.

배는 황하 하류로 내려가 바다로 나갈 수 있는 해안 포구까지 가는 상선이었다.

주용은 그 배를 타고 바닷가 포구에 간 후, 다시 바다로 나가는 배를 타고 강호에서 멀리 떨어진 외딴 섬이나 혹은 타국으로 떠날 생각이라고 했다.

그런 결심을 할 만큼 명안 이조에 대한 두려움이 큰 주용이었다.

주용 역시 천객들의 정확한 숫자는 알지 못했다.

다만 그가 활동한 반경이나 동료들로부터 들은 것을 추측하자면 대략 이백여 명 정도의 천객이 활동할 것이라고 짐작했다.

개중에는 무림의 명문대파에 들어가 있는 사람도 있었고, 명안 이조를 따라 움직이는 자들도 있었다.

주용은 그중 명안 이조의 명에 움직이는 천객이었는데, 천객으로 활동한 시간은 대략 이십여 년이라고 했다.

어찌 보면 무림에 나온 이후에 줄곧 천객으로 활동한 셈이었다.

그래서인지 처음에는 명안으로부터 도망치듯 떠나는 자신의 신세를 한탄하는 듯했다.

하지만 사송 등과의 여행 동안 사송을 통해 어쩌면 명안 이조가 자신이 생각하는 그런 사람이 아닐 수도 있다는 의구심이 들기 시작하자, 상선을 타고 떠날 때는 제법 홀가분한 모습이기도 했다.

"돌아오지는 않겠지요?"

어느새 하나의 점으로 변한 상선을 보며 백산 모청이 말했다.

"그러지는 않을 것 같았소. 돌아간다 한들 무공이 사라졌으니 제대로 쓰이지도 못할 것이고. 천객으로 활동했으니 그런 무리에서 무공이 없을 때 어떤 취급을 받는지 모르지 않을 것이오. 거기에 우리에게 털어놓은 이야기도 있고……."

사송이 대답했다.

"하긴… 배를 타기 전 표정은 홀가분해 보였소. 잘살 거요. 손에 쥐여준 금자도 적지 않으니……."

주용이 떠나기 전 백산 모청은 자신의 거처에서 가져온 금자 중 일부를 그에게 주었다.

어딜 가서든 새로운 삶을 시작할 수 있을 정도의 금액이었다.
어쩌면 그 금자의 존재가 주용을 좀 더 활기 있게 만들었을 수
도 있었다.

"정이 너무 많으신 것 같소이다."

"나 말이오?"

사송의 말에 모청이 되물었다.

"그렇소이다. 금자라니……."

"하하하, 어차피 쓸데도 없는 것인데 필요한 사람에게 주는 것
이 좋지 않겠소?"

모청이 웃으며 대답했다.

"쩝… 그렇기는 하지만……."

"십이천문에 금자가 필요하오?"

주용에게 준 금자를 아까워하는 사송의 모습에 모청이 정색
을 하며 물었다.

그러자 사송이 고개를 저었다.

"아니, 그런 것은 아니오. 금자라면 본 문도 부족하지 않을 만
큼 있소. 솔직히 말하자면, 금자를 모으려면 천하의 어떤 문파보
다도 쉽고 빠르게 만들 수 있소."

"…청부를 통해서 말이오?"

백산 모청은 십이천문을 청부문으로 알고 있었다.

물론 강호의 일반적인 청부문처럼 살수의 일을 하는 것은 아
니지만 어쨌든 금자를 받고 청부자의 일을 해결해 준다는 의미
에서는 분명한 청부문파였다.

"하하, 청부를 통해서 벌어봐야 얼마나 금자를 벌겠소. 하물

며 본 문은 살인 청부 같은 것은 받지도 않는데."

"그럼 어떻게……?"

"본 문의 식구들 중 알려지지 않은 거부들이 좀 있소이다."

"아는 사람이 아니라 십이천문의 문도 중에 말이오?"

모청이 의아한 표정으로 물었다.

상계의 거부가 청부문인 십이천문의 문도가 될 이유가 없었다. 그것도 사송의 말투로 보면 한 명이 아니지 않는가.

"그렇소이다. 본 문이 본래 이런저런 인연이 얽힌 사람들끼리 모이다 보니 그렇게 되었소. 물론 본 문의 문도들 말고 친분이 있는 문파에서 금자를 얻으려면 그럴 수도 있고 말이오."

"예를 들면 북두산문 같은……?"

모청은 이미 북두산문주 백완의 서찰을 통해 십이천문과 북두산문이 밀접한 인연을 맺고 있다는 것을 알고 있었다.

백완은 서찰에서 십이천문의 사람들을 무조건 믿고 따라달라고 당부했다.

백산 모청은 비록 북두산문의 문도는 아니지만, 그 문주인 백완의 말이라면 어떤 말도 신뢰하는 사람이었다.

그의 선조가 과거 고금제일검 백초산에게 큰 은혜를 입은 이후, 그 후손들까지 북두산문에 대한 남다른 연대감을 가지고 있었던 것이다.

그것이 그가 북두산문의 장원을 혼신의 힘을 다해 재건한 이유기도 했다.

"뭐, 그런저런 문파들이 좀 있소."

아직은 청풍회에 대한 이야기를 모청에게 말할 때는 아니었다.

모청이 절대삼천을 상대하는 이 위험한 일에 확신을 갖고서 참여하겠다고 약속하기 전까지, 청풍회의 존재는 비밀이어야 했다.

"생각보다 십이천문의 저력이 강하구려."

"뭐… 보통 청부문이 아닌 것은 확실하오."

사송이 군이 부인하지 않았다.

"그런데 대체 나는 왜……?"

"그 일은 불사 대협을 만난 이후에 논의합시다."

"불사 나왕… 그가 날 원한 모양이구려."

"백산 노사는 사실 생각보다 무척 중요하십니다. 그러니 명안 이조가 사람을 보내 모셔가려 하지 않았겠소?"

사송이 미소를 지으며 말했다.

그러자 모청이 갑자기 생각났다는 듯이 중얼거렸다.

"참, 그자는 왜 날 데려가려 했을까?"

천객 주용을 통해서도 확인되지 않은 일이다.

대체 명안 이조가 왜 백산 모청을 데려가려 했는지 여전히 이유를 알 수 없었다.

다만 사송은 짐작은 할 수 있었다.

"어쩌면 북두산문 때문일 수 있소."

사송이 말했다.

"북두산문? 내가 북두산문의 장원을 재건해 준 것을 그가 못마땅해한다는 뜻이오?"

"그게 아니라 재건된 북두산문의 설계도 같은 것이 필요했을 것이오. 아니면 자신도 그런 공간을 가지고 싶은지도 모르고."

"대체 왜 그가……?"

모청이 여전히 이해가 되지 않는 표정으로 되물었다.

"그는 북두산문을 완전히 자신의 손아귀에 넣고 싶어 하오."

"…설마……?"

"그는 북두산문을 통해 무림을 지배하려 하고 있소. 그러니 북두산문의 모든 것, 그중에서도 치명적인 약점이나 강점을 알아야 하지 않겠소?"

사송의 말이 끝나자 백산 모청이 더 이상 말을 하지 않고 물끄러미 사송을 바라봤다.

결코 한두 마디 말로 설명할 수 없는 복잡한 일이 명안 이조를 중심으로 벌어지고 있다는 것을 깨달았기 때문이다.

"말했지만 지금은 설명드리긴 어렵고 일단 불사 대협을 만납시다."

사송이 자신을 응시하는 모청에게 말했다.

그러자 백산 모청이 고개를 끄떡였다.

"좋소이다. 이렇게 된 이상 궁금해서라도 만나지 않을 수 없구려. 서두릅시다."

*　　　　　*　　　　　*

마의를 입은 노인이 부지런히 움직이며 다섯 개의 화로에 부채질을 하고 있었다.

이미 오랫동안 화로를 피운 탓인지 노인의 얼굴에 지친 기색이 역력했다.

하지만 노인은 연신 땀을 닦아내면서도 화로의 불길을 신중하게 조절하고 있었다.

화로들 위에는 보통의 약탕기보다 두어 배 정도 커 보이는 탕기들이 있었다.

위에는 하얀 면포가 뚜껑을 대신하고 있었고, 매캐한 약향을 머금은 수증기들이 면포를 뚫고 흘러나오고 있었다.

노인은 화로의 불을 살피는 와중에도 중간중간 수증기에 포함되어 나오는 향기들을 코로 음미했다.

어떤 때는 뜨거운 수증기에 손을 댔다가 손에 물기가 맺히면 그 맛을 보기도 했다.

깊은 산속 인적 드문 곳에서 혼자 분주하게 움직이는 노인의 모습은 절실하게 보일 정도였다.

그 약탕기들이 가지는 의미가 노인에게 남다르다는 의미일 것이다.

그런데 언제부턴가 노인의 초가 앞에 사람 그림자가 나타났다.

하지만 초가 앞에 나타난 사람은 초가로 들어가지도 않고 노인에게 말을 걸지도 않았다.

그는 단지 초가 앞에 서서 분주하게 움직이는 노인을 지켜볼 뿐이었다.

그 시간이 거의 이각여에 이르렀다.

당연히 노인도 누군가가 자신을 바라보고 있다는 사실을 알고 있었다.

그럼에도 불구하고 그는 불청객을 알은척하지 않았다. 사실

그런 노인을 지켜보고만 있는 불청객도 무던한 인내심을 지닌
사람이라고 할 수 있었다.

결국 먼저 반응을 보인 쪽은 노인이었다.

"누굴 찾아오셨나?"

노인이 화로에서 눈을 떼지 않고 물었다. 당연히 초가 앞에
서 있는 사내에게 하는 말이다.

그러자 한동안 노인을 지켜보고 있던 적월이 입을 열었다.

"뭘 그리 만들고 계시오?"

노인의 물음에 대한 대답은 아니다.

"…말해주면 알고?"

감히 자신이 하는 일을 이해할 수 있냐는 말투다. 도도한 자
신감이 드러나는 반문이다.

"혹시 알지도 모르는 일 아니오?"

적월이 대답했다.

"나이도 젊어 보이는데 말투가 영 거슬리는군."

"나이로 따지면 그대에게 극진한 대접을 할 수도 있지만 나도
지켜야 할 권위가 있는 사람이라……."

"권위? 그 나이에 지켜야 할 권위라… 어느 명문가의 자손이라
도 되는 모양이군."

"부모를 잘 둔 것은 아니오. 다만 사부를 잘 두었다고 해야 하
나. 아니면… 잘못 두었다고 해야 하나?"

"어느 문하에서 왔는가?"

무림의 사람이라는 것을 확인한 노인이 조금 차가워진 목소리

로 물었다.

"난 마맹의 신마령주요."

적월이 자신의 신분을 밝히는 순간 노인의 손이 멈췄다.

부채를 든 그의 손이 부르르 떨리는 듯도 보였다.

이동을 하지 않는 것은 그에게 화로들을 돌보는 일이 이젠 더 이상 중요하지 않다는 의미다.

"신마령주… 마맹의."

"그렇소."

"그럼 혼마 창의 제자……?"

"역시 무림의 소식에 귀를 닫고 있지는 않았구려."

적월이 대답했다.

혼마 창의 신마령은 그를 아는 사람에게는 유명한 신패지만, 사실 강호에 그리 널리 알려진 물건은 아니다.

그런데 노인은 신마령의 의미를 알고 있었다. 당연히 무림에 눈과 귀를 열고 있다는 의미다.

"후우… 다시 칠마인가? 왜? 여전히 무혼마군이 필요한가?"

노인이 몸을 폈다.

그리고 시선을 돌려 적월을 바라보며 물었다. 노인의 눈에서 붉은 안광이 피처럼 흘러나왔다.

홍림괴의 사반수였다.

제4장
홍림괴의 사반수

사반수가 두 다리를 어깨 넓이로 벌리고 섰다. 싸우려는 자의 자세다. 안광에 섞인 살기 역시 그의 전의를 느낄 수 있다.

칠마라거나, 마맹이라는 이름이 나오는 순간 그에게는 싸움 말고 다른 선택의 여지가 없는 듯 보였다.

칠마의 난 당시 천하의 괴의들이 모여 있던 홍림은 멸망했다. 칠마가 요구한 무혼마군의 제조를 홍림의 괴의들이 거절했기 때문이다.

칠마의 공격이 예상되자 도움을 청한 무림맹이 매정하게 그들을 외면한 것에 대한 원망 역시 없는 것은 아니었으나, 그래도 직접 홍림을 공격한 칠마에 비할 바는 아니었다.

마맹이 바로 그 칠마의 후예를 자처하는 자들임은 천하가 다 아는 사실이다.

그러니 홍림의 괴의들 중 살아남은 몇 안 되는 의원인 사반수가 혼마 창의 분신이라는 신마령의 주인에게 적의를 가지는 것은 당연한 일이다.

그리고 그 적의는 죽음을 불사한 대결이다.

"싸우러 온 것은 아닌데……."

적월이 살기를 드러내는 사반수를 보며 말했다.

"그렇겠지. 나 같은 의원을 죽여 뭐 할까. 죽이는 것보다는 원하는 것이 있겠지?"

"뭐… 그렇소."

적월이 떨떠름한 표정으로 대답했다.

사반수의 태도는 분명했다. 죽을지언정 마맹의 요구는 들어줄 수 없다는 것이다.

"그럼 싸워야 한다. 난 칠마의 후예를 자처하는 자들에게는 어떤 것도 해줄 수 없으니까."

"죽어도 말이오?"

"흐흐흐, 죽음 따위로 날 위협할 생각은 말거라. 그리고 싸워보면 누가 죽을지는 모르는 일이지. 언제든 이런 일이 있을 거라 생각했다. 그게 누구든 내 의술을 필요로 하는 자들은 세상에 널렸으니까. 그중 마맹의 무리들은 당연히 내 목숨을 두고 협박할 거라는 건 아이도 알 수 있는 일. 나라고 대비를 하지 않았겠느냐? 한 번 겪은 일인데."

싸움이 벌어지면 결코 쉽게 패하지는 않을 거란 의미다.

적월이 주변을 슥 둘러보았다. 사람이 숨어 있지는 않다. 다만 초가 주변 곳곳에 정체를 알 수 없는 물건들이 여럿 있었다.

항아리나 석상, 죽은 나무와 동물들도 괴기스러운 분위기를 풍기며 박제로 세워져 있었다.

"괴의, 괴의 하더니 정말 그렇군."

적월이 혼잣말로 중얼거렸다.

"홍림의 힘을 응축해 놓았다고 할 수 있지. 그걸 경험하고 싶다면 사양치 않으마."

사반수가 경고했다.

물론 적월은 홍림괴의들이 만들어놓은 죽음의 물건들을 경험하고 싶은 생각은 없었다.

그렇다고 그것들이 두려운 것도 아니다. 다만 지금은 싸움을 벌일 때가 아니었다. 어떻게든 사반수를 설득해 빙궁주에게 데려가는 것이 급선무였다.

불사 나왕이 계획한 큰 판에서 사반수와 빙궁은 제법 중요한 역할을 할 수 있기 때문이었다.

"일단 차나 한 잔 주시오."

적월이 살기가 느껴지는 팽팽한 대치 상황에 어울리지 않는 말을 뱉었다.

"…뭘 하자는 거냐?"

"일단 이야기를 좀 나눠보자는 거요."

"후후, 내가 설득될 것 같으냐?"

"그렇소."

"……."

너무 자신 있는 적월의 말에 사반수의 눈이 가늘어졌다.

이런 자신감은 상대의 어떤 완벽한 약점을 잡고 있거나 혹은 거부할 수 없는 대가를 지불할 수 있을 때나 가질 수 있는 것이다.

그리고 이런 경우, 상대의 말을 들어보지 않을 수 없다.

"내 이야기를 듣겠소? 아니면……."

쿠오오!

한순간 적월의 몸 주위로 강력한 진기의 회오리가 일어났다. 그러자 그의 주변에 있던 낙엽들이 허공으로 떠오르더니 무서운 속도로 회전했다.

그 와중에 전광석화 같은 강렬한 안광이 적월의 눈에서 흘러나와 사반수의 아미를 관통하고 지나갔다.

"음……."

사반수의 입에서 자신도 모르게 신음 소리가 흘러나왔다.

무림에는 아무리 많은 준비를 해도 감당하지 못할 절대고수들이 있다. 그런데 자신을 찾아온 이 마맹의 신마령주에게서 바로 그 절대고수의 기운이 느껴지고 있었다.

"싸우겠소?"

적월이 물었다.

그러자 사반수가 잠시 생각에 잠겼다가 대답했다.

"어디 이야기나 들어보지."

두려움 때문인지 아니면 다른 이유가 있는지는 알 수 없었다. 그러나 일단 사반수는 대화를 선택했다.

"좋은 선택이오."

적월이 사반수의 선택을 칭찬했다.

"들어가지."

사반수가 자신의 초가를 가리키며 말했다.

"약탕기는 돌보지 않아도 되겠소?"

"후후, 까짓 다시 만들면 되지."

지금까지 몇 시진째 정성껏 약을 달이고 있던 사반수의 모습을 생각하면 싱거운 대답이다.

"그래도 뭐, 태울 수는 없으니까."

사반수가 약들을 화로 위에서 태우기는 싫은지 무명천으로 손잡이를 잡아 약탕기를 하나하나 땅에 내려놓았다.

그러고는 손을 툭툭 털고 초가로 걸음을 옮겼다.

딸그락!

사반수가 들고 있던 찻잔을 놓쳤다.

그나마 서탁 바로 위여서 차가 쏟아지지는 않았다. 하지만 차가 쏟아졌다고 해도 사반수는 관심을 두지 않았을 것이다.

그만큼 적월이 전음을 쓰듯 나직한 목소리로 흘려낸 말들이 사반수의 정신을 흔들어놓았던 것이다.

"그 말… 믿으라는 것이오?"

사반수가 되물었다.

"믿고 안 믿고는 노사의 자유요. 하지만……."

탁!

적월이 검을 들어 서탁에 올렸다.

그러자 잔이 떨어져도 쏟아지지 않았던 찻물이 잔에서 튀어나와 서탁을 적셨다.

적월의 의도는 간단했다. 자신의 말을 믿지 않고, 자신의 제안을 거부하면 결코 사반수를 살려두지 않겠다는 뜻이다.

"……."

사반수가 서탁에 올라온 적월의 검을 무겁게 바라봤다.

"노사에게 개인적인 감정은 없소. 하지만 이 일은 너무도 중요한 일이기에 일단 이 이야기를 들은 사람은 무조건 이 일에 동참해야 하오. 중립은 없소."

적월의 말투는 조용했지만 어떤 협박보다도 강렬했다.

사반수는 자신에게 세상에 알려지지 않은 무서운 비밀을 말한 이 사내가 그의 뜻을 따르지 않을 경우 망설이지 않고 검을 쓸 것이라는 걸 어렵지 않게 깨달았다.

아니, 온몸으로 상대의 살기를 느끼고 있었다.

적의에서 일어나는 살기가 아니다. 필요에 의해 일어난 살기다. 이런 경우 상대는 정말 주저 없이 자신을 죽일 것이다.

"후우… 무조건 믿어야 한다는 말인데."

"믿는 것으로는 부족하오. 도와주셔야 하오."

적월이 말했다.

"…어떤 도움이 필요하시오?"

사반수가 물었다.

대충 적월의 말을 신뢰하는 듯한 분위기다.

그러자 적월의 표정이 부드러워졌다.

"일단, 빙궁의 궁주를 만나주시오."

"빙궁의 궁주라면… 혹 잠들어 있는 그 설화 희원을 말하는 것이오?"

사반수가 얼굴을 찌푸렸다.

홍림이 멸망할 때 칠마 중 일원이었던 설화 희원은 적극적으로 살검을 쓴 것은 아니지만, 어쨌거나 그녀 역시 칠마는 칠마였다.

"아니오. 현재의 빙궁주를 말하는 것이오."

"빙검 초설로……?"

"그렇소."

"그녀가 날 만나려고 하오?"

"그게 그녀가 내 일을 돕는 조건이었소."

적월이 숨김없이 말했다.

"이유가……?"

"극락화라고 아시오?"

적월은 사반수에게 숨기는 것이 없었다. 그는 사반수라는 사람에게 승부를 걸고 있었다.

목숨을 건 승부다. 사반수를 완전히 자신의 사람으로 만들지 못하면 그를 벨 생각이었다.

그가 마맹에 들어와 신마령주로 살아가면서 독해진 것이 이유일 수도 있었다.

하지만 사반수 같은 사람을 얻으려면 솔직해야 하고, 그 솔직함으로도 사반수를 얻지 못할 경우 그를 죽여야 한다.

그건 그가 마맹에 들어온 것과는 상관없는 선택이었다.

그래서 일단은 사반수에게 모든 사실들을 숨김없이 털어놓고 있었다.

"극락화……! 그것을 찾고 있소? 빙궁이?"

"그런 것 같소."

"음… 그 말은 곧 설화 희원을 되살리겠다는 뜻인데……."

사반수는 단지 극락화를 찾고 있다는 말만 듣고도 빙궁이 자신을 찾는 이유를 유추해 냈다. 과연 뛰어난 의원이 아닐 수 없었다.

"찾을 수 있소?"

"대충 어디쯤에 가면 찾을 수 있을지 알고는 있지만 찾고 못 찾고는 내 몫이 아니오."

"그 정도만이라도 빙궁은 충분히 만족할 것이오."

적월이 대답했다.

그러자 사반수가 고개를 갸웃했다.

"그런데 이상한 일이군. 왜 이제 와서 극락화를 찾아 설화 희원을 깨우려 하는 것이지? 지난 이십 년간 조용하다가."

"극락화로 그녀를 깨울 수 있다는 것을 최근에 안 모양이오. 그리고… 그녀를 깨우는 것 역시 쉽게 결정할 수 있는 문제는 아니고. 또한 최근 들어 빙궁에 무슨 사정이 생긴 모양이오. 그 녀를 반드시 깨워야 하는……."

적월이 나름대로 알아본 것을 이야기해 줬다.

그러자 사반수가 고개를 끄떡이며 말했다.

"사실 빙궁은 마도에 속해 있지만 마도라 부르기도 어렵고, 설화 희원이 깨워난다고 해서 천하가 혼란에 빠지지는 않을 것이오. 냉정하게 말해 칠마에 속한 사람이지만 칠마와 같은 흉성을 가진 것도 아니고… 외려 그 이야기가 사실이라면 그들을 상대하는 데 도움이 될 것이오."

사반수가 말했다. 절대삼천에 대한 이야기다.

그의 말투로 보면 이미 적월과 함께 힘을 합쳐 절대삼천을 상대하는 사람과 같았다.

"같이 가시겠소?"

"그럽시다."

사반수가 시원시원하게 대답했다.

"고맙소."

"고맙기는 뭐… 그런데 얼굴은 왜 바꿨소?"

"……!"

갑작스러운 사반수의 질문에 적월은 한순간 말문이 막혔다.

설마 자신이 역용을 한 것을 사반수가 알아볼 거라고는 전혀 생각지 못했던 것이다.

적월이 당황한 듯 자신을 바라보자 사반수가 히죽 미소를 지으며 말했다.

"설마 홍림괴의 사반수의 눈을 속일 수 있을 거라 생각했소? 보자… 얼굴을 역용한 사정은 차차 듣기로 하고. 그런데 그 역용은 몇 군데 손을 봐야 할 것 같소."

"그게 무슨……?"

"지금까지 발각되지 않은 것은 아마도 얼굴을 가리고 다녔기 때문인 듯한데. 나 같은 의술의 대가를 이렇게 가까이서 대면하게 되면 반드시 발견되고 말 것이오. 그러니 가는 동안 내가 좀 더 완벽하게 그 얼굴을 다듬어주겠소. 누구도 역용을 눈치채지 못할 정도로."

"후우… 아무래도 노사를 만난 것이 내겐 행운인 것 같소이다."

"위험을 감수했으니 그만한 이득이 있어야 하는 것 아니겠소? 그나저나 그 미친놈들을 상대할 준비는 되었소?"

사반수가 절대삼천에 대한 적의를 보였다. 그도 그럴 것이, 칠마의 난을 그들이 일으킨 것이라면 홍림의 멸망에서 절대삼천은 자유로울 수 없기 때문이었다.

"나름대로 계획을 세워 준비해 가는 중이오. 그래서 노사의 도움이 필요한 것이고……."

"음, 좋소. 나도 힘을 보태겠소."

"고맙소이다."

"그런데… 당신은 누구요?"

서로의 목숨을 걸고 함께 누군가와 싸울 것을 상의한 끝에 나온 질문이 생경하다.

당신은 누구인가.

본래 이 질문이야말로 이야기의 시작이어야 했다. 그러나 적월은 지금까지 모든 것을 말했지만 자신의 진실한 신분, 그것 하나는 여전히 말하지 않고 있었다.

그것이야말로 가장 늦게까지 그가 지켜야 할 비밀이기 때문이었다.

하지만 이제는 자신의 신분을 밝힐 때다.

적월이 자리에서 일어났다. 그리고 정중하게 사반수에게 포권을 해 보였다.

"십이천문의 문도이자 불사 나왕의 제자 적월이 노사께 인사드립니다!"

적월이 온 길을 되짚어 내려가고 있었다.

올 때와 마찬가지로 그의 곁에는 환동과 마영 천이 동행하고 있었다.

다른 마영들은 산 아래에서 적월을 기다리고 있었다.

그런데 마영 천의 표정이 이상했다. 그는 연신 뒤를 돌아보며 홍림괴의 사반수가 살고 있는 초가를 바라봤다.

그런 그의 행동이 적월의 눈에 들어오지 않을 리 없었다.

"왜, 미련이 남나?"

적월이 마영 천에게 물었다.

"그를… 이렇게 두고 가시는 겁니까?"

"얻을 것을 얻었으니까."

적월이 대답했다.

"하지만 빙궁주는 그를 데려오길 원하지 않았습니까?"

"정확하게는 그에게서 듣고 싶은 말이 있었던 거지. 그걸 내가 대신 전해주는 것이고."

그게 무엇이냐고 물으려다가 마영 천이 침을 꿀꺽 삼켰다. 그의 신분으로는 지나치게 앞서 나간 질문일 수 있기 때문이었다.

그의 내심을 짐작했는지 적월이 묻지도 않은 질문에 대답을 했다.

"그게 뭔지는 말해줄 수 없어. 그건 나와 빙궁주만의 약속이니까. 아무튼 난 빙궁주와 거래할 수 있는 근거를 얻었으니 굳이 남겠다는 그를 데려갈 필요가 없지."

"하지만 그는 유용한 사람입니다. 데리고 쓰신다면……."

"후후, 그에 대해 하나는 알고 둘을 모르는군."

"……?"

마영 천이 자신이 모르는 것이 뭔지 침묵으로 물었다.

"그는 자신이 싫으면 목숨을 잃더라도 내가 원하는 것을 주지 않을 사람이야. 그자는 칠마가 홍림을 몰살할 때도 살아남은 사람이지. 대체로 그런 사람은 죽음을 두려워하지 않아. 칠마에 대한 원한도 깊지. 그런데 내가 누군가? 난 칠마 중 한 명의 후계자야. 그런 내가 시키는 일을 그자가 고분고분 듣겠는가?"

"그야… 물론 어렵겠지요."

마영 천이 대답했다.

"어려운 것이 아니라 불가능하지. 그래서 난 그에게서 듣고 싶은 말 단 하나만 원했다. 사실 그것은 그가 목숨 걸고 지킬 것도 아니었어. 그래서 거래가 성립된 거야. 그는 계속 세상을 등지고 살아갈 것이고, 난 그를 귀찮게 하지 않는 거지."

"그런 조건에 그가 순순히 따랐다면 정말 빙궁주가 원한 것이 그리 중요한 것은 아니겠군요."

"뭐, 뭐든 사람에 따라 그 중요성은 다르니까. 아무튼 얼른 마맹으로 돌아가자고. 이젠 더 이상 게으름 피울 시간이 없어. 구로의 무림맹 정의대가 한 달 안에 백마산 인근으로 접근할 테니까."

"맞습니다. 이미 북두산문주 백완이 이끄는 정의대 일로가 장안 인근에 도달했다는 전갈을 받았습니다."

"좋아. 서둘자고. 한판 놀아봐야지."

적월이 모든 일이 잘된 듯한 표정으로 말했다.

그리고 적월이 다녀간 그날 밤, 홍림괴의 사반수 역시 조용히 자신의 거처를 떠났다.

      *   *   *

백마산 상천곡은 여전히 구름 같은 안개에 파묻혀 있었다.

수개월 만에 돌아온 곳이지만 적월의 눈에는 낯선 곳처럼 느껴졌다.

상천곡을 떠나 있는 동안에도 수시로 마해밀도를 통해 마맹의 소식을 전해 받았고 신마령주로서의 삶이 이어졌지만, 그래도 마맹의 소굴인 상천곡을 떠나 있는 것만으로도 은연중에 깃들었던 패도적인 기운이 많이 사라졌던 적월이었다.

그러나 마도의 소굴로 돌아오자 가라앉았던 패도의 기운들이 다시금 솟구치는 것이 느껴졌다.

'이래서 사람은 약한 존재인 모양이군. 장소에 따라 몸의 기운도 변하니…….'

패도적인 기운이 꿈틀거리는 것을 느끼며 적월이 씁쓸한 미소를 지었다.

"령주님!"

상천곡으로 들어가는 절벽 위쪽 길 입구에서 마해오객 주불과 마영이조의 조장 천융이 적월을 반겼다.

"별일 없나?"

적월이 인사에 대한 대답도 건네지 않고 물었다.

"무림맹의 진격이 눈앞에 다가와서인지 모두가 긴장한 상태입니다."

"그렇겠지. 모두 돌아왔나?"

적월이 고개를 끄떡이며 물었다.

무림맹에 기습을 가하기 위해 강호로 나갔던 마호군과 마룡군의 회군을 물은 것이다.

　"그렇습니다. 닷새 전에 모두 복귀했습니다. 이후에는 각 마문의 수장들이 매일 맹주와 향후의 대책을 논의하고 있습니다."

　주불이 대답했다.

　"다행이군. 모두 준비를 하고 있으니."

　"전력은 좀 줄어든 상태입니다."

　전력이 줄었다는 것은 마맹의 마인들 중 일부가 무림맹의 총공세를 피해 새외로 도주했다는 의미다.

　"그래? 얼마나?"

　"그리 많지는 않습니다. 또 주요 문파의 고수들은 모두 남아 있으니, 큰 타격은 없을 듯합니다."

　주불이 스스로의 판단까지 곁들여 말했다.

　"다행이군."

　"바로 맹주전으로 가시겠습니까?"

　주불이 물었다.

　그러자 적월이 고개를 저었다.

　"천오로로 간다."

　"천오로시라면……?"

　주불이 의아한 표정으로 물었다.

　"먼저 빙궁주를 보겠다. 그녀에게 제법 좋은 선물을 가져왔어."

　그러자 주불이 적월의 뒤쪽을 살피며 의구심 어린 표정으로 말했다.

　"그자는… 없는 것 같습니다만."

홍림괴의 사반수를 두고 하는 말이다.

주불은 빙궁주가 적월을 통해 홍림괴의 사반수를 찾고 있었다는 것을 알고 있는 몇 사람 중 하나였다.

"사람이 올 필요가 없는 일이었으니까."

"그런… 것이었습니까?"

사람이 필요 없다는 것은 빙궁이 원한 것이 사반수가 아니라 사반수에게 있는 어떤 물건이란 의미다.

그것까지는 몰랐던 주불이었다.

"뭐, 자세한 것은 알 필요 없고. 천오로로 가지."

적월이 주불에게서 시선을 돌려 마영이조의 조장 천융을 보며 말했다.

상천곡에 돌아온 이상 적월의 호위는 무영오마가 아니라 마영이조 천융이 맡게 된다.

"모시겠습니다."

천융이 대답했다.

그러고는 적월의 앞에 서서 길을 열기 시작했다.

빙궁의 궁주 빙검 초설로는 마맹의 본거지 백마산 상천곡의 다섯 줄기 중 하나인 천오로의 빙궁 거처에서 어둠을 바라보고 있었다.

이미 소식은 도착해 있었다.

신마령주를 따르는 사람들 중 한 명이 신마령주의 방문을 알린 것이다. 하지만 신마령주가 과연 그녀가 원하는 사람을 데려왔는지는 알 수 없었다.

다만 그녀를 기대케 하는 것은 신마령주가 마맹에 복귀하자마자 맹주가 아닌 자신을 찾아오고 있다는 것이다.

그건 곧 그녀에게 줄 선물을 가져왔다는 의미일 가능성이 컸다.

"후우… 정말 그를 찾았을까?"

초설로가 길게 한숨을 내쉬었다.

평소에는 볼 수 없는 모습이다. 그녀는 언제나 얼음처럼 차가운 표정을 짓고 있었다. 그래서 마맹 내의 마인들도 그녀에게 농을 하는 것은 감히 상상하지도 못하는 일이었다.

"시간이 없는데. 이번에 그를 데려오지 않으면 일단 궁으로 돌아가야 할 것 같아. 후… 그렇게 되면 마도와는 완전히 끝이겠지. 정사대전을 목전에 두고 도주하는 것으로 보일 테니. 하긴… 언제 빙궁이 제대로 마도인 적이 있었나. 빙궁은 빙궁일 뿐 마도도 아니고 정도도 아니지."

긴장된 마음을 풀려는 듯 초설로가 나직하게 중얼거렸다.

이 또한 평소 말이 없는 그녀와 어울리지 않는 모습이다.

그때 문밖에서 조심스러운 목소리가 들렸다.

"궁주님!"

"오셨나요?"

초설로가 되물었다.

"그렇습니다."

"모셔요."

"예, 궁주님!"

문밖의 사람이 대답을 한 이후 다시 침묵이 찾아왔다.

초설로가 자리에서 일어나 크게 호흡을 하고는 문 쪽으로 다가가 활짝 문을 열었다.

적월은 언제나처럼 환동을 뒤따르게 하고 초설로의 방으로 다가갔다. 이미 초설로의 방문은 활짝 열려 있었다.

"어서 오세요."

초설로는 방문 밖까지 나와 적월을 맞았다.

"궁주, 오랜만이오!"

적월이 초설로에게 가벼운 미소를 지어 보였다.

그 미소를 보는 순간 초설로의 얼굴에서도 긴장감이 사라졌다. 직감적으로 일이 제대로 되었다는 것을 알아챈 것이다.

"이쪽으로……."

초설로가 좀 더 정중하게 적월을 자신의 거처 중앙에 놓인 커다란 서탁으로 안내했다.

"형님만 남고 다른 사람은 밖에서 기다리도록! 궁주께서도……."

적월이 초설로를 보며 사람들을 물려줄 것을 요구했다.

"그렇게 하죠."

초설로가 대답을 하고는 빙궁의 고수들을 보며 고개를 끄떡였다. 그러자 빙궁의 고수들과 적월을 따라온 마영들이 모두 문 밖으로 사라졌다.

드르륵!

적월이 먼저 자리를 잡고 앉자 초설로가 문을 닫은 뒤 적월의 맞은편에 앉았다.

"형님도 앉으세요?"

적월이 환동을 보며 말하자 환동이 고개를 저으며 대답했다.

"아니야, 무영마 님. 난 쥐들이 노는 걸 구경할래."

환동이 엉뚱한 소리를 하며 천장을 바라봤다.

그러자 적월이 무심하게 초설로를 바라봤다.

초설로의 얼굴에 잠깐 당혹감이 서렸다.

"본 궁의 움직임을 살피는 자들이 있는 것 같아서 지붕 위에도 사람을 두었어요. 미처 물러가란 명을 듣지 못한 모양이군요. 모두 물러가세요."

초설로가 조금 목청을 높여 천장을 보며 말했다.

그러자 잠시 후 환동이 시무룩한 표정으로 적월의 옆에 앉았다.

"쥐들이 모두 갔어, 무영마 님. 재미있었는데……."

"모두 잠에 들 시간이긴 하죠."

적월이 대답했다.

그러자 초설로가 정색을 하며 말했다.

"참 무서운 분이군요. 형님이란 분은……."

초설로의 시선이 환동에게 향해 있다.

그러나 환동은 초설로에게 전혀 관심이 없는 듯했다. 그는 그저 멀뚱멀뚱한 표정으로 초설로의 거처 안을 이리저리 살필 뿐이었다.

"무서운 분이시죠. 화가 나면."

적월이 대답했다.

"누구도 알아채지 못할 거라 생각했는데……."

초설로가 진심으로 말했다. 지붕 위의 호위 무사들에 대한 이야기다.

그러자 적월이 정색을 하며 말했다.

"무공으로만 보자면… 천하제일을 다투실 겁니다."

"그렇게까지……."

"제대로 싸우는 것을 보면 빙궁주께서도 두려움을 느낄 겁니다. 장담하죠."

적월의 확신에 초설로가 더 이상 의문을 제기하지 않았다. 대신 부러운 말투로 말했다.

"행운이시군요. 그런 분을 곁에 두고 계셔서."

"맞습니다. 제게는 가장 큰 행운이지요."

"령주님을 따르는 다른 분들도 대단한 것 같던데. 아! 마해밀도 말고요."

마영들을 말함이다.

"모두 사부님의 덕이라고 할 수 있지요."

마영들이 혼마 창의 사람들임을 의미하는 것이다.

"모든 사람이 그렇지요. 사부의 유산으로 제자가 강해지고… 그렇게 몇 대를 지나면 무림에 강대한 문파가 탄생하는 거지요."

"뭐, 문파를 만들 것도 아니고……."

적월이 관심 없는 듯 말했다.

"그를 찾으셨나요?"

초설로가 급하게 화제를 바꿨다. 서론은 이쯤으로 충분하다고 판단한 모양이다.

"찾기는 했소이다."

"그런데 데려오지 않으셨군요."

초설로가 약간의 실망감과 의구심을 동시에 드러내며 말했다.

"그가 오기를 거부했소."

"그렇게 되면… 우리 거래는 위험해지겠군요. 그런데 이해할 수 없군요. 그가 오기를 거부한다고 그를 데려오지 않았다는 것이⋯⋯."

마도의 인물, 그중에서도 마맹을 실질적으로 움직이는 신마령주가 의원 한 명 강제로 데려오지 못했다는 것은 누구도 납득할 수 없는 일이다.

"뭐, 필요한 것을 들었으니까 굳이 싫다는 사람 데려올 필요가 없었소."

"그럼⋯⋯?"

초설로가 눈빛을 반짝이며 적월을 바라봤다.

이런 모습은 흔치 않은 모습이다.

적월이 그런 초설로를 보며 품속에서 작은 양피지를 꺼내 초설로에게 건넸다.

초설로가 급히 그 양피지를 집어 들었다. 그러고는 적월을 한 번 바라보고는 양피지로 시선을 옮겼다.

"아직도 있을지는 모른다고 하더구려. 또한 대충 위치를 표시하기는 했지만 찾는 것은 빙궁의 몫이라고도 했소."

양피지에 정신이 빠져 있는 초설로를 보며 적월이 말했다.

"이곳이… 어디죠?"

"백두요."

"백두… 빙궁에서 그리 멀지 않군요."

"궁주께서 직접 가실 생각이오?"

적월이 심각하게 물었다.

"당연히… 아!"

갑자기 초설로가 탄식을 흘렸다. 생각보다 간단한 문제가 아니라는 것을 금세 깨달은 것이다.

"직접 가고 싶으시겠지만 두 가지 문제가 있소."

적월이 차분하면서도 냉정하게 말했다.

"한 가지 문제는 확실하죠. 지금 마맹에서 발을 빼면 영원한 마도의 배신자로 낙인찍히겠죠."

초설로가 담담하게 말했다.

"감당할 수 있겠소?"

마도라는 것이 충성을 요구하거나 혹은 문파의 존망을 건 희생을 요구하는 무리는 아니다. 이득에 따라 움직이고, 필요할 때면 자신이 살기 위해 다른 동료의 희생을 강요하는 곳이 마도다.

하지만 빙궁은 그런 마도의 행태에 따라 움직이기 힘든 문파다. 그만큼 빙궁은 무림의 역사에 큰 획을 긋고 있는 문파였다.

마도임에도 명문정파 못지않은 도도한 빙궁의 명예가 한순간의 선택으로 비겁자로 추락할 수 있었다.

"잠깐의 비난 정도야 감당할 수 있죠. 다만… 령주님과의 약속을 지킬 수 없는 것이 문제군요."

초설로가 말했다.

"물론 그 역시 문제기는 하오. 사실 난 지금 궁주의 도움이 절실한 상태요."

순간 초설로의 눈빛이 흔들렸다.

마맹에 대한 배신보다도 적월의 기대를 충족시킬 수 없다는 것에 더 신경이 쓰이는 모양이었다.

"절 잡으실 생각이신가요?"

"아니오. 내 사정 때문에 궁주를 잡을 생각은 없소. 아쉽기는 하지만. 그보다 내가 걱정하는 것은 다른 것이오."

"걱정해야 할 다른 게 있나요?"

"궁주의 행보가 사람들의 관심을 끌지 않겠소?"

"그야… 아."

다시 초설로가 뭔가를 깨달은 듯 탄식을 흘렸다.

적월이 가져온 양피지에는 극락화가 있는 장소가 그려져 있었다. 그 사실에 흥분한 초설로가 평소와 달리 침착함을 잃고 있는 것이다.

그래서 아주 단순한 문제, 그녀가 마맹을 벗어나 빙궁으로 가지 않고 백두로 갔을 때 일어날 문제들을 간과하고 있었다.

만약 그녀의 행보를 주시하고 있는 사람이 있다면 백두로 가는 그녀의 행적은 고스란히 알려질 것이다.

더군다나 그 목적이 극락화라는 것을 알게 되면, 어쩌면 강호 무림은 정사대전조차도 뒤로 미루고 극락화를 찾아 수백의 절정 고수들이 빙궁주의 뒤를 쫓게 될 수도 있었다.

강호에선 그만큼 단숨에 절정의 무공을 증진시킬 수 있는 기보의 가치가 무서웠다.

"역시… 다른 사람을 보내야겠군요."

"믿을 만한 사람이 있소?"

적월이 물었다.

"제가 직접 가는 것보다야 못하겠지만 믿을 수 있는 사람들은 있어요."

"그럼 다행이오."

적월이 말했다.

그러자 초설로가 잠시 생각에 잠겼다가 입을 열었다.

"그리고 전 아예 이곳을 떠나지 않는 게 좋을 것 같군요."

"그래도 일단 빙궁으로는 돌아가는 것이 좋지 않겠소? 극락화를 얻은 후 전대빙궁주님을 치료하는 데 궁주께서 계셔야 하는 것 아니오?"

"아뇨. 그럼 오히려 의심을 살 거예요. 사실 제가 극락화를 찾아 사부님을 깨우려고 하는 것은 빙궁에서도 극히 일부만 알고 있는 비밀이거든요."

"후우… 대체 빙궁에 무슨 일이 있는 거요?"

무림의 금기를 깬 질문이다.

다른 문파의 비밀을 이렇게 직접적으로 물어보는 것은 상대에 대한 도발이나 다름없었다.

하지만 적월은 묻지 않을 수 없었다.

대체 빙궁주 초설로 같은 무림의 강자가 이렇게 조심하는 이유를 알 수 없었다.

전대 궁주를 깨우려는 노력을 군이 숨길 이유는 없었다. 극락화의 존재는 비밀로 부쳐야 하는 일이지만.

적월의 질문은 무례했지만 빙궁주 초설로는 화를 내지 않았다. 이미 적월을 통해 극락화의 위치를 얻은 초설로. 이 정도의 무례는 당연하다고 생각하는 듯했다.

"큰 선물을 주셨으니 제 사정을 말씀드리지요. 다른 곳에 말을 전할 분 같지도 않고."

"그리 생각해 주시니 고맙소."

적월이 가볍게 고개를 숙였다.

"사부이신 전대 궁주님께는 사제가 한 분 계셔요. 제게는 사숙이 되시는 사람인데 한천검 모굴이라는 사람이지요."

"한천검 모굴… 이름을 들어보지 못한 것을 보니 무림에서 활동한 분은 아니구려?"

"맞아요. 칠마의 난 때도 강호에 나오지 않았지요. 이유는 큰 잘못을 해서 사부님으로부터 삼십 년 폐관의 벌을 받았기 때문이에요. 그런데 그 삼십 년의 기한이 곧 끝나지요. 만약 그분이 폐관을 끝내고 나왔을 때 어떤 행동을 할지 그걸 예측할 수가 없어요."

"음… 하지만 일단 갇혀 있는 사람을 걱정한다는 것은……."

이해할 수 없는 일이었다.

만약 그렇게 걱정이 되는 사람이라면 폐관에서 풀어주지 않을 수도 있었다.

위험의 싹을 미리 자르는 것은 정사를 막론하고 큰 문파를 운영하는 사람에게는 기본이 되는 일이다. 삼십 년 폐관이라는 약속에 얽매일 일이 아니었다.

"그게 그렇게 간단한 문제가 아니에요. 사실 본 궁에 그를 따르는 사람들이 있어요. 궁주인 제 힘으로도 제어하기 힘든 사람들이지요. 그리고 그들의 눈에는 제가 궁주로서 성에 안 차는 모양이에요. 그래서 사숙이 폐관을 풀고 나오면 그를 궁주로 옹립할 생각을 하고 있어요."

"그들을 제거할 수는 없소?"

"무리를 한다면 제거할 수 있을 거예요. 솔직히 말하면 그 준비를 하고 있기도 하고요. 하지만 그렇게 되면 빙궁은 오 할 이상의 전력 손실을 각오해야 해요. 아니, 어쩌면 살아남는 사람이 몇 안 될 수도 있지요. 그래서 사부님이 필요해요. 사부님이 깨어나시면 빙궁은 시간을 벌 수 있고, 사부님이 계시는 동안 제가 온전한 빙궁의 궁주가 될 수 있지요. 물론 사부께서 건재하시면 사숙도 감히 다른 생각을 하지 못할 거예요."

초설로가 우울한 표정으로 이야기를 끝냈다.

아마도 빙궁의 치부를 드러낸 것과 자신이 아직 완벽한 빙궁의 궁주가 되지 못한 것에 대해 자괴감이 드는 모양이었다.

"그래서 그들이 극락화의 존재를 알면 안 되는 것이구려?"

"맞아요. 사실 그들은 사부님의 잠들어 계신 곳조차 모르고 있어요. 이런 상황에서 제가 빙궁으로 돌아가 동면에 드신 사부님의 거처로 이동하면 그들이 어떤 짓을 할지 모르지요."

"후우… 하지만 그 모든 일을 다른 사람에게 맡겨야 한다는 것이……."

백두로 극락화를 찾을 사람을 보내는 것과 극락화를 찾고 설화 회원을 깨우는 것은 다른 일이다.

약간의 실수만 해도 극락화를 빼앗기고 회원이 죽을 수 있었다.

"걱정 마세요. 그 일은 충분히 대신해 줄 사람들이 있어요. 물론 그 사람들이 누구인지는 지금은 말씀드릴 수 없군요. 이 일은……."

그 순간 적월이 손을 들었다.

"되었소. 나 역시 거기까지는 듣고 싶지 않소. 타 문의 일을 너무 깊이 아는 것이 그리 좋은 일은 아니니까."

"그렇게 생각해 주시니 고마워요."

"아무튼 이곳에 남아주신다면 내게 큰 힘이 될 것이오."

"그런데 무림맹의 공세를 어떻게 막을 생각이시죠?"

"그야… 내가 아니라 마맹의 맹주가 걱정할 일 아니겠소?"

적월의 반문에 초설로가 빙그레 미소를 지었다.

"마맹의 일이 맹주가 아닌 신마령주님에 의해 결정되는 것을 모르는 사람이 있을까요?"

그러자 적월이 고개를 저으며 말했다.

"아니, 정말이오. 무림맹을 상대하는 일은 맹주가 할 것이오. 그는 마룡군과 마호군이 강호에 나가 있는 사이 자신만의 세력을 마맹 안에 구축했을 테니 이제 그도 마맹을 움직일 권위와 힘을 가지게 되었을 거요. 대신… 난 다른 싸움을 할 생각이오."

"다른 싸움이요? 무림맹과의 정사대전이 아닌 다른 싸움이 있나요?"

"그렇소. 사실은 그 일에서 궁주의 도움을 받으려 하오. 궁주께서 빙궁의 비밀스러운 일들을 내게 말해주셨으니 나 역시 이제 궁주를 신뢰할 수 있을 것 같소. 그래서 나도 나의 비밀스러운 싸움에 궁주의 도움을 청하고 싶소."

적월이 얼굴 가득 의문을 담은 초설로를 보며 정중하게 말했다.

제5장
전운(戰雲)

초설로가 당황한 표정으로 계속 두 손을 모았다가 펼쳤다를
반복했다.

그녀의 앞에 놓인 찻잔의 차는 이미 식은 지 오래다. 무거운
공기가 실내를 짓눌렀다.

반면 적월은 태연하게 차를 마셨다. 그의 찻잔은 이미 한 번
비워졌고, 다시 한 번 더 차를 따른 후다.

적월은 그녀의 결정을 기다렸다.

물론 그가 알고 있고, 또 싸우려는 상대에 대한 소름 돋는 비
밀을 말하기 전 적월은 초설로에게 한 가지 약속을 받아냈다.

그의 일에 동참하지 않을 것이라면 이 기회에 빙궁으로 돌아
가라는 것이었다.

비록 천하마도의 비난이 쏟아질 것이고, 설화 희원을 되살리

는 데 방해꾼이 나타날 수도 있는 행보지만 그래도 적월은 그 정도 손해는 감수해야 할 만큼 중요한 비밀임을 미리 초설로에 게 경고했다.

초설로는 적월의 요구를 순순히 받아들였다. 단지 적월에게 받은 극락화라는 선물의 중요성 때문은 아니었다.

그녀는 적어도 세상의 그 어떤 비밀이라도 자신을 두렵게 만 들지 못할 것이라는 자신감이 있었다. 그녀 자신이 천하인을 두 려움에 떨게 하는 빙궁의 주인이다.

그런 그녀를 겁에 질려 빙궁으로 도주하게 만들 비밀은 세상 에 없다고 자신한 것이다.

그러나 적월에게서 절대삼천이라는 신비하고 놀라우며 사악 한 천재들에 대해 듣는 순간, 초설로는 본능적으로 빙궁으로 돌 아가는 것도 하나의 선택이라는 사실을 깨달았다.

이런 싸움은 간혹 한 문파를 완전히 멸망에 이르게 만들기도 한다. 혹은 깊은 원한이 쌓여 두고두고 후대에까지 피의 악연을 맺게 하기도 한다.

그래서 중요한 것은 싸움의 승패보다 어떻게 끝나느냐다. 정 말 완벽하게 그 뿌리를 자를 수 있는지가 싸움에 참여할 중요한 요인이 되는 것이다.

그런데 적월에게 들은 절대삼천은 승리의 확률조차 오 할 이 상으로 두지 못하는 존재들이었다.

당연히 일단 빙궁으로 돌아가 천하의 정세를 살피는 것이 가 장 현명한 선택이라는 생각이 들 수밖에 없었다.

그러나 그의 눈앞에 있는 인물, 마맹의 신마령주로 알았던 이 젊은 고수의 존재가 그녀의 결정을 망설이게 하고 있었다.

알 수 없는 믿음도 한구석에 있었다.

아무리 대단한 자들이라도 이 젊은 고수가 능히 승리를 거둘 것이란 근거 없는 믿음이 그녀의 마음속에 있었던 것이다.

"이 싸움의 성패를 어찌 보시나요?"

한참의 고민 끝에 초설로가 물었다.

"계획대로 된다면 칠 할, 중도에 변수가 생기면 반반 정도 생각하오."

적월이 대답했다.

"생각보다 높군요."

적월이 말한 절대삼천의 능력을 생각하면 확실히 그의 판단은 낙관적이었다.

"난 적에 대해 이야기했을 뿐 우리가 그들과 어떻게 싸워왔고, 앞으로 싸울 것인지는 말하지 않았소."

"그 모든 이야기를 듣고 제 행보를 결정할 수는 없겠지요?"

초설로가 물었다.

"그렇소. 그건 내게도 너무 위험 부담이 큰 일이니까."

십이천문의 존재라거나 절대삼천 중 한 명인 마천 혼마 창이 자신들 수중에 있다는 이야기는 아직 할 수 없었다.

아니, 절대삼천의 정확한 정체에 대해서도 함구하고 있었다.

다만 절대삼천이 존재하고, 그들의 거대한 음모와 싸우려는 사람들이 있다는 정도가 적월이 할 수 있는 이야기의 전부였다.

"후우… 쉬운 일이 아니군요."

"돌아가시는 것도 좋은 방법이오. 그럼 일이 어떻게 끝나든 빙궁은 건재할 것이오."

적월이 안심시키듯 말했다.

"하지만 무림의 역사를 보면 반드시 참여해야 하는 싸움들이 있었지요. 그 싸움에서 배제되었을 때 문파의 쇠락이 수십 년, 혹은 수백 년 이어지는 경우도 허다했고……."

"그렇긴 하오만……."

적월도 초설로의 말을 부인하지 않았다.

그러자 초설로가 다시 침묵에 빠졌다. 적월 역시 초설로의 고민을 방해하지 않고 묵묵히 찻잔을 들었다.

초설로가 다시 입을 연 것은 대략 일각 정도의 시간이 흐른 뒤였다.

그리고 일단 결심이 선 그녀는 평소의 모습으로 돌아와 있었다.

"이곳에 남죠."

초설로가 짧게 말했다. 긴 고민의 시간을 생각하면 지나치게 짧은 대답이다.

"고맙소."

적월의 대답 역시 짧다.

"이제 더 말해줄 것들이 있지 않나요?"

초설로가 물었다.

그러자 적월이 되물었다.

"궁주께 마맹, 아니, 마도는 어떤 의미요?"

묘한 질문이어서 쉽게 대답하기 어렵다.

하지만 초설로의 대답은 그리 오래 걸리지 않았다.

"여러 인연 중 하나죠. 제가 맺은 인연은 아니니 애착이 있는 것은 아니고요. 본래 사부께서 칠마의 일원이 되신 것도 당시 정파라 불리는 자들이 행보가 지나치게 오만했기 때문이지 사부께서 마인이라 불릴 이유는 없는 분이죠. 그런데 칠마라니… 후후, 사부께선 가끔 칠마에 포함되신 것을 두고 실소를 흘릴 정도였어요. 하물며 저야……."

마맹의 신마령주를 앞에 두고 이런 말을 할 수 있다는 것은 대단한 담력이다.

"그럼 되었소."

"마맹에 대한 제 생각이 중요한가요?"

"그렇소. 왜냐하면 이 이야기들은 궁주께 나 자신에 대해 말하는 것으로 시작해야 하기 때문이오. 그런데 난 사실 마도의 사람이 아니오."

적월의 스스럼없는 말에 초설로의 눈이 커졌다. 그녀로서는 전혀 예상치도 못한 고백이기 때문이었다.

"그럼……?"

"난… 십이천문이라는 청부문의 사람이자 불사 나왕의 제자요!"

적월이 거침없이 자신의 정체를 밝혔다.

초설로는 처음 절대삼천이란 존재들에 대해 들었을 때보다 더 오랜 침묵에 빠져 있었다.

처음에는 무림의 문파랄 것도 없는 작은 청부문과 어둠 속에서 천하무림을 움직이는 절대삼천의 싸움, 그 불가능한 싸움에 발을 들여놓았다는 것에 후회를 하기도 했다.

그러나 그들의 수중에 혼마 창이 있다는 이야기를 들은 순간부터는 왜 적월이 싸움의 승산을 칠팔 할로 보고 있는지 이해할 수 있었다.

더군다나 불사 나왕이 생각하고 있는 큰 그물에 대해 설명을 들었을 때는 묘한 쾌감도 느꼈다.

일이 성사되었을 때의 성취감이 적지 않은 일이란 뜻이다.

그럼에도 불구하고 이 일의 위험성은 결코 무시할 수 없었다.

일이 잘못되면 천하의 공적으로 몰릴 수도 있었다. 어쩌면 수백 년 전통의 빙궁도 몰락의 위험에 처할 수 있었다.

물론 그럼에도 불구하고 이제는 돌이킬 수 없는 결정이었다.

외부로 흘러나가면 극히 위험해질 수 있는 사실들까지 말한 적월이다. 만약 그녀가 이제 와서 발을 빼겠다면 어쩌면 이 젊은 신마령주는 이 자리에서 자신을 공격할 수도 있었다.

그렇게 되어서는 공멸이다.

하물며 이 마의 소굴에서 그녀의 말을 믿어줄 사람도 없을 것이다. 모두가 혼마 창의 제자인 신마령주의 편에 설 것이기 때문이다.

물론 그녀 역시 이제 와서 신마령주를 적으로 돌릴 생각도 없었다.

그녀가 이 젊은 고수와 뜻을 같이하기로 한 이유 중 오 할은 상대에 대한 개인적인 호감 때문이었다.

"제가 뭘 할까요?"

"만약의 경우 그들을 추종하는 자들과 싸움이 일어나면 싸워야 할 것이오. 물론 일이 계획대로 된다면 큰 싸움은 일어나지 않겠지만. 그러나 그것보다 중요한 것은 최후의 순간 마맹의 행보를 결정할 때 나의 결정을 지지해 주는 것이오."

"그렇군요. 모두가 망설이는 순간이 반드시 올 테니까요."

"해줄 수 있겠소?"

적월이 물었다.

"물론이죠. 이미 약속한 일인데요."

초설로가 담담하게 대답했다.

"고맙소. 그리고 마도에서는 처음으로 청풍회에 가입한 것을 환영하오."

"청풍회… 참 이상한 모임이 되겠군요. 정사의 중간에서……."

"오랜 시간 동안 빙궁에게도 큰 힘이 될 것이오."

"일이 잘되면 그렇겠지요."

초설로가 여전히 미래의 불안감을 지우지 못한 채 말했다.

"꼭 그렇게 될 것이오. 그럼 난 이만 가보겠소. 이곳에 오래 있는 것도 사람들의 의심을 살 수 있으니……."

"우리 두 사람이 모종의 거래를 한 것을 모르는 사람이 없을 걸요?"

초설로가 오랜만에 미소를 지으며 말했다.

신마령주과 빙궁주 사이에 특별한 거래가 있을 거라는 추측은 마맹의 마인이라면 모르는 사람이 없는 사실이다.

"하긴 소문이 빠른 곳이니."

적월도 미소를 지으며 대답했다.

그러면서도 말한 대로 자리에서 일어나 자신의 거처인 마전으로 돌아갈 준비를 했다.

그런데 그 순간 문득 빙궁주 초설로가 물었다.

"그런데 이름이 뭐죠?"

그러고 보니 마맹에선 적월의 이름을 아는 사람이 없었다. 그는 그저 신마령주거나 혹은 신마령주 이전의 별호 무영마로 불리고 있었다.

적월 역시 굳이 자신의 이름을 밝힌 적이 없었다.

"어떤 이름을 원하시오?"

"어차피 십이천문의 사람이라는 것까지 아는데 본명을 말해줄 수 있나요?"

초설로가 대담하게 요구했다.

그러자 적월이 생각보다 순순히 자신의 이름을 밝혔다.

"난 적월이라 하오."

"적월… 특이한 이름이군요."

"사연이 있소."

"물론 지금은 말해주실 수 없겠죠? 나중에 그 이름에 대한 사연을 말해주시기 바라요."

"알겠소. 아마 지금의 이 상황을 추억으로 이야기할 시간이 오게 될 것이오."

적월이 그 말을 하고는 초설로의 거처에서 벗어났다.

그러자 환동이 투덜거리는 걸음으로 적월의 뒤를 따랐다.

                    *   *   *

　오랜만에 돌아온 마맹에는 묘한 기운이 흘렀다.

　무림맹의 고수들이 몰려온다는 위기감도 있었고, 혹은 마인들
답게 곧 일어날 정사대전에 대한 기대도 있었다.

　마인들은 무공의 영향이든 타고난 본성 때문이든 살육과 파
괴에 대한 본능적인 갈구가 있다.

　그래서 거대한 전쟁이 벌어지는 것은 승패와 상관없이 마인들
의 가슴을 뛰게 하는 일이다.

　그렇게 외부에서 다가오는 위협으로 인한 마인들의 복잡한 감
정 변화 외에도, 마맹 내의 변화로 인해 만들어진 묘한 기운도
있었다.

　마호군과 마룡군이 남궁세가와 만무회를 공격하러 나가 있던
사이 맹주 후금은 정말 마맹 내에 자신만의 세력을 형성해 냈던
것이다.

　특별하게 이름 지어지거나 혹은 눈에 띄게 모임을 갖는 조직
은 아니었다.

　그러나 마맹의 수뇌들이라면 누구나 후금을 중심으로 모인
중소마문들의 존재를 알아챌 수 있었다.

　그리고 그건 십육마문의 후예를 자처하는 마맹의 수뇌들로
하여금 후금에 대한 경계심을 일으키는 동시에, 그동안 무시했
던 맹주 후금의 권위를 인정할 수밖에 없는 상황을 만들고 있었
다.

　그런 묘한 마맹의 분위기 속에서 맹주 후금이 신마령주 적월

이 돌아온 것을 계기로 각 문파 수뇌들이 모이는 대회합을 다시 한번 요구했다.

전운이 무르익고 있었다.

＊　　　　＊　　　　＊

무림맹 정의대의 진격으로 마맹 마인들은 긴장하고 있었지만, 마맹의 맹주 후금의 표정은 나쁘지 않았다.

그는 부드럽고 여유가 있으며, 혹은 조금은 과장된 위엄을 드러내며 맹주전으로 모여드는 마맹의 마두들을 맞이하고 있었다.

강호에서 회군한 각 마문의 주인들은 이런 후금의 여유가 못마땅했다.

그들은 후금의 이 여유가 그들이 없는 동안 중소마문들을 자신의 수족으로 만든 것 때문이라고 생각했다.

그들이 다시 돌아온 상천곡은 단단한 후금의 아성이 되어 있었다.

비록 중소마문들이라 해도 숫자로 보면 마맹의 세력 절반을 차지하므로 후금 한 명이 마맹의 힘 절반을 장악한 것이나 마찬가지였다.

그래서 칠마의 후예들일지라도 전처럼 후금을 이름뿐인 맹주로서 무시할 수는 없었다.

하지만 무림맹의 정의대가 무서운 속도로 진격해 오고 있는 이때, 마맹 내에서 자신의 권력 챙기기에 바빴던 후금을 좋게 볼 사람은 없었다.

그리고 그렇게 형성된 권력을 이 중요한 회의에서 과시하는 후금의 행동은 마두들의 마음을 더욱 불편하게 만들고 있었다.

"아직 안 온 사람은?"

얼추 맹주전이 채워지자 후금이 그의 오랜 심복 노후에게 물었다.

그러자 어느새 일인지하만인지상의 자리를 차지한 듯 행동하고 있는 노후가 대답했다.

"신마령주와 빙궁의 궁주가 아직 오지 않았습니다."

"음… 그 두 사람이야 본래 움직임이 무거운 사람들이지."

후금이 고개를 끄떡였다.

두 사람에 대해서는 자신의 권위를 내세우지 않아도 된다는 의미이기도 했다.

애초에 빙궁의 궁주는 마맹에 들어와 있지만 마도와는 거리가 있는 사람이고, 신마령주는 자신의 목숨을 틀어쥐고 있는 인물이 아닌가.

후금이 비록 마맹을 완전히 장악했다 해도 신마령주인 적월을 적대시할 용기는 없었다.

그에게 가장 중요한 것은 자신의 목숨이기 때문이다.

"신마령주께서 오십니다."

마침 그때 맹주전의 문을 지키고 있던 마인의 목소리가 들렸다.

"어서 모셔라!"

후금이 문 쪽으로 몇 걸음 걸어 나오며 말했다.

그러자 열린 문을 통해 적월이 모습을 드러냈다.

"어서 오시구려. 신마령주! 돌아오셨다는 소식은 어제 들었는데 이제야 뵙는구려."

후금이 적월에게 다가서며 말했다.

혼마 창의 제자이자 신마령의 주인, 당연한 예우일 수도 있으나 지금 그가 가진 마맹의 권력을 생각하면 지나친 환대다.

"어? 궁주께서도 함께 오셨구려."

적월이 채 입을 열기도 전에 후금이 적월 뒤를 따라온 빙궁의 궁주 초설로를 발견하고는 입을 열었다.

"제가 조금 늦었군요."

"아니외다. 다른 사람들도 지금 막 도착했소이다. 아무튼 올 사람은 다 온 것 같으니 편히들 앉아주시구려."

후금이 장내의 마두들을 돌아보며 말했다.

그러자 마맹의 주요 마인들이 맹주전에 놓인 수십 개의 의자 하나씩을 차지하고 자리를 잡았다.

"이렇게 모두 무사한 얼굴을 다시 보게 되니 기쁜 일이오. 물론, 기쁜 일만 있는 것은 아니긴 하지만……."

"큰 환란이 닥쳐오고 있소, 애초에 기습적인 각개격파로 무림맹과의 싸움을 장기전으로 끌어가려던 본 맹의 계획은 틀어졌소. 특별한 대책이 필요하오. 맹주께선 어떤 계획을 가지고 계시오?"

그나마 후금에게 제대로 말을 할 수 있는 몇 사람 중 하나인 귀곡의 신수 위요금이 심각한 표정으로 말했다.

맹주로서 당연히 대책을 내놓아야 한다는 말투다.

그러자 후금이 얼굴을 찌푸리며 말했다.

"거참, 심각한 이야기는 숨 좀 돌리고 합시다. 오늘 당장 무림맹 놈들이 상천곡에 들이닥치는 것도 아니고."

"이곳에 모인 마도의 형제들도 마음에 여유가 없을 것이오."

신수 위요금이 자신의 재촉이 잘못된 것이 아니라는 듯 말했다.

"알았소, 알았어. 뭐, 어차피 그 일을 상의하러 모인 거니까.
그럼 시작해 봅시다. 그보다 먼저… 마해류를 통해 파악한 오늘
까지의 상황을 듣고 싶소이다만."

후금이 적월을 보며 물었다.

마해류에 대한 통제권이 신마령주인 적월에게 있기에 가장 빠
른 소식을 적월에게 묻는 것은 자연스러운 일이다.

하지만 적월이 상천곡에 도착한 지 채 하루가 지나지 않았다
는 것을 생각하면 적월을 곤란하게 만드는 질문이기도 했다.

후금은 마치 네가 내 목숨을 쥐고 있지만 나도 이젠 마맹의 진
정한 주인이 되었다, 라는 것을 시위라도 하고 싶은 듯 보였다.

적월이 그런 후금을 잠시 바라보다가 입을 열었다.

"내가 상천곡에 도착한 것이 어제요. 물론 마해오객에게 간단
한 소식들은 추려 들었지만 그간 상천곡에 머물며 수시로 마해
밀도에 들러 강호의 소식을 확인한 맹주만 하겠소이까? 더군다
나 맹주께서는 그 소식들을 단지 듣는 것이 아니라 노련한 식견
으로 그에 대한 판단도 하셨을 테니, 역시 현재 본 맹이 처한 사
정을 정확하게 설명해 줄 수 있는 사람은 맹주이신 것 같소이다
만……"

적월의 반문에 후금이 잠시 할 말을 잃고 당황한 모습을 보였
다.

자신의 질문에 적월이 아무런 동요를 하지 않아서가 아니다.

그간 마해밀도를 신마령주가 아닌 맹주의 수족으로 만들려고 노력했던 일들이 그가 돌아온 그날로 적월의 귀에 들어간 사실 때문이었다.

이 사실이 그에 대한 적월의 믿음을 흔들리게 만들 수 있었다. 최악의 경우 적월이 자신을 죽여야겠다고 생각하는 빌미가 될 수도 있었다.

"하하, 하긴 뭐, 그렇구려. 하지만 마해밀도는 신마령주께 온전히 맡겨놓았기에 그저 중요한 일들만 보고를 받아서… 아무튼 좋소이다. 강호에서 바로 돌아온 분에게 마해류의 일을 묻는 것은 내가 좀 경솔했던 것 같소. 그럼 내가 간단하게 현재 마맹을 둘러싼 강호의 정세를 설명하겠소."

후금이 서둘러 적월의 마음을 달래고는 시선을 다른 마두들에게 돌렸다.

다른 마인들은 적월과 후금 사이를 모르기 때문에 두 사람 사이의 신경전에는 별 관심을 두지 않았다.

"현재 무림맹 정의대의 상황은 어떻소?"

신수 위요금이 다시 물었다.

위요금의 질문에 후금이 잠시 뜸을 들였다. 마치 위요금의 말에 순순히 응해주기 싫다는 듯한 표정이다.

하지만 결국 입을 열지 않을 수 없었다. 장내의 마두들 모두가 그의 입을 주시하고 있었기 때문이다.

"구로의 정의대 중 가장 빠르게 진격해 오는 자들은 북두산문이 이끄는 일로요. 그들은 무림맹의 강력한 조직인 신응조과 영웅대의 조력까지 얻고 있어서 본 맹의 형제들 중 그들을 저지할 사람들이 전무한 상태요."

"그들의 소식은 우리도 듣고 있소. 북두산문의 문주 백완이 그 덕분에 무림맹의 중심으로 떠오르고 있다더구려."

탈혼문의 문주 천살 범차가 말했다.

"뭐, 지금 강호의 풍문 절반은 제일로의 정의대 이야기이니 잘들 알고 계시는구려. 그들 말고 제이로의 소림이나 삼로의 무당은 곧 일로의 정의대와 합류할 것 같소. 무림맹의 주력은 역시 그렇게 세 개 로의 정의대가 하나로 모이며 형성될 것이오. 시한은 대략 열흘 안쪽, 그리고 모든 정의대가 이 백마산에 모이는 시한은 넉넉잡아 한 달, 그러니 우리도 그 안에 어떤 결정을 해야 할 것이오."

후금이 담담하면서도 냉정하게 현재의 상황을 전했다.

"대략의 인원은 어느 정도요?"

위요금이 물었다.

"십로의 정의대가 모두 모이면 이삼천은 족히 될 것 같은데, 무림의 정세가 십로의 무림맹으로 기울었다 생각하면 어중이떠중이까지 그들에게 모여들 테고… 그리되면 오천에 육박하지 않겠소?"

후금이 역시 덤덤한 목소리로 대답했다.

전하는 소식으로는 당장 파멸의 위기가 다가온 듯한데도 후금은 그리 걱정하는 모습을 보이지 않았다.

"오천이라… 허어! 우리가 강호에 나가 있는 모든 마맹의 식구를 끌어모아도 이천이 될까? 쉽지 않군."

위요금이 평소 그답지 않게 두려운 빛을 보이며 말했다.

"그래서 맹주께선 어떤 대책을 가지고 계시는지요?"

자운산장의 장주 추관혜가 무거운 음성으로 물었다.

모두가 한 시대를 풍미할 고수들이지만 압도적인 무림맹의 전력은 두려울 수밖에 없는 모양이었다.

"계획이라야 둘 중 하나 아니겠소? 싸우느냐, 떠나느냐. 떠난다면 열흘 안에 상천곡을 비워야 할 것이오. 그 이후에는 무림맹의 추격을 감당하기 어려울 테니."

"다시… 새외로 나가자는 말이오?"

위요금이 딱딱한 목소리로 물었다.

맹주라면 좀 더 그럴듯한 계획을 내야 하지 않느냐는 말투다. 무조건 도주를 하자는 것은 맹주의 책임 있는 모습이 아니었다.

"그럼 내가 싸우자고 하면 싸울 거요?"

후금이 되물었다.

"그것은……."

후금의 반문에 위요금이 쉽게 대답하지 못했다.

"그것 보시오. 지금 내가 저들과 일전을 벌이자고 해도 이에 동의할 사람은 많지 않을 것이오. 그래서 이 결정을 나 혼자 할 수 없다는 거요. 모두가 동의하는 방법으로 마맹의 길을 결정하는 것이 좋을 것이오. 그러니 고민들 해보시오. 싸울지 말지. 일단 그 결정을 한 이후에야 세부적인 계획을 세울 수 있을 것이오."

후금이 모든 결정과 책임을 자신에게 미루지 말라는 투로 마맹의 마두들을 보며 말했다.

그러자 장내의 마인들이 모두 침묵에 빠졌다.

각자 현 상황을 판단하는 마음이 다르니 결정도 다를 것이다.

쉽게 결론을 낼 수 없는 일이고, 또 함부로 자신의 주장을 내세울 입장들도 아니었다.

그래서 침묵이 길어지는 와중에 후금이 다시 한 번 적월에게 도발 아닌 도발을 했다.

"신마령주께선 어찌 생각하시오? 아니… 이 일에 대해 혼마 님의 생각을 전해 받으셨소?"

'이자가……?'

적월이 이번에는 적지 않은 분노를 느꼈다.

혼마 창이 자신들에게 잡혀 있는 것을 알면서 이런 질문을 한다는 것은 후금의 자신감이 제법 대단하다는 의미다.

그런 생각이 들자 갑자기 살기가 일어났다.

후금이 배신을 한다면 그것만큼 위험한 일은 없다. 그런 위험을 감수하느니 필요한 사람이지만 차라리 지금 죽이는 것이 좋을 수도 있었다.

하지만 적월은 순간적으로 일어난 살기를 애써 눌렀다. 이 살기가 이성이 아닌 그의 감정이 만들어낸 것임을 알기 때문이다.

특히나 적월은 이 마도의 진앙지에서는 평소보다 훨씬 강한 감정의 기복을 보였고, 그런 자신을 파악하고 있기도 했다.

"혼마께서는 이번에는 물러나지 않았으면 하시오."

적월이 덤덤하게 대답했다.

순간 후금의 눈에 당혹감이 떠올랐다.

설마하니 십이천문에서 정사 간의 정면 대결을 선택할 거라고는 생각지 못했던 것이다.

이런 결정은 자칫 강호의 공멸로 이어질 수 있는 일이어서 강호의 균형을 원하는 십이천문의 선택으로는 지나치게 과격한 것이었다.

하지만 신마령주 적월의 대답이 곧 십이천문의 대답이다.

"혼마께서… 그리 말씀하셨소?"

후금이 되물었다.

십이천문이 정말 그리 결정했냐는 물음이다.

"그렇소. 다만… 이 또한 여기 계신 분들 중 칠 할은 동의해야 가능한 일이라고 하셨소. 칠 할 이상이 동의하지 않으면 이탈자가 생길 것이고, 지금의 전력에서 이탈자가 생기면 아무리 좋은 계획을 세워도 이길 수 없을 것이기 때문이오."

"그 말은 우리가 모두 동의하고 싸움에 나서면 저들을 물리칠 가능성도 있단 말인가요?"

자운산장의 장주 추관혜가 눈빛을 반짝이며 물었다.

승리의 가능성, 그것이 마두들의 결정을 이끌어내는 가장 중요한 요인이기 때문이었다.

"그렇소, 아니, 그렇게 생각하시는 것 같소."

"혼마께서 이 싸움에 직접 관여하실 계획이시오?"

위요금이 적월에게 물었다.

"아마도… 그럴 것이오."

"은거를 깨고 강호로 나오신단 뜻이오?"

"지금도 사부님의 행보를 은거라고 말할 수 없소."

적월이 담담하게 대답했다.

그런데 적월의 대답에 가장 놀란 사람은 후금이었다.

그는 혼마 창이 두 팔이 잘린 채 십이천문에 갇혀 있다는 것을 알고 있다. 더군다나 무공도 전폐되었다.

이제 그는 마맹의 창시자로서 자신과 적월이 마맹을 장악하고 무림맹과 대치하는 것에 조언을 하는 존재일 뿐이다.

그런 혼마 창이 어떻게 강호에 나올 수 있단 말인가.

그런데 적월의 표정을 보면 거짓을 말하고 있는 것 같지 않다.

만약 정말 혼마 창이 강호에 나와 무림맹과의 싸움을 주도하게 되면 그건 후금 자신에게도 커다란 위협이 된다.

자신이 혼마 창을 배신하고 십이천문이 그를 잡는 함정을 파는 데 일조한 사실이 알려지기라도 한다면 그는 마맹의 맹주는커녕 한낱 도망자로 전락하고 말 것이기 때문이다.

그런데 그 위험은 적월도 마찬가지였다.

혼마 창이 강호에 나와 십이천문의 손에서 벗어나는 순간 십이천문은 강호에서 사라지고, 마맹에 나와 있던 적월 역시 죽음을 면치 못할 것이었다.

십이천문이 그런 위험을 감수하고 혼마 창을 강호로 데리고 나올 리가 없다.

그런데 문제는 신마령주 적월의 태도다. 그의 태도는 진실을 말하는 자의 모습이었다.

"후우… 혼마께서 직접 마맹에 오신다고 했소?"

한숨을 내쉬는 이유야 보는 사람에 따라 다를 것이다. 그러나 적어도 후금의 내심은 극히 혼란스러운 상태다.

적월이 그런 후금을 보며 실소를 흘렸다.

마맹의 절반을 장악한 이후 그가 보였던 자신감이 한순간에 사라진 모습이었기 때문이다.

'이런 효과도 있었군.'

혹시라도 후금이 자신의 힘을 과신해 십이천문과의 약속을 어기는 것이 아닌가 조금은 걱정되던 적월이었다.

그런데 혼마 창의 출도 가능성을 말하는 순간 후금은 다시 십이천문에 제압되어 있던 그 시절로 되돌아간 듯 보였다.

그는 의기소침했고, 혼마 창에 대한 두려움에 떨고 있었다.

"마맹으로 오시지는 않을 것이오."

적월이 말했다.

"그럼……?"

그럼 그렇지 하는 표정을 지으며 후금이 되물었다.

설마 십이천문이 혼마 창을 마맹으로 데려오지는 못할 거란 확신이 드는 모양이었다. 자신감도 다시 되찾은 듯한 표정이다.

"만약 여러분이 무림맹과 일전을 결하기로 결심한다면 사부님께서는 그 싸움을 위해 모종의 장소에서 무림맹과의 결전을 위한 준비를 해두실 것이오."

"그 말씀은 혼마께서는 이 백마산에서 무림맹을 맞아 싸우는 것을 원치 않으신다는 뜻이오?"

위요금이 물었다.

"그렇소."

"하지만 이 백마산은 일당백의 요처, 전력이 열세인 마맹이 무림맹을 상대하려면 이곳만 한 곳이 없지 않소이까?"

위요금이 다시 반론을 제기했다.

그러자 적월이 위요금에게 물었다.

"물론 이곳에서라면 무림맹의 어떤 공격도 막아낼 수 있을 것이오. 하지만 얼마나 이곳에서 버티며 살 수 있을 것 같소? 마맹의 식구가 일천이 훨씬 넘소. 하루에 드나드는 식량을 실은 마차만도 수십 대에 이르오. 그런데 그 길이 막히면. 그땐 어찌할 생각이오? 설마 다른 곳에서 고립된 마맹을 구원하기 위해 달려올 구원군이라도 있소?"

"그것은… 음……."

적월의 반문에 위요금이 대답을 하지 못했다.

그러자 적월이 다시 냉정하게 말했다.

"백마산의 지형을 이용해 장기전을 펼치는 것은 결코 좋은 선택이 아니오. 얼핏 생각하면 어떤 공격도 막아낼 수 있어 최선의 선택인 것처럼 보이지만 현 무림의 전부랄 수 있는 무림맹에 포위되면 상천곡 안에서 고사하고 말 것이오. 반면 무림맹 정의대는 천하 곳곳에서 필요한 물건들이 보급될 것이니 몇 년이고 포위망을 유지할 있소. 그래도 백마산에서 적을 맞아야겠소?"

적월의 반문에 위요금이 더 이상 자신의 의견을 고집하지 못했다.

"신마령주의 말을 듣고 보니 내가 성급했던 것 같소. 그럼 혼마께서는 어느 곳을 결전의 장소로 택하시려는 것이오?"

"지금은 비밀이오. 사부님께서는 이미 그곳에서 준비를 시작하셨을 거요. 세상의 그 누구도 알지 못하는 장소이고, 일전을 벌이기에 유리한 지형이면서도, 만약의 경우 탈출도 용이하다 하셨소. 마치 그 옛날 오의 육손이 촉의 유비를 추격하다 공명이 오래전 펼쳐놓은 진세에 갇혀 구사일생한 것처럼, 그런 그물을 준비하실 것이오."

"아, 그렇다면야……."

마인들 사이에서 탄성들이 흘러나왔다.

동시에 그들의 얼굴에 희망의 빛이 보이기 시작했다. 혼마 창이 준비하는 완벽한 함정이라면 전력의 불리함을 딛고 이 싸움에서 승리할 수도 있다는 희망을 보기 시작한 것이다.

하지만 적월은 그들의 그런 희망을 아주 잠깐만 허용했다.

"물론 일이 잘되어 사부께서 준비하신 것들이 제대로 효과를 발휘한다 해도 이 싸움에서 완벽한 승리는 거둘 수 없을 것이오. 애초에 우리가 원했던 것처럼 패하지 않는 정도. 그 상태에서 소모전을 이어가면서 무림맹과 협상을 하는 것이 우리의 현실적인 목표일 것이오."

"그들이… 협상을 하겠소?"

위요금이 기대하기 어렵다는 듯 물었다.

"협상을 하게 만들어야지 않겠소? 그 방법은 차차 생각해 봅시다. 맹주!"

적월이 혼마 창이 출도한다는 말에 당황해 제대로 논의에 관여조차 하지 못하는 후금을 불렀다.

"왜, 왜 그러시오?"

후금이 갑작스러운 적월의 부름에 당황한 듯 되물었다.

"맹주께선 어찌 생각하시오?"

"뭘 말이오?"

"지금까지 우리가 나눈 이야기 말이오. 무림맹을 상대하기 위해 별도의 전장을 선택해 싸우겠다는 사부님의 전략 말이오."

"그, 그야… 혼마 님의 생각이 그러하시다면."

무슨 꿍꿍이냐는 듯 후금이 적월을 노려보며 말했다.

그 모든 전략이 혼마의 생각인지 아니면 십이천문이 무림맹과 짜고 이 기회에 아예 마맹을 몰락시키려는 술책인지 불확실했다.

그가 아는 한 적어도 십이천문은 마맹보다는 무림맹 쪽에 더 기울어져 있었기 때문이다.

물론 제삼의 적이 있기에 마맹도 그들에게 필요한 존재이지만.

"좋소. 그럼 맹주도 동의하셨고… 혹 이 계획에 반대하시는 분 있으시오?"

적월이 마치 자신이 맹주가 된 듯한 모습으로 회합을 주도해 나갔다.

맹주전에 모인 마두들은 걱정스러운 표정을 지으면서도 적월 이 전한 혼마의 전략에 반대하는 사람이 없었다.

분위기가 이미 일전을 결하는 쪽으로 결정되었고, 혼마의 계 획대로라면 적어도 승패의 확률을 반반으로 볼 수 있었기 때문 이다.

"언제 백마산을 떠나죠?"

빙궁의 궁주 초설로가 무림맹과 싸우는 것이 결정된 듯한 표 정으로 물었다.

"사부께서는 칠 일 뒤 백마산을 떠나라 하셨소."

"칠 일, 준비를 하려면 촉박하군요."

"무림맹의 진격 속도가 변할 수도 있으니 서둘수록 좋을 것이 오."

"그렇긴 하군요. 전장에는 변수가 많은 법이니."

초설로가 고개를 끄떡였다.

약속처럼 적월의 의견에 드러나지 않게 힘을 실어주고 있는 초설로다.

"맹주, 그리 준비하면 되겠소?"

적월이 다시 후금에게 물었다.

"뭐… 그렇게 합시다."

그러자 후금이 떨떠름한 표정으로 대답했다.

왠지 모르게 자신이 마맹의 맹주에서 다시 십이천문의 포로였던 시기로 돌아간 것 같은 느낌을 지울 수 없는 후금이었다.

하지만 어쩔 수 없었다. 비록 마맹의 절반 정도의 마인을 자신의 우군으로 만들었다고 해도 자신의 비밀이 밝혀지는 순간 그중 자신의 곁에 남아 있을 사람은 없었다.

그건 구중천의 마인들이라 해도 마찬가지일 것이다. 그러니 지금은 일이 어찌 되건 적월의 말에 따를 수밖에 없었다.

적월이 없는 동안 누렸던 맹주로서의 즐거움은 사실 일장춘몽에 지나지 않았던 것이다.

"그럼 일단 오늘의 회합은 이렇게 끝내도록 합시다. 내일 아침까지 맹주께서 세부 일정과 각 문파에서 준비해야 할 일들을 전해줄 것이오. 모두 그에 따라 움직이도록 합시다."

대회합은 맹주 후금이 소집한 것이지만 파회는 적월이 선언했다.

회합에 참여한 마인들 역시 적월의 파회 선언을 자연스럽게 받아들였다.

혼마 창이 강호에 나와 무림맹과의 싸움을 주관한다면 맹주로서의 후금은 정말 허울뿐인 맹주이기 때문이었다.

후금은 적월의 파회 선언에 따라 맹주전을 떠나는 각 파의 우두머리들을 물끄러미 바라보고 있었다.

그들을 제지하거나, 호통을 칠 힘이 자신에게 없다는 사실을 피부로 느끼고 있는 후금이다.

그래서 맹주인 그에게 남은 것은 오직 그가 앉아 있는 화려한 태사의뿐이었다.

그렇게 마맹의 마두들이 물러가자 맹주전에는 적월과 후금 두 사람만 남았다.

아니, 맹주 후금의 시중을 드는 몇몇과 환동을 포함한 마영들 몇이 남아 있기는 했다.

그런데 후금은 그들조차도 맹주전 밖으로 몰아냈다.

"내 긴밀히 신마령주와 할 말이 있으니 모두들 잠시 맹주전을 나가라."

후금의 명에 따라 그를 호위하던 마인들이 맹주전을 벗어났다.

환동과 마영들 역시 적월로부터 눈짓으로 명을 받고는 천천히 맹주전을 나갔다.

그렇게 모든 사람이 맹주전을 나가자 후금이 갑자기 신경질적인 음성으로 적월에게 물었다.

"대체 뭘 어쩌자는 것인가?"

이때만큼은 적월을 혼마 창의 제자인 무영마가 아니라 십이천문의 젊은 고수로 대하는 후금이다.

"들은 대로요."

"그 말은 정말 혼마를 강호에 나오게 하겠다고?"

"그렇소."

"그자가 얼마나 무서운 인물인지 모른단 말인가?"

"물론 알고 있소. 하지만 적어도 그 위험을 감수할 만한 가치가 있을 거요."

"위험을 감수할 만한 가치? 그게 뭔가?"

"정사대전을 피하고 무림을 전장에서 구할 방법이오. 물론 그 와중에 무림 분란의 원흉들도 제거할 수 있는……."

"대체 어떻게?"

후금이 여전히 못 미더운 표정으로 되물었다.

"두고 보면 알 것이오."

적월이 더 이상 이야기하지 않고 입을 닫았다.

"제길, 아직도 날 못 믿는군."

후금이 투덜댔다.

"내가 없는 동안 맹주가 만든 세력을 보니 더더욱 믿음이 가지 않더구려."

"아, 그야 뭐… 허허허, 맹주 노릇 제대로 해보려고 했지. 너무 야박하게 굴지 마시게."

후금이 겸연쩍은 표정을 지으며 실없는 웃음을 흘렸다.

제6장
싹을 자르다

　마룡군과 마호군의 체계는 그대로 유지되었다. 거기에 한 가지 조직이 더해졌다.

　마천군(魔天軍), 맹주 후금이 이끄는 조직의 이름이다. 후금의 문파인 구중천을 중심으로 그간 후금이 상천곡에 남아 끌어들인 중소문파들이 모인 조직이었다.

　세력으로 보자면 마룡군과 마호군의 두 배는 됨 직한 거대한 조직이다.

　마맹에서는 마천군을 마맹의 중군으로 불렀다.

　마룡군은 좌군, 마호군은 우군으로 불렀는데 처음에는 대충 만들었던 조직들이 세 개의 군으로 재편되자 그런대로 짜임새 있는 모양을 갖추게 되었다.

　그리고 빠르게 칠 일이 흘러갔다.

마해밀도는 그 어느 때보다 빠르게 움직였다.

마영들 역시 마찬가지였다.

애초에 그들에게 주어졌던 임무에서 벗어난 일들도 마다치 않고 수행하고 있는 마영들이었다.

그 와중에 문득 적사가 적월을 찾아온 것은 출행하기 하루 전의 일이었다.

"긴히 드릴 말씀이 있습니다."

밤늦게 자신을 찾아온 적사를 보며 적월이 긴장했다.

그가 볼 때 마영들 중에서 끝까지 혼마 창을 따를 사람을 고르라면 단연코 삼조의 조장 적사를 꼽을 수 있었다.

그녀는 혼마 창을 거론할 때 주군 이상의 감정을 드러냈다.

그건 곧 그녀와 혼마 창 사이에 적월이 모르는 특별한 인연이 있다는 의미다.

그녀 외에는 마해오객 중 주불이 특별히 적월이 신경 쓰는 사람이었다.

스스로 천산마효 사우곽의 제자라 밝힌 주불이었으나, 지금껏 마영들을 시켜 은밀히 조사해도 천산마효 사우곽이라는 인물은 흔적도 찾을 수 없었다.

결국 주불이 자신의 출신을 숨겼다는 의미가 될 수 있는데, 이는 혼마 창이 적월을 마맹으로 보내며 말하지 않은 숨긴 칼 중에 하나가 되기에 충분했다.

굳이 말하자면 마영삼조장 적사는 드러난 칼 같은 존재고, 마해오객 주불은 숨긴 칼 같은 느낌이었다.

아무튼 적사가 자신을 찾아온 것은 특별한 일이 아닐 수 없었다.

마영십이조 중 적사의 임무는 특별했다. 그녀는 상천곡 지하에 만들어진 은밀한 밀도들을 통해 마맹의 주요 인사들을 감시했다.

그러므로 그녀가 적월을 찾아온 것은 그들 중 누군가에게 이상한 점을 발견했다는 의미일 수도 있었다.

"들어와."

의구심을 가지며 적월이 적사를 자신의 거처로 들였다.

적사의 얼굴에는 초조한 빛이 서려 있었다.

이런 모습은 뭔가 위험한 결심을 해야 할 때 망설이는 사람들의 전형적인 모습이다.

"할 말이 뭐지?"

적월이 일부러 무심한 표정을 지으며 물었다.

"먼저 한 가지 여쭙고 싶은 말이 있습니다."

"말해봐."

적월이 다시 짧게 말했다.

"정말 혼마께서 오십니까?"

"…무슨 의미지?"

적월이 정색을 하며 적사를 바라봤다. 자신의 말을 신뢰하지 않는다는 질문이었기 때문이다.

혼마가 강호에 나온다는 것을 말한 사람은 적월 자신이다. 그런데 적사는 그걸 의심하고 있었다.

"혼마께서는 무사하십니까?"

적사가 질문을 바꿨다.

순간 적월의 눈이 가늘어졌다.

'역시… 뭔가 있군.'

이런 질문은 어떤 확신이나 근거가 없으면 절대 할 수 없는 질문이다.

만약 아무 근거 없는 질문이라면 이 자리에서 적월에게 죽어도 할 말이 없는 태도였다.

적월의 말을 의심한다는 것, 그 자체가 죽음을 부르는 행동이다.

"후우… 죽고 싶은 모양이군."

적월이 숨기지 않고 살기를 드러냈다.

순간 그의 기운이 한순간에 장내를 장악했다.

이제는 그 자신도 측량할 수 없이 절대지경에 이른 불사의 무공 불파선공과 백초산의 마지막 무공인 금강검의 힘이 응축된 기운이다.

그리고 그 기운을 바탕으로 혼마에게 배운 혼천안이 그의 눈에 떠올랐다.

순간 적사의 눈동자가 흔들렸다. 두려움이 그녀의 얼굴을 장악했다.

"령주님!"

적사가 자리에서 일어나 그 자리에 부복했다.

"뭔가? 지금의 행동은?"

적월이 차갑게 물었다.

이해하기 힘든 행동이었다.

"죽을죄를 지었습니다. 제가 잠시 령주님을 의심했습니다."

"일어나 앉아."

적월이 명령했다.

그러자 적사가 두려운 얼굴로 자리에서 일어나 다시 본래의 자리에 앉았다.

"짧고 간단하게. 구구절절한 변명은 걷어치우고!"

적월이 냉정하게 말했다.

"전… 혼마 님을 특별히 모시던 사람입니다."

"알고 있었어."

정말 혼마와 적사 사이를 알고 있었다는 듯 적월이 심드렁하게 대답했다.

"감히 혼마 님의 여자라고 말할 수는 없으나 혼마 님께서 절 아끼셨지요."

"그런 이야기는 별로 듣고 싶지 않은데? 사부님의 내밀한 생활까지 알고 싶지는 않아."

"알겠습니다. 아무튼 그래서 다른 마영들과 달리 저와 혼마 님은 다른 방식으로 연결이 되어 있었습니다."

"서로 연락을 하는 특별한 방법이 있었다는 뜻이군."

"그렇습니다. 그런데……."

"그 연락망이 끊겼겠지."

적월이 짐작하고 있다는 듯 말했다.

"역시… 무슨 일이 있기는 있군요."

적사가 우려했던 일이 벌어졌다는 듯 말했다.

"그건 나중 문제고. 아무튼 그래서 날 의심했단 뜻인가. 오늘 찾아온 것도 그걸 확인하기 위해서고?"

"중요한 이유 중 하나입니다."

"다른 이유도 있다는 뜻이군."

"그렇습니다."

"뭐지?"

"……"

적사가 쉽게 말을 꺼내지 못했다.

"여전히 날 못 믿는 모양이군."

"그, 그건 아닙니다. 다만… 령주께서 제 말을 믿어주실지 확신이."

적사가 여전히 두려운 빛을 보이며 말했다.

그녀 자신이 혼마 창의 여인이라고 말했지만, 그렇다고 해서 그녀의 신분이 높아지는 것은 아니다.

그 사실을 그녀도 적월도 알고 있었다. 혼마가 그녀를 가까이 한 것은 그저 한낱 유흥에 지나지 않는다는 걸. 그녀는 처음도 끝도 여전히 마영의 한 사람일 뿐이었다.

"믿고 안 믿고는 내 마음에 따른 것이고."

"혼마께 무슨 일이 일어났는지 먼저 말씀해 주실 수는 없는지요?"

대담한 질문이다.

자칫 신마령주인 적월의 분노를 살 수 있는 질문이었다.

"지금까지도 내가 꽤 많이 인내하고 있다는 것을 알고 있을 텐데?"

적월이 더 이상 자비는 없다는 말투로 말했다.

"알겠습니다. 그럼 먼저 말씀드리지요. 판단은 령주께서 하시기 바랍니다. 제가 오늘 령주님을 찾아온 것은 마해오객 주불과 대제이신 절대마룡 님에게서 특별한 움직임을 발견했기 때문입니다."

"사형과 주불?"

적월이 반문했다.

주불은 의심하고 있던 자였지만 막초는 뜻밖의 등장이다.

적월에게 혼마 창의 후계자 자리를 빼앗긴 후 막초는 거의 술에 취해 살아가고 있었기 때문이다.

삶의 의욕 같은 것이나 야망에 대한 욕심은 전혀 보이지 않았던 막초였다.

"그렇습니다."

"이상한 조합이군."

"그렇게 느껴지실 겁니다. 하지만 주불이 사실은 저희와 같은 신분이라면 그때는 다른 이야기지요."

"웅? 마영?"

"그렇습니다. 저도 최근에야 확인한 일입니다."

적월이 이번에는 놀란 표정을 지었다.

본래 마해밀도와 마영은 전혀 다른 의미의 조직이다.

마영들은 오래전부터 혼마 창을 위해 존재했던 비밀 조직이다.

반면 마해밀도는 혼마 창이 마맹을 구축하면서 마맹에 대한 정보들을 모으기 위해 만든 조직이다.

그러니 마해류를 움직이는 마해밀도는 굳이 말하자면 혼마 창이 아닌 마맹이라는 거대한 세력에 속한 공적인 조직이었다.

혼마 창도 굳이 마해밀도에 마영들을 투입할 생각을 하지 않았다. 왜냐하면 혼마 창에게 마해밀도는 언제든 쓰고 버릴 수 있는 소모품이었기 때문이다.

물론 그에게 소모품 이상의 인간은 존재하지 않을 테지만.

그런데 더 놀라운 건 주불이 마영이란 사실을 마맹에 머물고 있는 다른 마영들도 몰랐다는 사실이다.

물론 마영들은 서로의 신분을 모르는 경우가 많다.

하지만 적어도 마해밀도를 통제하기 위해 파견된 마영이라면 마맹 내의 다른 마영들은 그 신분을 알고 있어야 정상이었다.

"사부가 그를 숨겼군. 마영들에게조차."

"그렇습니다."

"하여간 음흉한 양반이야, 하하하!"

적월이 본래 혼마 창은 그런 성정의 인물이라는 듯 웃음을 흘렸다. 그러다가 갑자기 적사에게 물었다.

"그런데 그게 뭐가 큰일이지? 사부가 마해밀도를 통제하기 위해 마영 주불을 그들 속에 넣어놓은 것이야 그럴 수도 있는 일 아닌가? 그걸 사형은 알고 있었을 수도 있고. 두 사람의 만남은 그렇게 보면 별문제가 아닌데?"

적월이 물었다.

그러자 적사가 반문했다.

"주불에 대해 모르고 계시지 않았습니까? 그래서… 그에게 의심이 생긴 듯합니다. 혼마 님의 후계자라면 당연히 자신의 존재를 알고 있어야 한다고 생각한 듯합니다."

"주불이?"

"그렇습니다. 그 역시 혼마 님과 별도의 연락 방법을 가지고 있었을 겁니다. 그런데 저와 마찬가지로 혼마 님과 연락이 되지는 않고, 후계자이신 령주께서 신마령을 들고 나타나셨으니……."

"음, 그럴 수도 있겠군. 하지만 그 역시 큰 문제는 아니지. 의심이야 누구나 할 수 있으니까. 남의 속마음까지 탓할 수는 없는 일 아닌가?"

적월이 별일 아니라는 듯 말했다.

그러자 적사가 고개를 저으며 말했다.

"맞습니다. 하지는 그는 그 선을 넘으려는 듯합니다."

"선을 넘어?"

"…네."

"어떻게?"

"그와 절대마룡께서는 혼마 님의 연락이 끊긴 것이 신마령주님 때문이라고 의심하고 있습니다. 그래서……."

"이런……."

적월이 낭패가 어린 표정을 지었다.

그렇다면 문제가 심각해진다.

그들은 적월이 신마령을 얻은 방법이 정당하지 않을 수도 있다고 의심하게 된 것이다.

"제자가 사부를 위해했다는 의심이겠지."

적월이 심각하게 말했다.

"그렇습니다. 그래서……."

"사형과 주불이 날 공격하려 하는 모양이군."

적월의 말에 적사가 말없이 고개를 숙여 보였다.

이후 적월이 한참 침묵을 지키다가 갑자기 목덜미를 긁적이며 말했다.

"그 양반 처음부터 이런 걸 원했나?"

"무슨 말씀이신지?"

"알고 있잖아? 사부란 사람이 처음부터 누군가에게 모든 것을 줄 사람이 아니라는 걸. 애초에 사부는 이런 류의 싸움이 일어날 걸 알았을 거야. 사부에게는 일종의 즐거운 놀이이자 나에 대한 시험 같은 거겠지."

적사에게조차 의심을 사는 것은 좋지 않다.

적월은 이 일을 크게 확대하고 싶지 않았다. 마영들에게 자신의 존재를 의심받으면 절대 안 되는 시기였다.

그래서 이 일을 단순히 혼마 창이 자신을 시험하는 하나의 관문쯤으로 적사가 생각하기를 바랐다. 그리고 표정을 보아하니 적사 역시 그렇게 생각하는 것 같았다.

적사가 그렇게 생각할 수밖에 없는 가장 중요한 이유는 혼천안 때문이었다.

적월이 아무리 강력한 기운을 뿜어내도 혼천안이 아니었다면 적사는 적월을 의심했을 것이다.

혼천안이야말로 혼마 창이 자신의 후계자에게만 전수할 무공이며, 이 무공은 혼마 창이 스스로 전수하기 전에는 그 누구도 수련할 수 없는 무공이란 걸 알고 있었다.

그래서 적월은 생각보다 쉽게, 어쩌면 가장 조심해야 할 사람인 적사에게 믿음을 얻을 수 있었던 것이다.

'전화위복이지.'

혼천안 덕에 자신이 혼마의 정당한 후계자란 사실을 믿게 된 적사는 적월에게 큰 도움이 될 것이다.

가장 위험한 사람이 가장 믿을 만한 사람으로 변하는 것은 그렇게 한순간이었다.

"어쩌실 생각이신지요?"

적사가 조심스럽게 적월에게 물었다.

"뭘 어째? 사부가 만든 관문이라면 통과해야지."

"그럼……?"

"사부도 알고 있었을 거야. 이런 경우 내가 어떻게 할지. 그건 곧 나에게 사부의 허락이 떨어진 거나 마찬가지지."

"설마……?"

적사가 두려운 빛으로 적월을 바라봤다.

"마도의 법은 참혹하지, 그 법은 사형제 간에도 예외가 없어. 날 죽이려는 자는 내가 먼저 죽인다."

적월이 한순간 차가운 살기를 뿜어냈다.

"그렇게까지……."

"적사 그대는 아직 순진한 구석이 있군."

"예?"

적사가 적월이 한 말의 의미를 이해하지 못하고 되물었다.

"사부가 그들을 살려두길 원할 것 같은가?"

"그… 그것은……."

"사부도 내가 그들을 제거하길 원할 거야. 뭐, 내가 독한 모습을 보이길 원해서이기도 하겠지만 사부 역시 한 산에 두 마리의 호랑이가 공존하는 것은 있을 수 없는 일이라 생각한 거지."

"애초에 이 일은 대제자님의 죽음이 전제된 일이라는 뜻이군요."

"그럼 사부가 뭐 하러 이런 골치 아픈 일을 벌이겠어. 차라리 대사형을 사부 곁으로 부르고 말지."

적월이 퉁명스레 말했다.

적월의 대답 이후 이번에는 적사가 잠시 침묵을 지켰다.

그러다가 망설이는 모습으로 어렵게 처음 적월을 찾아와 했던 질문을 다시 했다.

"혼마께 무슨 일이 생긴 것인지 말씀해 주실 수 있으신지요?"

무척 조심스러운 질문이다.

본래 마영들도 서로에게 혼마 창의 행적이나 신상에 대해 묻는 것은 철저한 금기 사항이었다.

"음… 몸이 좀 불편하서."

"얼마나……?"

"내가 온 걸 보면 모르겠나?"

"아……."

적사가 나직하게 탄식했다.

자신의 후계자이자 대리인을 보낼 정도면 혼마 창의 상태가 그리 좋지 않다는 의미이기 때문이었다.

그러면서도 혼마 창의 몸에 이상이 있다는 걸 쉽게 받아들이지 못하는 적사다.

"이곳을 떠나실 때만 해도 무척 건강하셨는데……."

"사람 일은 알 수 없지. 오늘 건강해도 내일 죽는 것이 사람인데. 아무튼 말이야. 사부의 몸 상태는 썩 좋지 않아. 그래서 이번에 다시 강호로 나오는 것도 무척 무리를 하시는 거지."

"대체 왜……?"

"자세한 건 알 것 없어. 아무튼… 이번 싸움은 묘한 싸움이 될 거야."

"예? 대제자님과의 싸움 말인가요?"

"아니, 정사대전."

"그게 왜……?"

"제삼의 적이 있거든. 사부가 강호에 나오는 것은 바로 그 제삼의 적을 상대하기 위함이지."

"그런 일을… 왜 마영들은 몰랐을까요?"

"후후, 사부에게 마영들이 전부란 생각은 버려. 사부는 마영들의 눈과 귀가 미치지 않는 다른 세상을 살고 있는 양반이니까."

적월이 담담하게 말했다.

그러자 적사가 고개를 끄떡였다.

"그렇군요. 가끔 그런 느낌을 받을 때가 있었습니다. 가까이 모시면서도 우리가 사는 세상과 다른 곳에 있으신 분 같은. 마맹의 일조차도 그저 가벼운 흥밋거리에 지나지 않는다는 모습을 보일 때가 간혹 있었지요."

이 말에는 적월도 내심 놀랐다.

본래 자신의 빈틈을 좀체 보이지 않는 혼마 창이다.

그런데 적사는 혼마 창에게서 마맹의 일이 그에게 절대적인 가치를 지니고 있는 것이 아니라는 걸 알아챈 것이다.

'역시 여인의 직감이란 무섭군. 조금 더 조심해야겠어. 물론…
절대마룡을 베고 나면 어떤 의심도 갖지 못할 테지. 후우… 이
마의 소굴에 와서 처음으로 피를 봐야 하는 건가?'

마맹으로 올 때 이미 적월은 자신이 숱한 죽음과 마주할지도
모른다고 생각했다.

천하의 마인들이 모인 곳이 마맹이다. 비록 혼마 창의 후광이
있다 해도 권력의 정점에 오르기 위해선 적지 않은 피를 봐야
할 거란 생각이었다.

그런데 다행인지 불행인지 혼마 창의 영향력이 너무 강해서
정작 마맹에 들기 전보다도 검을 든 경우가 더 적었다.

그런데 드디어 그가 검을 들어 누군가를 베어야 하는 순간이
온 것이다.

'먼저 주불 그자부터겠지.'

겪어본 바로 절대마룡 막초는 그리 위험한 인물이 아니다.

무공으로야 주불에 비할 바 없이 강한 인물이지만 살아 도주
했을 때는 막초보다 주불이 더 위험했다.

왜냐하면 그가 혼마의 숨겨진 칼이기 때문이었다.

혹시라도 그런 자들이 더 있을 경우, 적월은 무척 위험한 지경
에 처할 수도 있었다.

가뜩이나 혼마 창을 강호로 데리고 나오겠다는 위험한 선택
을 한 상태였다.

그래서 절대마룡 막초보다는 주불을 베는 것이 우선이었다.

"어디 있지? 두 사람."

"오늘 새벽 마전으로 올 생각인 듯합니다. 지금은 대제자님의 거처에 함께 있습니다."

적사가 말했다. 그러자 적월이 잠시 생각에 잠겼다가 자리에서 일어나며 말했다.

"불경하게 사부님의 처소인 마전에 피를 뿌릴 수는 없지. 사형에게 간다."

"지금 말입니까?"

"뭐, 기다릴 이유가 있나."

적월이 옆에 놓아둔 검을 들며 심드렁하게 말했다.

"그런데⋯⋯."

마전을 벗어나 어두운 길을 걸어 막초의 거처를 향해 걸음을 옮기던 적월이 갑자기 걸음을 멈췄다.

"⋯⋯?"

뒤따르던 무영오마와 적사 등 마영들이 걸음을 멈추고 적월을 바라봤다.

"이 일은 내가 사조장에게 맡겼던 것 같은데?"

주불의 내력을 살피는 일은 앞서 마영사조장 도검악에게 맡겼던 일이다. 도검악은 이를 절대마룡 막초의 그늘에서 벗어나 혼마 창의 후계자가 된 신마령주의 신임을 얻을 수 있는 기회로 여겼었다.

그런데 정작 소식을 가져온 이는 도검악이 아니라 적사다.

비록 적사가 상천곡 내 주요 마인들의 움직임을 살피는 임무를 맡고 있다 해도 주불에 대한 보고를 그녀가 한 것은 이상한 일이었다.

"주불의 뒤를 조사하고 그에게 이상한 점이 있다는 것을 발견한 이는 사조장입니다. 다만 그는……."

"그는?"

"그는 아무리 곁을 떠났다 해도 대제자님에게 검을 들이대는 일에 앞장서 나설 수는 없다고 생각한 듯합니다. 물론 그렇다고 대제자님을 돕는 것은 아닙니다."

"음……."

문제가 될 수도 있는 일이다.

마영들은 혼마 창의 말에 목숨을 내놓아야 하는 사람들이다. 그건 사조장 도검악도 마찬가지다. 절대마룡 막초를 호위하는 일은 혼마 창이 그에게 내린 명령일 뿐 애초에 그가 절대마룡의 사람은 아니었다.

그러니 지금 절대마룡 막초와의 관계를 생각해 적월을 따르지 않고 거처에 남아 있는 것은 위험을 초래할 수 있는 선택이다. 물론 그렇다고 적월에게 항명하는 것은 아니지만.

마영들은 적월이 어떤 반응을 보일지 몰라 두려운 빛을 보이며 적월의 대답을 기다렸다.

"뭐… 무인으로서의 의리가 있다는 건가?"

비웃는 것은 아니었다.

"단지 오랜 인연으로 인해 직접 검을 드는 것이 불편한 정도라 생각해 주시길 바랍니다."

이조장 천융이 용기를 내어 도검악을 변호했다.

"좋아. 마도에도 의리가 있다는 건 좋은 일이지. 내가 한 번

눈 감아주면 다음번엔 날 위해 의리를 지키겠지."

적월이 시원시원하게 말했다.

"충성을 다할 것입니다."

"알았어. 그럼 가자고."

적월이 덤덤하게 고개를 끄떡이고는 다시 걷기 시작했다.

그러자 마영들이 안도의 숨을 내쉬며 조용히 적월의 뒤를 따랐다.

*　　　　*　　　　*

"그를 죽여야 할까?"

절대마룡 막초가 어둠 속에서 중얼거렸다.

그러자 역시 어둠 속에서 대답이 들려왔다.

"죽일 수는 없습니다. 혼마께 무슨 일이 일어난 것인지, 아니, 그보다 먼저 그가 정말 혼마 님의 제자인지 확인해야 합니다."

주불의 목소리다.

"그건 의심할 바가 없어. 그와 겨뤄본 내가 제일 잘 알지."

절대마룡 막초가 대답했다.

"그렇다면 과연 정당하게 그의 손에 신마령이 들어간 것인지 확인해야 합니다. 벌써 혼마 님과의 연락이 끊긴 것이 여러 달째입니다."

주불이 걱정스러운 표정으로 말했다.

"이상하긴 하지. 하지만 워낙 종잡을 수 없는 분이니까."

막초가 대답했다.

"어쨌거나 더 이상 미룰 수 없는 일입니다. 마맹이 출곡하면……"

"그런데 혼마께서 대전의 장소를 결정했다고 하지 않았나? 그렇다면 건재하실 수도 있다는 건데. 나중에라도 큰 문제가 될 수 있어."

막초가 걱정스럽게 말했다.

"결코 죄를 묻지는 않으실 겁니다."

주불이 확신에 찬 목소리로 말했다.

"왜 그렇게 생각하지?"

막초가 되물었다.

"혼마께서 명하시길 저희 현마영들은 혼마 님과의 연락이 석 달 이상 끊길 경우 혼마 님의 안위를 확인하기 위한 어떤 일을 해도 좋다고 말씀하셨습니다."

"그런… 명을 받았나?"

"그렇습니다."

"그럼 뒷일을 걱정할 필요는 없겠군. 그런데… 그를 감당할 수 있겠나? 그는 무공 자체가 뛰어날 뿐더러 상천곡에 머물고 있는 보통 마영들은 모두 그를 따르고 있는데. 반면 자네들, 현마영들의 존재는 다른 마영들에게는 알려지지 않은 것 아닌가."

"그래서 오늘 밤 어둠을 틈타 일을 도모하려는 것입니다. 절대 마룡께서 앞장서시면 번을 서는 마영들은 감히 앞을 막지는 못할 것입니다. 일단 신마령주의 처소까지만 가면 저희가 그분의 무공을 제약할 방법은 적지 않습니다."

주불이 자신 있게 말했다.

"독?"

막초가 불편한 목소리로 물었다. 그와 같은 인물에게 독은 편협한 수법이었다.

"여러 방법이 있지요."

주불이 대답을 미뤘다. 현마영들의 싸움법은 막초에게도 비밀이란 뜻이다.

"후우… 참 사부는 알 수 없는 사람이다. 마영들만 해도 어둠속 신비의 존재들인데 자네들 같은 사람들을 따로 기르셨다니."

"마영들이야, 소모품에 지나지 않지요."

"글쎄, 평소 사부께서 그들에게 쏟는 정성이 만만치 않았는데."

막초가 의문스러운 표정으로 말했다.

"마영들을 완벽하게 신뢰하셨다면 저희 같은 사람들을 따로 두실 필요가 없을 겁니다."

"몇이라고 했지?"

"전체는 저 역시 모릅니다. 다만 곡 내에 있는 사람은 모두 열입니다."

"열 명이라… 애매한 숫자야."

신마령주 적월을 제압하는 데 충분하다고는 할 수 없는 숫자란 뜻이다. 반면 조용히 적월의 침실까지 진입하는 데는 꼭 알맞은 숫자다.

"일단 신마령주님을 제압하면 다른 마영들은 막초 님의 뜻에 따를 겁니다."

"그러길 바라야지. 하지만 확신할 수는 없어. 신마령은 사부님을 대신하니까. 마영들의 사부님에 대한 충성심은 말로 설명하기 어려운 부분이 있고."

"그렇긴 하지요. 더군다나 혼마께서는 평소에도 은연중에 혼천안의 기운을 흘리셨기 때문에……."

혼천안의 무서움은 이런 것이다.

대상자가 혼천안을 알아볼 수 없는 상황에서도 은연중 혼천안이 가진 섭혼의 기운에 취하는 것, 그것이 혼천안의 무서운 점이었다.

"일이 잘되기를 바라야겠지."

절대마룡 막초가 한숨을 쉬며 말했다.

그로서는 내키지 않는 일인 듯한 표정이다.

"시작하시지요."

주불이 막초의 결심을 재촉했다.

"후… 그럴까?"

막초가 다시 길게 한숨을 한 번 내쉬고는 자리에서 일어났다.

그런데 그때, 갑자기 그들이 들어 있는 방문이 조용히 열리며 나직한 목소리가 들려왔다.

"사형께서는 수고하실 필요가 없습니다. 사제가 직접 왔으니까요."

번쩍!

팟!

한 줄기 빛이 번쩍이고 날카로운 파열음이 터져 나왔다.

"큭!"

누군가의 입에서 숨이 멎는 듯한 신음 소리가 흘러나왔다.

그리고 일단의 사람들이 막초의 거처로 들이닥쳤다.

화르륵!

동시에 어둡던 방이 환하게 밝혀졌다.

적월의 모습과 그의 뒤를 따라온 마영들의 모습이 불빛에 드러났다.

"사제!"

막초가 놀란 눈으로 적월을 바라봤다.

바닥에는 고꾸라져 꿈틀거리는 주불이 보였다. 주불의 몸은 피투성이로 변해 있었다.

"사형! 늦은 밤 죄송합니다."

적월이 갑작스러운 방문에 대한 사과를 하면서도 거침없이 걸음을 옮겨 쓰러진 주불 앞으로 다가왔다.

픽!

적월이 주저 없이 주불의 옆구리를 걷어찼다.

"큭!"

주불이 다시 한번 신음 소리를 내며 새우처럼 등이 굽어졌다.

순간 적월이 주불을 향해 다시 손가락을 뻗었다.

팟!

그의 손에서 흘러나온 지력이 주불의 마혈에 꽂혔다.

"꺼어억!"

주불의 몸이 삽시간에 딱딱하게 굳었다. 마혈을 제압당해 어떤 말도, 어떤 움직임도 보일 수 없게 된 것이다.

"이놈을 잠시 맡아둬. 내가 직접 나중에 목숨을 끊어줄 테니까. 일단… 이 음흉한 놈이 뭘 숨기고 있나 좀 더 알아본 후에."

적월이 뒤를 보며 말하자 무영오마 중 마영 천이 다가와 재빨리 주불의 몸을 끌고 나갔다.

사냥당한 사냥감처럼 끌려 나가는 주불을 보면서도 절대마룡 막초는 아무런 제지를 하지 못했다.

"사형, 조용히 지내시기로 약속하지 않으셨소?"

적월이 막초를 바라보며 물었다.

그러자 막초가 대답 없이 잠시 시간을 보내며 흔들린 정신을 바로잡았다. 그리고 느리게 대답했다.

"그러려고 했는데… 아무래도 찜찜해서 말이야."

"뭐가 말입니까?"

"사부님과의 연락이 너무 되지 않아서. 특히 그들 현마영들과의 연락까지 끊긴 것은 아무래도……."

"그래서 중간에 내가 무슨 수작이라도 부렸다고 생각하신 것이오?"

적월이 무덤덤하게 물었다.

"뭐… 일이 어떻게 된 것인지 확인해 볼 필요는 있다고 생각했지."

"그래서 신마령의 권위를 무시한다?"

"그건 자네도 밖에서 듣지 않았나. 사부께서 당신과의 연락이 삼 개월 이상 끊기면 현마영들이 어떤 행동을 해도 된다고 허락하셨다고."

이미 문밖에서 자신과 주불이 나누는 대화를 모두 들었을 거라 짐작한 막초가 말했다.

그러자 적월이 퉁명스럽게 물었다.

"그 명, 사부께 사형이 직접 들은 것이오? 아니면 주불 저놈을 통해 들은 것이오? 난 솔직히 현마영의 존재조차 알지 못했으니 그런 명이 사부에게서 나온 것인지도 의심할 수밖에 없는데."

"나도 직접 들은 것은 아니지만……."

"그럼 저놈을 통해 들은 것이구려?"

적월이 차갑게 물었다.

"뭐… 그렇게 보면……."

생각해 보면 뭔가 엉성한 면이 있다는 걸 절대마룡 막초도 느끼고 있었다.

신마령주를 공격하는 일을 겨우 마영 한 명의 의견에 따라 결정했다니. 그 마영이 다른 마영들과는 다른 현마영이라 해도 마찬가지였다.

"사형, 실수를 하신 것 같지 않소?"

"음……."

막초가 적월의 추궁에 제대로 대답하지 못했다. 자신이 신마령주인 적월을 공격하려 한 정당한 이유를 대기가 힘든 상황이었다.

"사형도 아시다시피 모든 일에는 책임이 따르는 법이오."

"하지만 아직은 아무 일도 일어나지 않았어."

"무림에서 그것도 명분 따위는 필요 없는 마도에서 자신을 공격하려는 마음을 품은 자가 있다면 사형은 어쩌시겠소?"

"그건……."

"그자가 아직 공격하지 않았다고 사형이 공격당할 때까지 기다리겠소? 미안하지만 난 그런 사람이 아니오. 송양지인이라고 했던가. 난 그런 바보는 아니오."

적월이 차갑게 절대마룡을 추궁했다.

"그래서… 어쩌겠다는 것인가? 날 죽이기라도 하겠다는 건가?"

비록 후계자 자리는 빼앗겼지만 그래도 사형은 사형, 과연 자신을 죽일 수 있냐고 막초가 반문했다.

그 순간 적월의 검이 움직였다.

번쩍!

불파일맥에 전해 내려오는 전율적인 살검, 일살검이다. 그러나 적월의 초식을 알아보는 사람은 장내에 아무도 없었다.

그건 적월의 일검에 목이 베인 막초 역시 마찬가지였다.

"끄르륵!"

막초의 입에서 피 끓는 소리가 나더니 미처 사람들이 놀랄 사이도 없이 피를 뿌리며 바닥에 쓰러졌다.

막초 자신은 자신에게 대체 무슨 일이 일어났는지도 모르고 숨이 끊겼다.

장내의 마영들은 너무 급작스러운 적월의 살검에 놀라 모두 숨이 멎은 듯 침묵을 지켰다.

그 침묵 속에서 적월이 검에 묻은 피를 닦으며 중얼거렸다.

"사부가 당신을 만나자마자 승부가 나면 죽여서 후환을 없애라 한 것을 그래도 사형이라 살려두었더니… 역시 사부의 말은 들어서 후회할 게 없어. 괜히 검에 피나 묻히고."

투덜거림 속에는 자신이 절대마룡 막초를 죽인 것은 이미 혼마 창의 허락이 떨어진 일이라는 의미가 내포되어 있었다.

그런 그의 말투로 인해 마영들은 막초의 죽음에 어떤 의문이나 반발도 하지 못했다.

그의 말대로라면 지금까지 막초를 살려둔 것만도 사형에 대한 배려이기 때문이었다.

이런 상황에서 자신을 공격하려 한 막초를 베는 것은 적월의 당연한 권리처럼 느껴졌다.

"모두 나와라."

한순간 적월이 막초의 거처를 둘러보며 소리쳤다.

그러자 잠시 침묵이 이어지다가 이내 숨어 있던 자들이 하나둘 모습을 드러냈다.

막초와 주불이 적월을 기습하기 위해 모은 현마영들이었다.

현마영 아홉은 장내에 모습을 드러낸 이후 한쪽에 모여 서서 적월을 응시했다.

"지금 반항하겠다는 거냐?"

적월이 무리를 지어 자신을 응시하는 현마영들을 보며 차갑게 물었다.

순간 현마영들의 동공이 흔들렸다. 그리고 그중 한 명이 어렵게 입을 열었다.

"저희들은 오직 혼마 님의 명만 받습니다."

"신마령도 거부하고?"

"저희는 그리 명을… 컥!"

말을 하던 자가 가슴을 부여잡고 그 자리에 고꾸라졌다. 어느새 적월의 검이 그의 심장을 찌른 것이다.

그야말로 전광석화, 더군다나 적월이 다시 살검을 쓰리라고는 전혀 예상치 못했던 터라 말을 하던 현마영은 어떤 반항도 하지 못하고 그대로 숨이 끊겼다.

"검을 뽑아. 모두 죽여주마. 빨리 끝내자."

적월이 남은 여덟을 보며 말했다.

항복을 설득하는 것조차 귀찮은 표정이다.

순간 여덟 명의 현마영들이 거의 동시에 바닥에 부복했다.

"감히 신마령주께 불경을 범한 죄 사죄드립니다. 부디 용서를!"

아무리 독한 수련을 거친 자들이라도 눈앞으로 죽음이 다가오는 것을 보면 두려움을 느낄 수밖에 없다.

여덟 명의 현마영들은 결국 그렇게 적월에게 굴복했다.

자신에게 목숨을 구걸하는 현마영들을 귀찮은 듯 바라보던 적월이 차갑게 말했다.

"죽이는 게 편하지만, 그래도 사부가 아끼는 자들이라니 살려는 두마. 하지만… 무공을 잠시 폐해야겠다. 묶어서 마전에 가둬놔."

적월이 무영오마를 보며 말했다.

"예, 령주!"

무영오마가 일제히 대답했다.

제7장
출곡(出谷)

마맹은 소문이 빠른 곳이다.

그럼에도 불구하고 삼군으로 재편된 마맹의 마인들인 상천곡을 떠나기 전까지, 절대마룡 막초가 죽었다는 사실은 알려지지 않았다.

그만큼 그 싸움은 은밀히 진행되었고, 밤의 어둠 속에 묻혔다.

특히나 마영들이 싸움의 뒤처리를 맡았으므로 흔적은 깔끔하게 지워졌다. 막초가 정사대전을 앞두고도 모습을 보이지 않는 것을 이상하게 생각하는 사람은 없었다.

최고의 권력을 누리던 그다.

그런 그가 하루아침에 사제에게 그 권력을 내어주고 물러났다. 이런 경우 어떤 상황에서도 사람들 앞에 나서는 것은 어려운 일이다.

그의 자존심이 수치심을 이겨내지 못할 것이란 게 대다수 마맹 고수들의 생각이었다.

그래서 마맹의 수천 고수들이 상천곡을 떠나는 순간까지도 절대마룡 막초가 죽었다는 사실은 외부에 알려지지 않았다.

적월도 상천곡을 떠났다.

이조장 천융은 여전히 상천곡에 남아 있기로 했지만, 그 외 다른 마영들도 은밀히 상천곡을 떠났다.

오직 육조의 마영들만이 모습을 드러내 적월을 호위했다.

물론 환동은 언제나처럼 적월의 옆에 있었다.

적월은 맹주 후금이 이끄는 마천군과 거리를 두고 이동했다.

오히려 그는 빙궁이 속한 마룡군 가까이에서 이동했는데, 그건 만약의 경우 빙궁과 수월하게 호응하기 위함이었다.

일단 마천 혼마 창이 강호로 나온 이상 언제 무슨 일이 벌어질지 모르는 일이다. 절대마룡 막초를 제거할 때 사로잡은 현마영들을 통해 들은 바대로라면 현마영들의 존재는 생각보다 위험했다.

그들의 숫자가 오십여 명에 이를 것이라는 주불의 실토를 진실이라고 보면 아직 강호 어딘가에는 신마령의 권위를 거부할 수 있는 현마영들 사십여 명이 존재한다.

그들이 어떤 식으로든 혼마 창과 연락이 닿으면 그 순간 십이천문은 물론 적월 자신도 위험에 빠질 것이다.

그래서 적월은 불사 나왕에게 현마영의 존재를 급히 알리고,

자신도 만약의 상황에 대비하며 움직이고 있었다.

"어디쯤 계실까?"

깊은 계곡을 따라 흐르는 작고 빠른 강을 앞에 두고 문득 적월이 고개를 들며 중얼거렸다.

"누가?"

그의 옆에서 환동이 물었다.

"사부님이요."

다른 사람이 듣고 있지 않았으므로 적월이 불사 나왕을 입에 올렸다.

그러자 환동이 다시 물었다.

"만나러 가는 거야?"

"예, 이젠 만나야 할 때예요."

"히히, 좋아. 난 십이천문이 좋아."

환동의 말에 적월이 의아한 표정으로 환동을 바라봤다.

모든 지능이 어린아이의 생각으로 돌아간 환동이어서 십이천문에 대한 감정 역시 그리 크지 않을 거라 생각했다. 아니, 마맹에서 사는 동안 십이천문이란 이름조차 잊었을 수도 있다고 생각했다.

그런데 환동은 십이천문을 그리워하고 있었다.

"십이천문에 가고 싶으세요?"

"응."

"마맹에서 사는 건 싫어요?"

"답답해."

환동이 눈살을 찌푸리며 말했다.

순간 적월은 환동이 그동안 마맹의 생활을 힘들어했다는 것을 깨달았다.

그러자 갑자기 그에 대한 미안함과 고마운 마음이 동시에 일어났다.

마맹에서 지내며 힘든 내색을 전혀 하지 않았던 환동이다. 어린아이의 마음을 가지고 사는 환동에게는 쉽지 않은 일이었을 것이다.

"이제 곧 십이천문으로 갈 수 있을 겁니다."

"공예는 음식을 참 잘해."

"예?"

"공예가 해주는 밥 먹고 싶어."

환동의 말에 적월의 얼굴에 미소가 떠올랐다.

"나도 그래요. 이젠 모두가 보고 싶군요."

적월이 강을 건너는 마맹의 마인들을 보며 혼잣말처럼 대답했다.

*　　　　*　　　　*

묘한 땅이다.

그리 넓지는 않지만 그렇다고 맨몸으로 건너기에는 빠른 격류가 흐르는 강이 중간을 가로질렀다.

그 강을 사이에 두고 그리 넓지 않은 초지가 강변 양쪽으로 펼쳐져 있었다.

초지의 넓이는 양쪽 모두 합쳐도 이삼천 평이 될까 말까 했다.

한 사람의 농부가 농사를 짓고 살기에 딱 알맞은 넓이의 초지. 그리고 그 초지 끝에서부터는 석봉들이 하늘을 받치는 기둥처럼 서 있었다.

뛰어난 장인이 정과 망치를 이용해 광대한 바위에 깊은 계곡 줄기들을 새겨 넣은 것처럼, 그렇게 석봉들이 깊은 계곡을 품고 사방으로 뻗어나가 있었다.

사람들은 이 땅을 천망협(天網峽)이라고 부른다.

수십 년 오고 가야 겨우 그 길을 알 수 있다는 천망협. 보통 사람은 그 안에 들어가는 순간 길을 잃고 굶어 죽을 수밖에 없는 미로의 계곡이 바로 이 천망협이다.

그래서 사람의 인적은 드물었다. 협곡 깊은 곳에서 자라는 귀한 약초를 캐려는 노련한 약초꾼들만이 목숨을 걸고 찾아드는 이 위험한 계곡으로, 갑자기 사람들이 모여들었다.

먼저 사람이 나타난 곳은 서북쪽 강변이었다.

그들은 흉흉한 안광과 강렬한 살기를 뿌리는 자들이었다.

세상이 마맹이라 부르는 마인들이 대대적으로 모습을 드러내 천망협 서북쪽을 차지한 것이다.

그리고 그로부터 채 하루가 지나기 전에 강 동남쪽에도 도검을 든 무인들이 질주해 왔다.

지난 삼십여 년간 강호를 지배하고 강호의 규칙을 만들어온 무림맹의 전사들이 마맹에 대응하듯 천망협으로 몰려들었다.

그렇게 서북와 동남 양쪽에서 거의 동시에 모여든 정사의 무

인들은 자연스럽게 초지와 그 가운데를 흐르는 작지만 위험한
강을 경계로 진영을 구축하기 시작했다.

두두두!
한 떼의 무리가 말을 타고 천망협 북쪽 초원에 급하게 만들어
지고 있는 방책 뒤쪽으로 다가섰다.
"맹주님!"
방책을 만들던 마인들 중 한 명이 마맹의 맹주 후금이 온 것
을 보고 급히 달려왔다.
두툼한 몸집에 거친 마의를 입은 중년의 사내, 허름한 차림으
로 인해 얼핏 막일을 하는 사람으로 취급받을 수도 있지만 사실
마맹에서 그를 무시할 수 있는 사람은 없었다.
지중왕 종목공, 마맹의 여러 문파 중 토목와 귀진에 가장 능
한 문파로 알려진 지왕문의 문주가 바로 그다.
혼마 창이 백마산 상천곡에 마맹의 본거지를 만들 때도 그의
존재가 큰 힘이 되었다.
그는 천망협에 도착하자마자 무림맹의 고수들이 강을 넘어 공
격할 것에 대비해 강의 서북쪽 초지에 방책을 세우고 있었다.
"역시 지왕문의 능력은 명성대로구려. 벌써 이렇게 단단한 방
책이 세워지다니. 수고하셨소이다."
후금이 진심으로 지왕문의 능력에 탄복했다.
하루도 지나지 않았는데 성벽처럼 늘어선 방책들이다. 보기만
해도 든든했다.
"후방에서 지원을 아끼지 않으신 맹주의 덕입니다. 목재들이

충분하니 방책을 세우는 일이야 어려운 일이 아니지요. 그런데 저자들은 무슨 배짱인지 모르겠습니다."

지중왕 종목공이 시선을 강 건너편으로 돌리며 말했다.

강 건너편에는 이미 무림맹의 고수들이 끊임없이 들어오고 있었다.

강변의 초지는 면적이 좁아, 일단 천망협에 도착한 무림맹 고수들은 초지와 연결된 석봉들 사이에 각 문파별로 숙영지를 구축하고 있었다.

하지만 마맹처럼 상대의 도하를 막기 위한 방책을 세우거나 하는 일은 하지 않고 있었다.

어찌 보면 마치 마맹의 도하를 유혹하는 것처럼 보였다.

"우리가 강을 넘지 않을 걸 알고 있는 것이오."

후금이 말했다.

"물론 전력으로야 우리가 부족하지만 강 중간에서 화살 공격이라도 하면……."

"그것도 어렵소. 감시하는 자들이 있다면 외려 화살로 반격을 받을 수 있을 테니까. 더군다나 앞에 나와 있는 일부를 제외하고는 모두 초지 밖에 진영을 구축하고 있지 않소? 그 말은 저들에게 초지는 싸움터일 뿐이란 뜻인 거요."

알고 보면 겁도 많고 약삭빠른 후금이지만 그만큼 노련하기도 하다.

그는 천망협에 도착한 무림맹 정의대의 행보를 보고 이미 무림맹 수뇌들이 어떤 생각을 하고 있는지 능히 짐작해 내고 있다.

"그렇다면 싸움이 길어지겠군요."

"아마도 그럴 것이오. 아무튼 싸움 초기에 한두 번 정도는 저들이 강을 건너 공격해 올 수는 있소. 우리의 전력을 탐색하기 위해서라도 말이오."

"만약 그렇게 된다면 저들은 큰 낭패를 보게 될 겁니다."

지중왕 종목공이 냉혹한 미소를 지으며 말했다.

"하하하, 역시 지중왕이시오. 기대하겠소."

후금이 호탕한 웃음을 터뜨렸다.

그런데 바로 그때였다. 갑자기 강 건너 초지에서 큰 함성이 일어났다.

와아아!

거대한 함성은 낮게 깔려 초지 전체를 흔들었고, 뒤를 이어 강을 넘었다.

그러자 마치 공격을 가한 것처럼 방책이 들썩였다. 강 건너에서 일어난 함성의 크기를 능히 짐작할 수 있는 진동이다.

후금이 눈을 가늘게 떴다. 그러고는 소리의 진원지인 강 건너 초지로 시선을 돌렸다.

그러자 그의 눈에 백마를 탄 여인을 중심으로 일단의 인물들이 초지를 가로질러 달려와 강변 가까이 늘어서는 것이 보였다.

"저 계집이 그 계집인가?"

후금이 눈을 가늘게 떠 백마에 올라 있는 여인을 바라보며 중얼거렸다. 그의 목소리에 숨길 수 없는 경쟁심과 적의가 묻어 나왔다.

어쩌면 시기심일 수도 있었다.

그가 마맹의 마인들에게서는 결코 들을 수 없는 환호를 여인이 받고 있었기 때문이다.

존경과 자신감이 묻어나는 환호성이다.

"아무래도 그런 것 같소이다."

종목공도 조금 기가 죽은 표정으로 말했다.

"거참… 계집의 몸으로 어찌……."

후금이 혀를 찼다.

"고금제일검의 손녀가 아닙니까."

종목공이 말했다.

"하긴… 저 계집이 백초산 무공의 일부를 회복했다는 소문이 있기는 했지. 그런데 어떻게 제 애비도 얻지 못한 백초산의 무공을 얻었을까?"

"그 애비 백룡은 애초에 체질이 약하지 않았습니까?"

"하긴 그릇이 안 되어 물을 담지 못했을 수도 있긴 하오. 아무튼… 그래도 놀라운 일이오. 겨우 사오 년 사이에 북두산문을 천하구패 중 일문으로 만들고 이제는 무림맹의 우두머리가 되어 있지 않소."

"그렇긴 하지요. 지금까지 구패의 주인 중 누구도 하지 못했던 일인데… 그런 면에서 보자면 시운도 좋았다고 할 수 있겠지요. 마침 정사대전이 일어났으니."

난세가 영웅을 만든다.

그리고 지금까지 이 정사대전이 만든 최고의 영웅은 바로 백완이었다.

"아무튼… 흥미로운 계집이오."

후금이 눈을 가늘게 뜨고 강 건너 백완을 바라보며 중얼거렸다.

*   *   *

백완은 백마 위에서 성벽처럼 늘어선 마맹의 방책을 바라보고 있었다.

단 하루 만에 세워진 방책이라고는 믿을 수 없을 만큼 견고하다. 강을 건너 공격을 하는 것이 거의 불가능하게 느껴질 정도였다.

그렇다고 초지 이외의 곳에서 도하를 하는 것은 더 위험했다. 강물이 거칠기도 하거니와 일단 도하를 한다 해도 하늘의 기둥처럼 서 있는 석봉들 사이의 좁은 계곡으로 진입해야 한다. 당연히 적의 기습을 막을 방법이 없었다.

물론 몇몇의 고수들이 수많은 천망협 계곡 중 일부로 스며들 수는 있었다. 그런 능력을 지닌 무림맹의 고수도 적지 않다.

하지만 이 싸움은 고수 몇 명이 강을 건너간다고 승패가 결정되는 싸움이 아니었다.

수천의 무인이 격돌하는 싸움이다. 적어도 수백은 움직일 수 있어야 전세에 영향을 줄 수 있었다.

"좋지 않구려."

흰 백미가 아름다운 노승이 백완의 곁에서 말했다.

무림 최고의 배분을 자랑하는 선승, 항불이다.

소림의 전설적 고수로 무림오선의 한자리를 차지하는 거인 중의 거인이었다.

"맞소이다. 저렇게 방책을 세워놓으면… 아무래도 싸움이 길어지겠소."

노승 항불의 곁에는 역시 선풍도골의 풍모를 갖춘 도사가 말을 탄 채 건너편 마맹의 방책을 바라보고 있었다.

그의 이름은 현무자 도원명, 살아 있는 신선이라 불리는 인물로 역시 무림오선에 드는 무당의 대도인이었다.

이들 두 사람은 과거 칠마의 난 때 놀라운 활약을 펼쳐 무림맹을 승리로 이끈 정파의 대표적인 영웅들이었다.

그 공적으로 칠마의 난 후 영예로운 오선의 위치에 올랐다.

오선이 된 이후에는 무림의 일에 거의 관여치 않았던 두 사람이지만, 다시 마도가 부활해 이차정사대전이 벌어지게 되자 노구를 이끌고 다시금 강호에 출도한 것이다.

그들의 출도만으로도 무림맹 무사들의 사기에 큰 영향을 미칠 정도로 비중이 큰 인물들이었다.

그런 인물들과 어깨를 나란히 하고 있는 여인, 북두산문의 문주 백완은 두 노기인의 걱정에도 아무런 표정의 변화가 없었다.

물론 입도 열지 않고 침묵을 지켰다.

그러자 항불과 도원명에 못지않은 기운을 지닌 노인이 백완에게 물었다.

"문주께서는 저들을 공격할 어떤 복안이라도 있으시오?"

질문을 던진 노인은 비록 항불과 도원명에 미치지는 못하지만, 그 두 사람을 제외하면 무림에서 첫 손가락에 꼽히는 인물이다.

구패 중 삼정은 소림, 무당, 화산을 말하는데 노인은 바로 화산을 이끄는 매화선인 서하였다.

현재 삼정 중에서 가장 이 싸움에 적극적인 곳이 화산이었다.

일 년여 전 마맹이 막 강호에 그 실체를 드러낼 때 가장 먼저 공격받은 곳이 화산파였기 때문이다.

"지금으로선 저도 달리 방법이 없을 것 같군요."

백완이 담담하게 말했다.

마맹을 향해 가장 먼저 질주해 온 사람치고는 지나치게 소극적인 대답이었다.

"허어, 그럼 큰일 아니오? 눈앞에 마도의 무리들을 두고 지켜만 봐야 하다니."

서하가 조급함을 드러냈다.

"어쩔 수 없는 일 아니겠소. 그리고 아직 구로의 정의대가 모두 모인 것도 아니고. 일단 구로의 정의대가 모두 모인 이후에 향후 대책을 논의합시다. 그쯤 되면 맹의 삼총관과 명안께서도 도착할 테니."

도원명이 침착한 목소리로 말했다.

"하긴 명안께서 오셔야 모든 일이 결정될 듯하긴 하오."

서하가 고개를 끄떡였다.

같은 무림오선이라도 명안 이조의 무게감은 다른 오선들과는 확연히 달랐다.

명안 이조는 무림맹에서 어떤 직책도 가지고 있지 않지만, 그 누구보다 강력한 영향력을 미칠 수 있었다. 그 자신이 바로 무림맹을 만든 사람이기 때문이었다.

더불어 신응조를 맡고 있는 귀산 왕전은 무림맹을 실질적으로 움직이는 사람이었다.

그러니 그 두 사람 없이는 마맹과의 싸움에 대한 어떤 논의도 제대로 할 수 없었다.

"그런데 문주께서는 명안 노사와 특별한 인연이 있으셨소?"

문득 도원명이 백완에게 물었다.

"특별한 인연이라시면……?"

백완이 되물었다.

"명안께서 이번 정의대를 소집하면서 북두산문에 특별한 역할을 부탁하신 것 같아서 말이오."

늙은 생강이 맵다고 했다.

이 노련한 무림의 절대고수는 벌써 명안 이조와 북두산문주 백완에 사이에 모종의 거래가 있었음을 짐작하고 있는 듯 보였다.

이런 노련한 인물을 대할 때는 변명이나 부인하는 것보다 솔직히 있는 일을 이야기하는 것이 좋다.

"명안께서 정의대를 소집하시기 전 절 찾아오셨더군요."

"아, 그렇소?"

백완의 솔직한 대답에 도원명이 오히려 허를 찔린 듯 되물었다.

물론 도원명이 그 사실을 모를 리 없다. 그랬다면 애초에 백완에게 그런 질문조차 하지 않았을 것이다.

"마맹이 무림 각지에서 분란을 일으켜 무림맹의 전력이 크게 분산되었지요. 그래서 다시 맹의 세력을 회복하기 위해 정의대를 소집하는 것이 좋겠는데 무림 각 파가 자파의 안위 때문에 정의대 소집에 호응하지 않으실 것을 걱정하셨지요."

"음… 그런 경향이 있기는 했소."

도원명이 부인하지 못하고 백완의 말에 수긍했다.

"그래서 누군가 앞장서서 정의대 소집에 호응할 문파가 필요하다고 하셨지요. 애초에 그 일을 남궁세가에 부탁하려 했는데 당시 남궁세가가 마맹의 공격을 받은 터라 그 역할을 정중히 사양했다더군요."

"음, 그래서 북두산문에 그 역할을 부탁한 것이구려."

"그렇습니다. 막 구패의 일원이 되어 아직 무림맹 내의 입지가 불안한 북두산문으로서는 명안 노사의 부탁을 감히 거절할 수 없었지요. 물론, 제가 앞서 나오면 이렇게 구패의 다른 문파들이 호응할 것이란 확신도 있기는 했습니다만……."

백완이 명안 이조가 찾아와 부탁한 일을 숨김없이 말했다.

"그래도 선뜻 나서기 어려운 일이었을 것 같소이다만……."

뭔가 대가를 받은 것이 아니냐는 물음이다.

그러자 백완이 거침없이 대답했다.

"물론 마맹과의 싸움에 선봉으로 나서는 것이 쉬운 결정은 아니었지요. 명안께서도 그 점을 아시고 약간의 선물을 약속하시기는 했어요."

"선물이라면?"

도원명이 마치 취조하듯 질문을 계속했다.

물론 백완은 그런 도원명의 무례에도 전혀 흔들리지 않았다.

"예를 들면 신응조와 영웅대의 협사들께서 제일로의 정의대를 도울 거란 약속 같은 거죠. 그런 일은 제게 큰 도움이 되는 것이지요."

백완의 거침없는 대답에 도원명이 오히려 질문할 거리를 찾지 못했다.

그러자 화산파의 서하가 직설적으로 물었다.

"다른 대가를 약속하시지는 않았소?"

"글쎄요. 다른 것은… 아, 선물은 아니지만 이런 말씀은 하셨지요. 만약 북두산문이 선봉에서 마맹과의 싸움을 승리로 이끈다면 칠마의 난 이후 구패가 가졌던 명예와 권력이 자연스럽게 북두산문으로 모여들게 될 것이다, 라는… 그런데 그건 명안께서 본 문에 주는 선물은 아니지요. 무림의 인심이 그리 흐르게 될 거란 예상일 뿐. 그 예상대로 된다면 본 문으로서도 나쁠 것은 없고요."

"음……."

질문을 한 서하가 무겁게 고개를 끄떡였다.

싸움은 시작되지 않았지만 백완이 말한 일은 벌써부터 일어나고 있었다.

어느새 강호인들은 마맹과의 정사대전을 이야기할 때, 그 싸움의 중심으로 북두산문과 백완을 말하고 있었다.

가장 먼저 정의대 소집에 응해 마맹을 향해서 진격한 북두산문의 행보가 자연스럽게 천하의 인심을 북두산문으로 모으고 있는 것이다.

거기에 무림맹 총관들의 지원과 명안 이조의 든든한 후원이 있다.

북두산문이 백 년 만에 천하제일가의 지위에 오르는 일이 결코 허황된 꿈이 아닌 요즘이었다.

"북두산문이 여러 위험을 감수하고 앞장서서 마도와의 싸움 선봉에 서셨으니 세상의 인심을 얻는 것은 자연스러운 일일 것이오. 내가 바라는 것은 다만 이 싸움이 큰 피해 없이 끝나는 것이오."

소림 괴승 항불이 아무런 욕심이 없는 듯한 표정으로 말했다.

사실 무림오선이 무림의 존경을 한 몸에 받고 있지만, 그중에서도 괴승 항불은 무욕(無慾)이라는 면에선 단연 손꼽히는 사람이었다.

운중학 곤이나 명안 이조도 세상의 이익을 초월한 사람들이란 소리를 듣지만 어쨌든 그들은 세속의 사람이었다.

하지만 소림 괴승 항불은 칠마의 난 이후 전혀 무림 일에 관여치 않고 오로지 불도에 정진했던 터라 그의 이번 출도조차 의외의 일로 받아들여질 정도였다.

그래서 다른 사람은 몰라도 항불의 말만큼은 진심으로 느껴지는 백완이었다.

"선사께서 오랜 은거를 깨시고 강호에 나오셨으니 마도의 무리들은 힘을 쓰지 못할 겁니다."

백완이 항불을 보며 부드럽게 말했다.

"허허허, 이 늙은이가 무슨 힘이 있다고… 그나저나 어서 명안과 운중학께서 오셔야 할 터인데. 그럼 일이 한결 수월할 것이오."

"운중학이 오겠소이까?"

도원명이 되물었다.

명안 이조야 무림맹과 떼려야 뗄 수 없는 사람이니 반드시 이 싸움터에 나타날 것이다. 그러나 운중학 곤은 확신할 수 없었다.

운중학 곤은 그야말로 구름 속을 노니는 선학(仙鶴), 바람처럼 천하를 주유하는 것이 인생의 전부인 사람이어서 당장 지금 어디에 있는지조차 알려진 바가 없었다.

"하긴 운중학의 행보는 언제나 예측할 수 없으니……."

항불도 운중학의 등장을 확신할 수 없는지 고개를 갸웃했다.

그러자 화산파의 장문 서하가 입을 열었다.

"그래도 근 삼십 년 만에 벌어지는 정사대전이니 오지 않겠소 이까?"

"모르는 일이오. 사실 칠마의 난 때도 그는 거의 모습을 보이지 않았으니까. 그런 면에서 보자면 그가 칠마의 난 이후 얻은 명성은 조금 과한 것이라고도 할 수 있소."

도원명이 살짝 불편한 표정으로 말했다.

운중학 곤이 싸움에는 크게 관여치 않고 무림오선이란 명예로운 위치에 오른 것이 불만인 듯했다.

"그래도 당시 그가 여러 좋은 계책을 생각해 낸 것은 맞지 않소. 또한 명안께서 말씀하시길 운중학이 세상에 알려지지 않은 일들을 여럿 해냈고. 그것이 칠마의 세를 꺾는 데 큰 도움을 되었다고 했으니… 오히려 자신의 공을 내세우지 않은 그의 행보가 그를 오선의 위치에 오르게 한 것 아니겠소?"

"물론 그런 면이 있기는 하지만, 어쨌든 그가 무슨 일을 했는지는 명안 말고는 아무도 모르는 일 아니오?"

도원명은 여전히 의문을 품은 듯 말했다.

"그야 명안의 말을 얼마나 신뢰하느냐의 문제 아니겠소."

항불의 말에 도원명이 살짝 당황한 표정을 지었다.

항불의 말대로 운중학 곤의 행적은 모두 명안 이조에 의해 전해진 것이었다.

그러니 운중학 곤의 공적을 의심한다는 것은 명안 이조의 말을 의심하는 것이나 마찬가지다.

아무리 같은 오선의 일인이라도 도원명이 감히 명안 이조의 말을 의심한다고 공공연하게 말할 수는 없었다.

그만큼 명안 이조가 무림맹에서 가지는 무게감은 도원명과는 크게 달랐다.

"허험, 물론 명안께서 하신 말씀이니 어찌 믿지 않을 수 있겠소. 난 다만 이번 싸움에서라도 운중학이 직접 이곳에 오기를 바라기에 한 말이외다."

"그 한 명 있고 없고가 어찌 대세에 영향을 미치겠소. 어쨌든 그가 오지 않으면 자연스럽게 그도 무림의 전면에서 사라지게 될 것이오. 이번 싸움은 칠마의 난과는 또 다르니까."

"하긴 이번 싸움이 끝나면 무림의 판도가 크게 변할 것 같긴 합니다."

화산파의 장문 서하가 어색해진 분위기를 바꾸려는 듯 얼른 항불의 말에 호응했다.

그런데 그때, 뒤쪽에서 최근 북두산문이 내세우는 북두사왕 중 한 명인 풍왕 초상경이 빠르게 다가왔다.

"문주님!"

백완의 삼 장 앞에 멈춰 선 초상경이 급히 입을 열었다.

"무슨 일이지요?"

"검산파와 산동악가의 고수들이 하루 뒤에 도착한다는 전갈입니다."

"그들이요? 생각보다 빠르군요."

일로의 정의대도 어제 선발대가 도착했다. 그런데 어느새 검산파와 산동악가의 고수들이 하루 거리로 달려온 것이다.

애초에 북두산문이 중심이 된 정의대 일로에 비해 십여 일은 늦게 정의대 호출에 응한 것을 생각하면 무척 빠른 이동이었다.

"그들로서도 욕심이 없을 수 없을 것이오."

화산 장문인 서하가 말했다.

"하긴… 이번 싸움 이후 구패가 지금의 권력을 유지할 거라 생각하는 사람은 없으니 그들도 마음이 급할 것이오."

도원명이 실소를 흘리며 말했다.

"자자, 어차피 함께 싸워야 할 사람들이니 얼마간 마중이라도 갑시다."

항불이 말했다.

"마중까지요?"

그럴 필요가 있냐는 듯 도원명이 되물었다.

"어떤 싸움이든 결속력이 중요하오. 우리가 약간의 호의를 베풀어 맹의 결속력이 강진진다면 그 정도 수고야 뭐가 문제겠소?"

항불이 달래듯 말했다.

"뭐… 그럽시다."

내키지는 않지만 항불의 말을 거절할 수 없는 도원명이 떨떠름하게 고개를 끄떡였다.

"이곳은 두 분께서 잠시 맡아주시오."

항불이 백완과 서하에게 말했다.

"알겠습니다."

백완이 짧게 대답했다.

"다녀오시지요."

화산 장문인 서하 역시 가볍게 고개를 숙이며 대답했다.

"자, 그럼 우린 어서 출발합시다."

항불이 도원명을 재촉했다.

그러자 도원명이 고개를 갸웃하며 항불을 따라 자리를 벗어났다.

항불과 도원명이 떠나는 것을 물끄러미 바라보고 있던 화산 장문인 서하가 고개를 저으며 말했다.

"역시 사람은 어쩔 수 없나 보오."

"무슨 말씀이신지요?"

백완이 물었다.

"세간의 평판에 초연하신 항불께서도 저렇게 다른 문파들의 마음을 얻으려 하시니 말이오."

"그럴 리가요. 말씀대로 맹의 단합을 위한 일이겠지요."

백완이 대답했다.

그러자 서하가 씁쓸한 미소를 지으며 대꾸했다.

"후후, 백 문주나 나나 알고 있지 않소. 사실 소림이나 무당은 북두산문과 백 문주께서 누리시는 지금의 명성이 달갑지 않을 것이오. 언제나 무림의 태산북두는 소림과 무당이었으니 말이오."

"북두산문이 어찌 소림과 무당의 명성을 넘볼 수 있겠어요."

백완이 고개를 저었다.

"물론 다른 문파였다면 저 두 사람도 그리 신경 쓰지 않았을 것이오. 일시적으로 무림의 패자 위치에 오른다 해도 그건 단지 한순간 세력의 쏠림 정도니까. 하지만 북두산문은 다르지 않소. 고금제일검 백초산, 그리고 그분이 향유했던 짧지만 강렬한 삼 년의 패권. 그 당시에는 소림과 무당의 장문인들도 스스로 북두산문의 문전에 가 고금제일검께 존경의 뜻을 표했다고 들었소. 아마… 소림과 무당의 역사에 그런 일은 전무후무한 일이었을 것이오. 그러므로……."

"본 문을 경계한다는 뜻인가요?"

백완의 물음에 서하가 고개를 끄떡였다.

그러자 백완이 단호하게 고개를 저었다.

"다르지요. 당시에는 고금제일검이신 조부께서 계셨지만 전 결코 그런 사람이 아니니까요."

"뭐, 그렇긴 하지만 그래도 사람은 한 번 겪은 아픔을 잘 잊지 못하는 법이라서 말이오."

"화산도 그런가요?"

백완이 서하에게 물었다.

그러자 서하가 웃음을 터뜨렸다.

"하하하, 문주께선 화산이 향후 십 년 내에 천하제일문이 될 가능성이 있다고 보시오?"

"갑자기 그런 말씀을 왜?"

백완이 서하의 질문이 뭘 의미하는지 이해하지 못해 되물었다.

"북두산문이 천하의 패자가 되는 것을 질시하는 것은 곧 그 자신들도 패자가 될 가능성이 있는 문파의 사람들에게나 어울리는 일이오. 본 문은 지난번 마맹의 공격으로 상청궁이 불탄 이후 더 이상 그런 꿈을 꿀 수 없게 되었소. 당분간은 은인자중하며 힘을 기를 시기요. 그러니 나로선 질시보다는 북두산문의 건투를 빌어주고 싶소이다."

"겸양의 말씀을 하시는군요."

"솔직히 말하자면 본 문과 함께 삼정으로 불리는 소림이나 무당보다는 북두산문이 패자의 위치에 있는 것이 더 편하오. 그럼 본 문도 소림이나 무당과 섞여 세속의 권력을 탐하지 않는 고고한 문파들이란 허명 정도는 유지할 수 있으니 말이오."

"솔직하시군요."

"적어도 소림의 노승들이나 무당의 도사들보다는 그렇소."

서하가 가식이 없는 표정으로 대답했다.

"아무튼 고맙습니다. 그리 말씀해 주시니."

"내 말의 의미 중 향후 화산이 북두산문과 돈독한 관계를 맺고 싶다는 의미가 포함된 것임을 아시겠지요?"

서하가 미소를 지으며 말했다.

"오히려 제가 부탁하고 싶은 말씀이군요."

"하하하, 좋소이다. 화산은 앞으로 북두산문의 든든한 동맹이 될 것이오."

서하가 기분 좋게 말했다.

그로서는 천하의 패자로 향해가는 북두산문과 다른 구패에 앞서 동맹이 되는 것이 나쁘지 않다고 판단한 듯했다.

"앞으로 많은 가르침을 바랍니다."

백완이 가볍게 고개를 숙여 보였다.

"가르침까지야. 지금까지 문주께서 북두산문을 이끄신 과정을 보면 내 조언 따위는 필요가 없을 것이오. 그나저나… 그 모든 일은 저놈들을 물리친 이후에나 가능한 일이겠지만."

서하가 시선을 강 너머 방책으로 돌리며 말했다.

그러자 백완이 대답했다.

"모든 일은 결국 순리대로 되겠지요."

"파사현정을 말하는 것이오?"

"글쎄요……."

백완이 말꼬리를 흐렸다.

그런 백완을 서하가 의문 어린 시선으로 바라봤다.

그는 이 중년의 여인이 이 싸움에 임하는 자세가 뭔가 이상하다고 느꼈다.

가장 먼저 싸움터에 달려 나온 사람치고는 마맹에 대한 적의가 그렇게 강해 보이지 않았다.

하지만 왜 그러냐고 물을 수는 없었다.

사람에게는 각자의 사연이 있고, 또 수만 가지 생각을 가진 사람들이 모여 있는 곳이 강호무림이기 때문이었다.

*　　　　*　　　　*

우두머리가 없는 집단은 오합지졸이 되기 십상이다.

어쩌면 처음이자 마지막이 될지도 모를 정사의 격돌은 바로 그런 이유로 일어났다.

삼정사가이파로 구분되는 구패 중에서 이파에 속하는 만무회와 검산파는 그 뿌리가 같다.

또한 그들은 어느새 구패 위의 패자로 군림할 가능성이 보이는 북두산문과도 불가분의 관계였다.

그런 의미에서 만무회와 검산파는 북두산문의 갑작스러운 부상이 달갑지 않았다.

거의 백 년의 세월 동안 두 문파는 북두산문을 손아귀에 넣고 있었다.

천하제일가라는 명예를 이어받기 위해서 북두산문에 가혹하고 완벽한 통제를 가했던 그들이었다.

그런데 그 관계가 어긋나기 시작한 지 오 년이 지나지 않아 북두산문은 어느새 이파의 머리 위에 군림하려 하고 있었다.

문제는 그것이 이파의 후계자들에게 마하공의 제약을 걸어놓은 백완의 술수 때문만이 아니라는 것이다.

처음에는 그로 인해 북두산문의 성장을 지켜볼 수밖에 없었지만, 지금은 백완의 금제가 없다 해도 그들은 더 이상 북두산문을 통제할 수 없었다.

실제로 백완에게 마하공의 금제를 받았던 만무회의 소회주 상황은 이미 죽고 없었다.

그럼에도 불구하고 만무회는 상황이 살아 있을 때보다 북두산문을 더 어려워했다.

만무회는 일차적으로 천산에서 상황이 죽는 등의 큰 피해를 입었고, 마맹 마룡군의 기습으로 다시 여러 방계의 가문들이 무너지는 일까지 겪었다. 덕분에 만무회는 구패의 지위조차 위태로운 지경에 처해 있었다.

그래서 그들은 구로의 정의대에 호응하면서도 가장 늦게 천망협에 도착할 수밖에 없었다.

반면 검산파는 조금 달랐다.

그들은 만무회가 쇠락하는 동안에도 여전히 본래의 전력을 그대로 유지하고 있었다.

그래서 그들은 북두산문이 무림의 패권을 장악해 가는 것이 불편했다.

만약 북두산문이 무림맹의 맹주문이 되기라도 한다면 지난 세월 자신들이 북두산문에 행했던 악행에 대한 대가를 어떤 식으로든 치르게 될 것이기 때문이었다.

바로 그 마음이 검산파의 장문인 유추량의 마음을 다급하게 만들었다.

그리고 그 다급함이 마맹과 무림맹의 첫 충돌을 만들었다.

와아아!

거친 함성과 함께 횃불이 강물을 물들였다.

적지 않은 숫자의 뗏목이 상류로부터 흘러 내려왔는데, 그 뗏목에 타고 있는 자들은 검산파와 산동악가, 그리고 남궁세가의 무인들이었다.

그들은 거친 강물을 뗏목을 이용해 사선으로 건넜다.

그리고 마맹의 방책이 성벽처럼 늘어선 초지에 날아올라 방책을 향해 돌진했다.

갑작스러운 기습에 놀란 마맹의 진영에서 다급하게 방책 위로 사람들을 올려 보냈다.

그들의 눈엔 어느새 강을 건너 방책을 향해 돌진하는 무림맹의 고수들이 보였다.

"적이다!"

"기습이닷!"

마맹의 마인들이 다급하게 외치는 소리가 사방으로 퍼져 나갈 때쯤에는 벌써 무림맹의 고수들이 마맹의 방책에 이르러 있었다.

제8장
정중동

그그궁!

거대한 울림이 초지를 뒤흔들었다.

그러자 마맹이 세운 방책이 마치 살아 있는 괴물처럼 움직였다.

두어 장 높이의 망루가 방책 위로 솟구쳤다. 그리고 그 위에서 날카로운 화살들이 소낙비처럼 쏟아졌다.

강변을 대낮처럼 밝힌 횃불 아래로 쏟아지는 화살들의 번쩍이는 광채가 눈부시게 아름답다.

그러나 그 아름다움의 끝은 피와 죽음이었다.

"악!"

"커억!"

돌진은 제지됐다.

더 이상 무림맹의 고수들은 전진할 수 없었다. 방책 위로 더 높은 망루가 세워지는 순간 적의 방책을 향해 돌진하던 무림맹 고수들의 전의는 이미 꺾이고 있었다.

거대한 망루의 모습이 흉물스러운 괴물처럼 보여, 그 괴물을 향해 돌진하는 것이 무모하게 느껴졌던 것이다.

더군다나 그 괴물로부터 화살비가 쏟아지자 무림맹 고수들의 진영은 그야말로 엉망진창, 더 이상의 진격을 기대할 수 없는 지경에 빠졌다.

전세의 불리함은 그들을 지휘하는 검산파와 산동악가, 그리고 남궁세가의 수뇌들이 먼저 읽었다.

이제 그들에게 남은 것은 이 무모한 진격의 대가를 최소한으로 치르고 후퇴하는 것이었다.

"물러나라! 강변까지 물러난다!"

검산파의 장문인 유추량의 날카로운 명령이 퍼져 나가자 무림맹의 고수들이 메뚜기 떼처럼 흩어져 후방으로 물러나기 시작했다.

"정말 어리석은 사람들이오."

소림의 향불이 고개를 저으며 한숨을 내쉬었다.

"대가를 치러야 싸움의 엄중함을 알게 되는 것 아니겠소? 사실 그간 저들은 너무 어려움을 모르고 살아왔소. 지난 이십오 년의 평화가 그들에게 패배란 단어를 잊게 만들었던 것이오. 이제라도 패배의 처참함을 경험했으니 아주 나쁜 패배는 아닐 것이오. 앞으로는 절대 함부로 나서는 일이 없을 것이오."

무당의 도원명이 냉정하게 말했다.

검산파와 산동악가, 그리고 남궁세가의 진격은 무림맹 전체의 뜻이 아니었다.

뒤늦게 천망협에 도착한 세 가문은 북두산문이 무림맹의 중심으로 인정받는 현실을 순순히 받아들일 수 없었다.

그래서 항불과 도원명의 만류에도 불구하고 자신들 문파의 무사들을 동원해 기습에 나섰던 것이다.

그들은 적의 방책이 완성되기 전에 강을 넘어 방책을 쓰러뜨려야 한다는 주장을 내세웠다.

일단 방책이 완벽하게 구축되면 싸움이 길어질 것이란 논리였다.

항불과 도원명은 장기전도 나쁜 선택은 아니라고 말하며 만류했으나 북두산문이 무림맹의 수장이 되어가는 현실을 바꾸고 싶어 하는 세 문파 수장들의 고집을 꺾지 못했다.

그들은 자신들 세 문파가 선봉에 서겠다는 선언과 함께 한밤중 도하를 시도한 기습에 나선 것이고, 그 대가를 톡톡히 치르고 있었다.

"저대로라면 피해가 너무 클 것 같소만. 만약 마맹에서 방책의 문을 열고 마인들을 내보내 반격이라도 하는 날이면 꼼짝없이 고립되고 말 것이오. 뒤는 강물이고 뗏목으로 퇴각하는 속도는 한계가 있으니……"

화산파의 장문인 서하가 걱정스러운 표정으로 말했다.

급조된 뗏목이 빠르게 움직일 리 없었다.

더군다나 빠른 유속으로 개중 삼분지 일은 이미 하류로 떠내

려간 이후였다.

"그리되어서는 곤란한 일이오. 후퇴는 몰라도 전멸은 무림맹 전체의 사기에도 큰 영향을 미칠 것이오. 아니, 사기의 문제가 아니라 전력 그 자체도 크게 약해질 것이니……."

"지원을 나가지요."

문득 침묵을 지키고 있던 백완이 몸을 일으키며 말했다.

생각은 깊지만 결단이 빠른 백완이다.

일단 그녀가 일어나자 항불과 도원명 등도 자리에서 일어났다.

"앞을 강이 가로막고 있는데 어찌 저들을 돕는단 말이오?"

만무회의 회주 상지손이 걱정스러운 표정으로 물었다.

그러자 백완이 차분하게 대답했다.

"강을 건널 수는 없지요. 하지만 맹의 고수들 중 강의 삼분의 일까지 전진할 수 있는 고수들은 적지 않아요. 그쯤의 유속은 견딜 수 있으니까요. 그 정도면 방책 앞까지 화살이 닿을 겁니다."

"그렇구려. 강을 건너 적과 직접 도검을 맞대는 것만이 유일한 방법은 아니니까. 그렇게 되면 공격에 나선 세 문파의 형제들이 후퇴할 여유를 갖게 될 것이오."

화산파의 서하가 백완의 의견에 동의했다.

"그럼 서둡시다. 지원이 늦어질수록 피해도 커질 테니."

무당의 도원명이 사람들을 재촉했다.

그러자 사람들이 각 파의 고수들을 소집하기 위해 빠르게 움직이기 시작했다.

그런데 그중 한 사람만이 자리에 머물러 있었다.

만무회의 회주 상지손이다.

"회주님, 우리도 움직여야 하지 않습니까?"

상지손의 아우 상지목이 불편한 표정으로 서 있는 상지손에게 물었다.

"그래야지."

"그런데 왜……?"

"좋지 않군."

"뭐가 말입니까?"

"저 아이……."

상지손이 북두산문 진영으로 걸어가고 있는 백완을 눈으로 보며 말했다.

"백 문주 말이군요. 후우… 걱정이 되긴 하는군요."

상지목도 고개를 끄떡였다.

"애초에 싹을 잘랐어야 했어. 설마 다 무너진 가문이 다시 부흥할까 싶은 마음에 싹을 남겨놓았더니 이젠 본 회의 가장 큰 위협이 되는군."

"이대로 상황이 진행된다면 결국 백 문주가 무림맹의 패자가 될 겁니다. 그렇게 되면 본 회는……."

"구패의 지위를 잃을 수도 있겠지. 아니, 이 싸움이 무림맹의 승리로 끝난다면 구패 자체가 없어질 거야. 새로운 권력이 무림맹을 장악할 텐데 그때 저 아이가 중심이 되겠지. 그리되면……."

"관계를 회복하기는 어렵겠지요?"

상지목이 물었다.

"아우 같으면 그리하겠나?"

"…후우, 하긴 그간 우리에게 당한 수모가 있는데……."

상지목이 고개를 저었다.

그가 생각해도 북두산문의 문주 백완이 만무회의 사정을 봐줄 것 같지는 않았다.

"그래서 지금부터가 중요하네. 우리의 전력을 최대한 보존해야 해."

"……."

"이 싸움은 어차피 무림맹이 이기게 되어 있네. 그러니 그 이후를 생각해 전력을 유지하는 것이 중요하네. 북두산문이 움직이는 무림맹에서 그나마 대접을 받으려면 힘이 있어야 할 테니."

"그렇지만 싸움에 소극적으로 나서면 말들이 많을 겁니다."

상지목이 걱정스러운 표정으로 말했다.

"선택을 해야 할 때인 거지. 명예를 좇을 것인가, 실리를 찾을 것인가. 이런 경우 난 항상 실리를 선택했네. 이번도 마찬가지. 힘을 보존하는 쪽이네."

"알겠습니다. 회주께서 그리 결정하셨다니 그에 맞춰 문도들을 움직이겠습니다."

상지목이 더 이상 자신의 의견을 내세우지 않았다.

"중요한 시기네. 말하자면 적이 안과 밖 모두에 있어. 조심하게."

"예, 회주!"

상지목이 굳은 표정으로 대답했다.

　　　　*　　　　　*　　　　　*

쐐애액!

다시 밤하늘이 화살로 뒤덮였다.

다만 이번에는 마맹의 방책이 아닌 무림맹 진영에서 날아오는 화살이었다.

화살의 숫자도 마맹의 마인들이 방책에서 날리던 화살보다 훨씬 많았다.

덕분에 잠시 달빛이 화살 그림자에 가릴 정도였다.

그렇게 하늘을 메운 화살들이 마맹의 방책으로부터 일정한 거리를 두고 땅에 쏟아졌다.

퍼퍼퍽!

소낙비처럼 쏟아지는 화살들이 부드러운 초지에 반 이상 박혀들었다.

그리고 그 화살들이 일정한 경계선을 만들었다.

방책 앞쪽에 줄지어 꽂히는 화살로 인해 자신들을 공격했던 무림맹 고수들에게 반격을 가하려던 마맹 마인들의 진격이 저지됐다.

"힘이 남아 있는 자는 스스로 강을 건너라. 그 외의 형제들은 뗏목에 의지해 강을 건넌다."

검산파 장문인 유추량의 급한 명령이 강변을 타고 퍼져 나갔다.

마맹 마인들의 반격에 후퇴할 여유를 갖지 못했던 그들에게 북두산문 등 강 너머에 남아 있던 무림맹 고수들의 지원으로 후퇴할 기회가 찾아온 것이다.

검산파와 산동악가, 그리고 남궁세가의 무사들이 정신없이 강에 뛰어들었다.

공력에 여유가 있는 자들은 스스로 헤엄을 쳐 강을 건너기 시작했고, 부상을 당했거나 혹은 공력이 부족해 거친 강물을 이겨낼 수 없는 무인들은 뗏목에 올랐다.

그사이 마맹 쪽에서 다시 화살을 쏘아대기 시작했다.

"악!"

"조심하라."

곳곳에서 무림맹 고수들의 비명과 경고 소리가 터져 나왔다.

하지만 그래도 퇴각은 멈추지 않았다.

쏟아지는 화살들을 피하는 가장 좋은 방법은 빠른 후퇴란 사실을 모두 알고 있었다.

반시진 정도 소란스러운 혼란이 지나자 더 이상 화살이 하늘을 날지 않았다.

무림맹 쪽도, 마맹 쪽도 이제는 더 이상 상대를 향해 화살을 날릴 이유가 없었다.

그렇게 무림맹과 마맹의 첫 충돌은 끝났다. 그리고 그 충돌의 여파는 적지 않았다.

첫 충돌 이후 무림맹의 중심 추는 완전히 북두산문의 백완에게로 쏠리기 시작했다.

애초에 검산파 등의 공격을 반대한 것부터, 그럼에도 불구하

고 마맹 공격에 나섰던 무림맹 고수들이 위기에 처하자 기지를
발휘해 그들이 후퇴할 시간을 벌어준 것 등, 첫 충돌 와중에 백
완이 보인 현명한 판단과 침착한 대응은 무림맹 고수들에게 신
뢰감을 주기 충분했다.

애초에 북두산문이 무림맹의 중심으로 부상한 것은 그들이
가장 먼저 정의대 소집에 호응한 덕분이었다. 하지만 백완의 개
인적인 능력이나 성품 등은 여전히 미지수로 남아 있었다.

그런데 마맹과의 첫 충돌이 한 무리의 우두머리로서 백완의
뛰어난 자질을 드러낸 것이다.

결국 첫 싸움에서 가장 큰 이득을 본 사람은 공교롭게도 그
싸움을 반대했던 백완이었다.

그렇게 백완이 무림맹 내의 위치를 공고히 하는 와중, 사람들
의 시선에서 벗어난 또 다른 움직임들이 급하게 벌어지고 있었
다.

*　　　　　*　　　　　*

"후우… 이제 겨우 끝이 난 것 같소."

허름한 마의를 입은 노인이 이마에 맺힌 땀을 닦으며 말했다.

그러자 그와 비슷한 나이의 노인이 긴장한 표정으로 말했다.

"그럼 이제 내가 할 일만 남은 것이구려."

"강호에 소문만 무성한 홍림의 능력을 내 눈으로 보게 되겠구
려."

마의 노인과 이야기를 나누고 있는 노인은 적월과 모종의 거

래를 한 홍림괴의 사반수였다.

"이거 부담이 큽니다. 백산께서 잘 만들어놓으신 이 진귀한 작품에 괜히 흠집을 낼까 봐서……."

사반수가 마의 노인을 보며 말했다.

마의 노인은 자왕 사송에 의해 구원받은 백산 모청이다.

두 사람은 정사대전이 벌어지고 있는 천망협 남서쪽 깊은 계곡을 눈 아래 두고 있었다.

온통 안개에 잠겨 있는 계곡 사이로 언뜻언뜻 각이 진 기둥 같은 석봉들이 눈에 들어왔다.

각기 적월과 자왕 사송에 의해 거처를 떠난 두 사람이 어떻게 만났고, 무슨 일을 하고 있는지는 오직 그들 자신만이 알고 있었다.

"그럴 리가 있겠소. 홍림의 독은 홍림의 약보다도 뛰어나다는 것을 나는 알고 있소."

"백산께서 과거 홍림에 몇 달간 머물렀던 인연이 있다고 홍림의 의술을 너무 칭찬하시는군요."

"그럴 리가 있소. 난 입에 발린 소리는 못하는 사람이오. 홍림의 의술과 독술은 천하제일, 그중에서도 활독(活毒)에 관한 한 천하에 따라올 의가나 독문이 없다고 장담하오. 내가 바로 그 활독으로 살아났으니 말이오."

백산 모청이 빙그레 미소를 지었다.

"생각해 보면 사람의 인연이란 게 참 이상하오. 수십 년 전 백산께서 잠시 홍림에 머물지 않으셨다면 난 이 일에 대해 끝까지 의심을 품었을 것이오."

사반수가 말했다.

"나 역시 마찬가지요. 그때 내가 홍림에 신세를 지지 않았다면 나 역시 홍림을 마의들의 소굴 정도로 알았을 것이오. 당연히 오늘날 이렇게 노사와 함께 큰일을 도모하지도 못했을 것이고."

"맞소이다. 애초에 인연이 이리되려 한 것인지……."

사반수가 고개를 끄떡이며 말했다.

"우리가 할 수 있는 것은 다 해놓고 그의 능력을 믿어봅시다."

"난 그보다는 그 제자의 능력을 믿고 싶소만……."

홍림괴의 사반수가 말했다.

"그렇게 뛰어나 보였소?"

모청이 반문했다.

"이곳에 와서 불사를 만났을 때 다시 한번 느꼈소. 내 생각에는 청출어람인 것 같소."

"허어… 대체 어떤 젊은이기에. 불사는 이미 천하십대고수의 반열에 있는 사람인데……."

모청이 궁금증이 가득한 얼굴로 중얼거렸다.

"불사에 비하면… 뭐랄까, 신비로움이 더하달까? 그런 느낌이었소."

"후우, 아무튼 무림은 그 두 사제에게 큰 짐을 지운 것 같소이다. 그들이 이 일을 잘 해내지 못하면 무림은……."

모청이 심각해진 얼굴로 중얼거렸다.

"믿을 수밖에 없지 않겠소? 더군다나 청풍회라는 이름으로 모인 기이한 재주꾼들도 보통은 아니니……."

"후우, 하긴 참 특이한 사람들이 모인 것 같소."

"아마도 하늘의 뜻이 아니면 그렇게 이질적인 사람들이 힘을 모으기 어려웠을 것이오. 그러니 천운이라는 것을 믿어봅시다."

사반수가 안개가 바람에 휩쓸려 가는 계곡을 보며 말했다.

*   *   *

"무슨 일을 꾸미는 건가?"

말 위에 올려진 작은 가마, 아니, 가마라고 할 것도 없었다.

사람이 말 위에서 떨어지지 않도록 만들어진 안장 위에 나무 기둥을 세우고, 그 기둥에 한 사람이 묶여 있었다.

그리고 그 모습을 다른 사람이 볼 수 없도록 검은 천으로 사면을 막은 안쪽에서 혼마 창이 물었다.

개미 줄처럼 흐르는 안개의 물줄기가 한눈에 들어오는 절벽 위다.

혼마 창을 태운 말 주변에 몇몇 인물들이 서 있었다.

"꾸미다니 무슨 일을 꾸민단 말이오?"

혼마 창의 옆에서 자왕 사송이 퉁명스럽게 되물었다.

"이곳은 내가 말한 곳이 아니지 않느냐?"

혼마 창이 화가 난 듯한 말투로 말했다.

"제길, 우리가 당신을 어떻게 믿고 당신이 말한 곳에서 일을 꾸미겠소."

"날 못 믿는다면 애초에 이 일을 진행하지 말아야지."

혼마 창이 단호하게 말했다.

"반은 믿고 반은 믿지 않는다고 해둡시다."

사송이 다시 대꾸했다.

"반은 믿고 반은 믿지 않는다? 그게 대체 무슨 소리지?"

"당신이 정천과 밀천을 부를 수 있다는 것은 믿는다는 거요. 그들이 반드시 당신을 만나러 올 것이라는 것 말이오. 다만, 그 장소는 당신이 아닌 우리가 정한다는 것이오. 그러니까 반은 믿고 반은 안 믿고."

사송이 혼마 창을 보며 능글거리는 미소를 지어 보였다.

"이런 식으로 날 속이면 일이 제대로 될 것 같으냐?"

"아니, 그럼 우리가 당신을 온전히 믿을 거라고 생각한 거요? 천하의 혼마 창을?"

사송이 오히려 어이없는 표정을 지으며 되물었다.

"처음 서신에 쓴 장소를 바꾼 이상 그들이 의심을 할 것이다."

"걱정 마시오. 열 중 아홉은 진실이고 그 안에 하나의 거짓을 숨겨놓으면 천하의 그 누구라도 속을 수밖에 없소. 그들은 일단 당신이 쓴 서신이 진짜인 것을 알아볼 테니 그 뒷장에 적은 서너 글자 정도 바꿨다고 해도 결코 의심치 않을 거요. 이 이치에 대해 어떻게 생각하시오, 고명하신 혼마께서는."

자왕 사송이 웃으며 물었다.

"……"

사송의 물음에 혼마 창이 침묵을 지켰다.

사송의 말처럼 거의 오십여 자에 이르는 그의 서신은 진짜다. 그럼 그 뒷장에 쓰인 서너 개의 바뀐 글씨를 의심할 사람은 없다. 더군다나 정교한 모사라면. 그것이 아무리 대단한 정천과 밀천이라도.

"하아… 참으로 간교하구나."

혼마 창이 나직하게 탄식을 흘렸다.

그 자신이 삼천의 모임 장소로 정한 곳이 아닌 엉뚱한 곳에서 삼천의 회합이 이뤄지게 된다면 그가 계획했던 모든 일이 어그러질 수 있었다.

더군다나 그는 그동안 정천과 밀천을 부르기 위한 방법이라는 명목하에 세상에 알려지지 않은 그의 수하들, 정확하게는 현마영들에게도 특별한 신호를 보냈다.

그런데 그를 위해 달려올 현마영들이 전혀 엉뚱한 곳에서 그를 찾을 수밖에 없게 된 것이다.

그렇다고 다시 연락을 취할 수도 없었다.

그렇다면 어쩔 수 없이 정천과 밀천을 만난 이후 변수를 만들 수밖에 없었다.

그때까지는 좋으나 싫으나 십이천문의 이 괴상한 인간들이 시키는 대로 할 수밖에 없었다.

"그런데 만약에 말이오."

혼마 창이 어지럽게 머리를 굴리고 있을 때 다시 자왕이 입을 열었다.

"……?"

혼마 창이 자왕을 바라봤다.

"만약에 정천과 밀천이 이리로 오지 않으면 그땐 당신은 정말 큰일 나는 거요."

"무슨 소리냐?"

"약속한 시간에 그들이 나타나지 않으면 그땐 내가 미련 없이 당신을 이 깊은 계곡 속으로 던져 버릴 테니까. 또 다른 기회란 절대 없소. 그러니 당신도 그들이 당신을 만나러 오기를 하늘에 비시오. 흐흐흐."

사송의 살기 어린 웃음소리가 음산하게 퍼져 나갔다.

그 모습을 지켜보고 있던 불사 나왕이 무겁게 입을 열었다.

"그들은 반드시 올 것이오. 혼마 이자가 던진 유혹이 너무 크니까. 그리고 그들이 오면 혼마 당신은 절대삼천의 종말을 당신 눈으로 보게 될 것이오."

*   *   *

"묘하군."

사천으로 향하는 잔도의 길목에서 밀천 운중학 곤이 백발의 머리를 갸웃했다.

"꺼려지시는 것이 있으신지요?"

사령 무령사가 물었다.

신화밀교 일곱 큰 스승 중 일인이며 합비 신터를 주관했던 그는 합비 신터가 불탄 이후 종적을 감췄다.

그런 그가 밀천 운중학 곤을 호위해 정사대전이 벌어지고 있는 천망협 인근에 모습을 드러냈다.

"뭔가… 느낌이."

"꺼려지시면 가지 않는 것이 어떠실지……?"

"그럴 수는 없지. 그래도 정사대전이 벌어지는 현장에 가지 않을 수 있나."

"본 교와는 사실 그리 큰 연관이 없는 싸움 아닙니까?"

"그렇지가 않아. 신화밀교가 이미 많이 노출되었네. 이 싸움이 어떻게 끝나느냐에 따라 어쩔 수 없이 본 교도 영향을 받을 수밖에 없어. 그래서 누가 이기든 승자의 우두머리와 담판을 지을 필요가 있네. 뭐, 여차하면 우리가 승자를 결정할 수도 있겠지."

"교의 힘을 쓰실 생각이시군요."

"아니면 사신들을 모두 불러 모을 이유가 없었지. 모두 몇이나 모였지?"

"사신오대 일백 명의 사신을 모두 모았습니다."

"좋아. 그 정도면 변수를 만들 수 있겠지."

"그런데 다른 큰 스승들은……?"

"모두 근처에 있을 걸세."

운중학 곤이 주변을 돌아보며 말했다.

"정사 어느 쪽에 힘을 보태실 생각이신지……?"

"뭐… 그야 두고 보자고. 그전에 난 잠시 다녀올 곳이 있네. 그동안 사령 자네가 사신들을 통솔하게."

"혼자 가십니까?"

무령사가 걱정스러운 표정으로 물었다.

"음."

"그래도 사신 몇은 대동하심이……."

"아니, 다른 사람이 같이 갈 걸세."

"……?"

"이선."

"예?"

무령사가 놀란 표정으로 운중학 곤을 바라봤다.

"이선이 동행할 거야. 그러니 걱정 말게."

"그분도… 왔습니까?"

"와야지. 교의 운명이 결정되는 시간인데."

"그럼 이번에는 그분을 볼 수 있겠군요."

신화밀교 일곱 큰 스승들에게도 이선은 신비의 인물이었다.

다른 큰 스승들은 얼추 그 정체를 알고 있었지만, 오직 이선만은 여전히 정체를 가늠할 수 없었다.

"어쩌면… 이 싸움이 끝나면 그가 교를 맡을 수도 있을 걸세."

"……"

무령사의 말문이 막혔다.

갑작스러운 운중학 곤의 말에 너무 놀란 무령사다.

"놀랄 것 없네. 걱정할 것도 없고. 그를 만나 이야기를 나눠보면 한 시진도 지나지 않아 그가 나를 대신해 교를 맡을 충분한 능력이 있다는 것을 알게 될 걸세. 그리고… 조심하게. 그는 나와 달라. 난 그대들을 아끼지만 그는 그대들의 충성심을 시험할 걸세. 그러니 어쭙잖은 반발이나 시험할 생각은 아예 말게. 반면, 그는 정이 많은 사람이라 진심으로 따른다면 지금의 영화를 유지할 수 있을 걸세. 나와 달리 그대들의 권위도 살려줄 것이고."

운중학 곤이 진지하게 충고했다.

그러나 무령사가 잠시 침묵을 지키다가 대답했다.

"일선의 말씀 명심하겠습니다."

"말은 그렇게 해도 마음에 의구심이 있겠지. 하지만… 가끔 사람은 잠깐의 의심으로 모든 것을 잃기도 한다네."

운중학 곤이 다시 한번 자신의 충고를 간과하지 말라고 경고했다.

그러자 이번에는 무령사가 즉시 대답했다.

"어찌 일선님의 충고를 소홀히 하겠습니까?"

"그래그래. 모두 조심해야 할 때야. 다시 말하지만 그는… 나와는 무척 다르거든. 아무튼 내가 옛 친구들을 만나고 올 동안 사신들을 잘 돌보게. 이번에 크게 쓰이게 될 테니까."

"알겠습니다."

무령사가 고개를 숙여 대답했다.

그리고 그가 다시 고개를 들었을 때 운중학 곤은 이미 사라지고 없었다.

그러자 무령사가 주변을 둘러보며 중얼거렸다.

"뭔가… 이 기분은. 마치 내가 모르는 일들이 내 주위에서 빠르게 일어나고 있는 듯한. 그리고 일선께서 만나시겠다는 친구들은 또 누군가. 일선께 그런 친구분들이 있었던가?"

눈에 보이지 않지만 일선 운중학 곤이 간 흔적을 육감으로 찾은 무령사가 일선의 흔적이 이어진 방향에 오랫동안 시선을 두었다.

*　　　　*　　　　*

운중학 곤이 정사의 모든 전력이 모여들고 있는 천망협 근처에 도착했을 즈음 명안 이조도 천망협 무림맹 진영에 도착해 있었다.

그곳에서 그는 구로의 정의대 수장들과 급히 회동을 한 후 다시 무림맹 진영을 벗어났다.

무림맹 수뇌들의 회동에서 그는 마맹과의 섣부른 충돌을 하지 말라고 경고했다.

검산파와 산동악가, 그리고 남궁세가의 무모한 기습으로 인해 무림맹 고수들의 사기가 크게 꺾인 상황에서 다시 공격에 나서는 것은 위험하다는 논리였다.

그리고 그는 외려 장기전이 무림맹에 유리하다는 자신의 의견을 내놓았다.

백마산 상천곡에서 벗어나 천망협을 싸움터로 정한 마맹의 결정으로 인해 그들의 보급로를 완전히 끊을 수는 없지만, 그래도 여전히 물자의 보급에 있어서는 무림맹이 유리한 상황이었다.

극적으로 제삼의 세력이 나타나기 전엔, 보급에 있어서 무림맹과 마맹은 큰 차이를 보일 수밖에 없었다.

그런 보급의 차이가 결국 전세를 무림맹에 유리하게 만들 것이라는 분석이었다.

더군다나 시간이 지날수록 정사대전에 참여하려는 강호고수들의 동참이 늘어날 테니 결국에는 마맹을 고립시킬 수 있을 것이고, 그때 건곤일척, 총격을 가하면 완벽한 승리를 거둘 수 있을 거란 것이 명안 이조의 계획이었다.

그런 명안 이조의 계획은 그대로 무림맹 수뇌들에 의해 승인되었다.

무림맹의 수뇌들 중 명안 이조의 의견에 반대할 수 있는 사람은 소림의 항불이나 무당의 도원명 정도인데, 두 사람은 무림맹의 피해를 최소화할 수 있는 명안 이조의 계획에 적극 찬성했다.

오선 중 세 사람, 아니, 모습을 보이지 않은 신웅조의 조장 귀산 왕전까지 찬성하는 일에 반대할 사람은 무림맹에 없었다.

그렇게 명안 이조가 제안한 싸움의 계획이 승인된 이후, 명안 이조는 북두산문의 문주 백완에게 특별한 감사의 마음을 공개적으로 드러내고는 무림맹 진영을 벗어났다.

"역시 혼마 창인가?"

정사가 강 하나를 사이에 두고 대립하고 있는 강변의 초지가 바라보이는 작은 석봉 위에 올라선 명안 이조가 중얼거렸다.

초지 외곽을 거대하게 둘러싸고 있는 천망협의 깊은 계곡들이 인간의 세계가 아닌 듯한 풍경을 만들었다.

"백마산을 나와 천망협을 싸움터로 정한 마맹의 선택은 탁월한 것 같습니다."

오랜 세월 명안 이조를 호위해 온 천객 운학이 말했다.

"자네도 그리 생각하는군."

"이런 식이면 사실 몇 년은 너끈히 마맹을 유지할 수도 있을 듯합니다."

"그러게 말이야. 그래서 이 초대에 더욱더 응하지 않을 수 없는 거지."

이조가 말했다.

"하지만 함정일 수도 있는데……."

"음, 물론 혼마가 음흉한 사람이기는 해. 그래도 우리에게는 지켜야 하는 선이라는 것이 있지. 그 선을 넘지는 않을 거야. 이건… 누가 뭐래도 하나의 내기니까."

이조의 말에 천객 운학이 대답 없이 고개를 끄떡였다.

그러나 그의 표정은 그리 밝지 않았다. 여전히 불안한 기운이 그의 얼굴에 남아 있었다.

"천객들은 잘 준비시켜 놓았겠지?"

"물론입니다. 만약의 경우 반시진 안에 모두 불러 모을 수 있습니다."

"좋아. 하지만 너무 가깝게 두지는 말게. 이 회합은 삼천의 회합이네. 절대삼천의 존재는 천객들에게도 알려지면 안 돼."

"명심하겠습니다."

"후우… 그나저나 큰일이군."

"……?"

"이번 정사대전에는 그 아이를 불러내려 했었는데."

"소군 말씀이시군요."

"음."

이조가 아쉬운 표정으로 고개를 끄떡였다.

"소군의 수련이 아직 부족하다 판단하시는지요."

"그에 비하면 많이 부족하지."

"그라시면……?"

"학사검."

이조가 짧게 대답했다.

"그야 당연히. 나이 차이가 있으시니……."

"학사검과 소군의 나이 차이가 소군의 목숨을 지켜주지는 않네."

"그렇다고 학사검이 설마 소군을 해하려 하겠습니까? 그건 삼천의 맹약에 어긋나는 일 아닙니까?"

"나도 그 약속을 믿고 소군을 내 후계자로 정한 걸세. 하지만 세상의 인심이란 것이……."

"너무 걱정 마십시오. 학사검이 도도한 분이기는 하나 그렇다고 신의가 없는 분은 아니지요. 오히려……."

운학이 말꼬리를 흐렸다.

"오히려 혼마와 그 제자를 걱정하라?"

"그렇습니다."

"후후, 절대마룡은 아직 학사검을 쫓아오려면 멀었어."

이조가 단호하게 말했다.

"하지만 지금은 절대마룡이 문제가 아니지 않습니까?"

"자네는 하나는 알고 둘은 모르는군."

"……?"

"설마 마천이 절대마룡을 정말 버릴 거라 생각하는가?"

"아닙니까?"

"그는… 절대마룡을 절대 버릴 수 없어. 아마 신마령주라는 그 둘째 제자는 마천이 이번 정사대전을 위해 쓰는 하나의 도구에 지나지 않을 거야."

"하지만 그가 절대마룡 님을 꺾고 혼마 님의 정식 후계자가 되었다지 않습니까?"

"그래도 그건 잠시일 뿐, 이 싸움이 끝나면 다시 그자를 버리고 절대마룡을 자신의 후계자로 세울 거야."

"…제가 모르는 것이 있는 모양이군요."

"후후후, 자네가 나의 심복이라도 어찌 절대삼천의 모든 것을 알겠는가?"

"물론입니다. 제가 어찌 감히……."

"자, 가세. 가서 혼마를 만나보면 그의 속내를 알겠지."

명안 이조가 가볍게 미소를 짓고는 걸음을 옮기기 시작했다.

*　　　*　　　*

적월이 자신의 얼굴을 쓰다듬었다.

손끝에 느껴지는 감각이 둔탁하다. 자신의 살과 뼈를 만지는 느낌이 아니다.

"이제 곧 이 얼굴도 세상에서 사라지겠군."

적월이 중얼거렸다.

조금 뒤쪽에서는 환동이 열심히 육포를 뜯고 있었다. 오늘 밤 바쁠 테니 미리 배를 채워두라는 적월의 말 때문인지 다른 때와 달리 유독 더 바쁘게 육포를 뜯고 있는 환동이었다.

그러다가 문득 환동이 물었다.

"무영마 님, 언제 가?"

그제야 적월이 감상에서 깨어났다.

"지금요."

"에이, 조금 더 먹고 싶은데."

환동이 손에 든 육포를 보며 아쉬운 표정으로 말했다.

"가면서 드세요."

"그래도 돼요?"

환동의 종잡을 수 없는 말투가 다시 시작되었다.

"그래도 돼요. 오늘 밤에는 이동만 할 거예요. 만약 싸우게 된다면 내일 아침이 되겠지요."

"히히, 그럼 많이 가져가야지."

환동이 옆에 있는 육포를 두 손 가득 잡아 주머니 속에 넣으며 말했다.

그 모습을 보며 적월이 자리를 털고 일어났다.

"가요."

"웅!"

환동이 고개를 끄떡이며 적월을 따라나섰다.

마맹의 마두들은 어둠 속에서 적월을 기다리고 있었다.

후금을 위시해 십육마문의 후예를 자처하는 마두들은 물론, 후금을 따르는 중소문파의 마두들까지 근 삼십여 명에 이르는 숫자다.

그들의 신분을 생각하면 이들은 마맹 전부라 해도 이상할 것이 없었다.

그런 자들이 한밤중 은밀히 마맹의 진영에 모인 것이다.

"다들 준비는 되셨소?"

마두들 앞으로 걸어온 적월이 무덤덤한 표정으로 물었다.

"뭐, 준비랄 게 뭐 있소? 몸만 나오면 되는 일인데. 그런데… 정말 믿을 수 있소?"

귀곡의 위요금이 불안한 표정으로 물었다.

"만약 사부님을 믿지 못한다면 이곳에 남아 계셔도 좋소."

"아니, 내가 어찌 혼마 님을 믿지 못하겠소. 다만… 그들이 과연 정사공존의 제안을 진지하게 한 것인지, 의문스러워서 말이오. 속임수일 수도 있고."

"그것이 바로 혼마 님에 대한 믿음 아니겠소? 혼마께서 무림맹의 머리라는 명안 이조나 신비한 운중학 곤의 제안을 받고 진행하시는 일이오. 그들이 간교한 계책을 쓰는 사람들은 아니지 않소? 또한 사부께서도 충분히 만약의 일에 대비하고 계실 것이오."

"음… 알겠소. 혼마 님의 말씀이시니……."

위요금이 한발 뒤로 물러났다.

"자, 그만 갑시다. 일이 잘되면 마맹은 큰 피해 없이 생존을 보장받게 될 것이오. 물론 군림이 아니라 생존 정도이지만 지금으로선 그게 최선. 군림을 원하는 분들은 앞으로 열심히 힘을 키워 스스로 무림의 패권에 도전해 보시구려. 갑시다."

적월이 마두들을 재촉하며 걸음을 옮기기 시작했다.

그러자 마두들이 불안한 표정을 지으면서도 무리를 지어 적월의 뒤를 따르기 시작했다.

그 시간, 강 건너편 무림맹의 진영에서도 거의 같은 일이 벌어지고 있었다.

늦은 밤, 무림맹에 도착한 귀산 왕전이 무림 각 파의 수장들을 불러 모았고, 명안 이조와 운중학 곤, 그리고 혼마 창의 초대를 전했다.

정사대전을 피가 아닌 타협으로 종결짓자는 제안이었다.

마맹에 속한 마문들에게 최소한의 생존권을 보장해 주고 그들이 무림맹의 권역과 이득을 침범하지 않겠다는 약속을 받아내는 대타협의 제안이었다.

만약 이런 제안이 마맹의 사자로부터 전해졌다면 무림맹의 영웅들은 단칼에 그 제안을 거절했을 것이다.

그러나 이런 제안을 한 사람들이 명안 이조와 운중학 곤, 그리고 혼마 창이라면 감히 이 제안을 대놓고 반대할 사람은 많지 않았다.

더군다나 이 제안은 무림의 영웅들이 흘릴 피를 줄이기 위한 무림 현인들의 고육지책이란 말까지 왕전의 입에서 흘러나온 순간, 더 이상 이 제안을 거부할 용기를 가진 사람은 없었다.

또한 무림맹의 각 문파들 역시 지난 이십오 년간의 평화로운 군림 끝에 찾아온 정사대전의 혈란과 그 후에 일어날 권력의 재편을 두려워하고 있었다.

그래서 아무런 싸움이나 손실 없이 이 거대한 싸움을 끝낼수 있고, 자신들의 지위를 유지할 수 있는 무림 현인들의 제안에 응하는 것은 그리 어려운 결정이 아니었다.

제9장
팔진(八陣) 속에서

 불사 나왕은 혼마 창과 같은 말 위에 올라 있었다.

 혼마 창은 여전히 가마 같지 않은 가마에 갇혀 있었는데 위쪽
천을 열어 그의 머리만 밖으로 나와 있었다.

 몸은 보이지 않고 머리만 보이는 모습이니 어찌 보면 그의 목
이 잘려 있는 것 같기도 했다.

 불사 나왕은 얼굴의 반을 검은 천으로 가리고 있었다.

 그는 혼마 창의 등에 닿을 정도로 바싹 붙어 앉아 있었는데,
앞으로 일어날 어떤 변수로부터도 혼마 창을 놓아주지 않겠다
는 뜻이었다.

 "불편하게… 따로 가면 좋을 것을."

 혼마 창이 투덜거렸다.

 "당신이 누구요. 혼마 창 아니오."

나왕이 투박하게 말했다.

"내가 그렇게 두려운가?"

"두렵소. 당신 같은 사람들이 두렵지 않으면 누가 두렵겠소. 만약 불행히도 당신이 내 손을 벗어나게 되면 그땐 우리 십이천 문은 멸문을 각오해야 할 것이오. 그러니 두렵지 않겠소?"

"그럼 지금이라도 용서를 빌든지."

혼마 창이 미소를 지으며 말했다.

"후후, 어떤 거래를 한들 당신의 두 팔을 자른 일을 눈감아주지 않을 거잖소?"

나왕이 실소를 흘렸다.

"하하, 나에 대해 정말 잘 아는군. 맞아. 설혹 지금은 용서를 한다 해도 불쑥 복수에 대한 욕심이 생길 거야. 그리고 결국 복수를 하겠지."

"그러니 당신은 우리 손에 있어야 하오. 서로를 위해서."

"뭐, 두고 보자고."

혼마 창이 탈출의 기회를 노릴 거라는 걸 숨기지 않았다.

그러자 나왕이 물끄러미 혼마 창의 뒤통수를 바라보다 입을 열었다.

"만약 현마영들의 등장을 기대하는 것이라면… 그 기대는 버리시오."

순간 나왕의 눈에 혼마 창의 목에 빳빳한 힘줄이 서는 것이 보였다. 흥분했다는 뜻이고, 당황했다는 의미다.

혼마 창은 한동안 말이 없었다. 그로서는 대체 십이천문이 어떻게 현마영들의 존재까지 알았는지 이해할 수 없었다.

현마영들이야말로 그가 가장 믿고 있었던 숨은 비수였다.

정천과 밀천에게 서신을 보내면서 현마영들에게도 은밀한 신호를 남긴 혼마 창이었다. 물론 다른 장소로 왔지만 어쩌면 현마영들이 이 장소를 찾아낼 수도 있다고 기대했다.

그런데 그 현마영들의 존재를 나왕이 알고 있었던 것이다.

"대체 어떻게……?"

한참 후에 혼마 창이 물었다.

사방에서 불어오는 안개가 그의 얼굴을 차갑게 때렸지만, 붉어진 얼굴빛을 감출 수 없었다.

"마맹에 주불이란 자가 있더구려."

"음……."

혼마 창이 나직하게 침음성을 흘렸다.

"그자가 절대마룡을 부추겨 신마령주를 기습하려 했다고 합디다."

"어리석은!"

혼마 창이 노성을 토해냈다.

"당신이 원했던 것 아니오?"

"아니, 그릇이 다른데 어찌 싸움이 되겠나. 더군다나 그 아이는 신마령을 가지고 있어 마영들을 완전히 장악했을 텐데. 기습이 성공할 리 없지."

"하면 그대가 마맹의 현마영들에게 기대한 것은 뭐요?"

나왕이 물었다.

"……."

나왕의 물음에 혼마 창이 대답하지 않았다.

어쩌면 그는 아직도 현마영들의 도움을 바라는 자신의 계획이 살아 있다고 생각하는 모양이었다.

"현마영이 이곳으로 오는 것. 그래서 당신을 구하는 것. 그것이오?"

나왕이 재차 묻자 다시 한번 혼마 창의 목에 힘줄이 솟는다.

"만약 그런 것이라면 그 역시 기대치 마시오. 그들은 이곳에 도착하기 전에 저지될 것이오."

"누가? 그대들 십이천문이? 아니, 그건 불가능해. 숫자도 부족하고 십이천문의 문도들은 모두 이곳에 모여 있을 텐데. 그렇다면 무림맹에 알렸나?"

"명안 이조의 눈이 시퍼런데 어찌 그러겠소?"

나왕이 대답했다.

"하면 누가……?"

"나라고 다른 사람들이 없겠소?"

"다른 사람? 이런! 제삼의 세력을 구축했다는 건가? 허, 내가 모르는 것들을 많이 준비했군."

혼마 창이 탄식을 흘렸다.

"당신 같은 사람들을 상대할 때는 그만한 준비쯤 해야 하지 않겠소?"

"무리가 따로 있다. 궁금하군. 어떤 자들을 모았는지."

"그건 아마 평생 알지 못할 거요."

"왜, 내가 두려워서?"

"그렇소."

불사 나왕이 부인하지 않고 대답했다. 혼마 창에 대한 두려움은 결코 부끄러운 일이 아니다.

그러자 혼마 창이 고개를 저으며 중얼거렸다.

"정말 다루기 힘든 사람들이군. 그대들은……."

"그동안 당한 일이 있으니… 아무튼 그의 도움이 적지 않으니까."

"그의 도움? 학사검?"

"……."

나왕이 이번에는 대답을 하지 않았다.

혼마 창은 여전히 자신이 십이천문에 잡힌 것이 학사검 종선이 배후에서 꾸민 일이라 믿고 있었다.

"그가 그대들을 이용한 것이라고 분명 경고했을 텐데?"

"그 경고 명심하고 있소."

나왕이 대답했다.

"뭐야. 그럼 서로 속고 속이고 있는 것인가?"

"당신과 우리의 관계와 비슷하다 생각하면 되오. 그래서 말인데… 이천을 만나서 그가 한 일을 따질 생각은 하지 마시오. 그 순간 그대 역시 그들에겐 배신자가 되는 것이니까."

"뭐 나야 손해날 것 없지."

"당신 목숨이 아무 가치가 없다면 그렇게 하시오. 물론 그렇게 되면 당신은 저승에 가서 당신의 경쟁자들인 이천 중 한 명이 무림천하의 제왕이 되는 것을 보게 되겠지."

나왕이 차갑게 말했다.

"그렇다고 살아 있으면 뭐가 다른가?"

"적어도 앞으로 몇십 년은 세상 변해가는 걸 이승에서 보지 않겠소?"

"결국 목숨이라……."

혼마 창이 탄식하며 중얼거렸다.

그러는 사이 두 사람을 태운 말은 여러 개의 작은 협곡이 한 곳으로 모여드는 공터에 도착했다.

정확하게 말하자면 이곳에서부터 사방으로 협곡이 시작되고 있었다.

그러니까 천망협의 중심쯤 되는 장소였다.

그럼에도 이 거대한 협곡의 시작점이라 하기에는 너무 허름하고 작아서 아무도 신경 쓰지 않고 지날 장소이기도 했다.

"워!"

나왕이 말을 멈춰 세웠다.

그러자 두 사람을 태운 말이 투레질을 하며 걸음을 멈췄다.

"어서 오시오, 불사!"

말이 멈추는 순간 갑자기 안갯속에서 한 사람이 모습을 드러냈다.

백산 모청이다.

"준비는 다 되었소이까?"

나왕이 물었다.

"할 수 있는 모든 것은 다 했소이다. 이제는 하늘에 운을 맡겨야 할 때인 것 같소."

"수고하셨소이다. 일은 분명 우리의 뜻대로 될 거요."

나왕이 굳은 표정으로 말했다.

그러자 모청이 말 위에 앉아 있는 혼마 창을 보며 물었다.

"이자가 그자요?"

"그렇소."

불사가 대답하자 모청이 경멸 어린 시선으로 혼마 창을 바라
봤다.

"누군가?"

혼마 창이 모청의 시선이 불쾌한지 짜증 난 목소리로 물었다.

그러자 나왕이 대답했다.

"인간의 능력을 넘어 신의 경지에 있다는 세 사람이 모이는데
어찌 그 모임 준비를 소홀히 하겠소. 그대들의 고고한 회합에
걸맞은 만남의 장소를 준비하신 분이오."

말을 하며 나왕이 모청에게 고개를 끄떡였다.

모청이 나왕의 신호에 가볍게 손을 흔들었다.

그러자 갑자기 공터로 밀려들던 안개들이 썰물 빠지듯 뒤로
물러가기 시작했다.

스스스!

안개가 빠져나가자 공터가 좀 더 넓어졌다. 그리고 세 개의 의
자가 드러났다.

화려하다고 할 수도, 아니라고 말할 수도 없는, 돌을 깎아 만
든 의자다.

본래 석좌는 대체적으로 투박한 모습을 갖고 있게 마련이다.
그런데 공터에 나타난 석좌는 등받이와 좌대의 받침에 놀라울

정도로 세밀한 조각들이 새겨져 있어서 투박한 느낌이 전혀 들지 않았다.

그뿐이 아니다.

석좌 위에는 백호의 털로 아름답게 장식된 방석이 놓여 있어서 단지 돌을 깎아 만든 의자라는 것을 제외하면 황제가 앉는 용상에 버금가는 위엄을 갖추고 있었다.

의자들은 서로 십여 장 거리를 두고 정삼각을 이루며 놓여 있었다.

서로 이야기를 나누기에는 조금 먼 거리다. 그러나 절대삼천이라면 그 거리가 문제가 될 리 없다.

그들은 백 장 밖에서도 두런두런 이야기를 나눌 수 있는 능력의 소유자들이었다.

오히려 상대에 대한 기습 공격을 방비한다는 측면에서는 지금의 거리가 적당한 거리였다.

"어떻소? 삼천을 모실 만하오?"

모청이 빈정대듯 혼마 창에게 물었다.

"제법 신경을 썼군."

혼마 창이 퉁명스레 대답했다.

"자, 가서 자리를 잡읍시다."

나왕이 덤덤하게 말하고는 말을 북쪽 석좌가 놓인 곳으로 몰아갔다.

끙!

말 위에서 내려온 혼마 창이 나직한 신음 소리를 냈다.

불편한 몸으로 말에서 내리려니 작은 통증들이 일어난 것이다. 그나마 두 다리가 움직일 수 있을 정도로 회복된 것이 다행이랄 수 있다.

펄럭!

석좌에 등을 기대고 앉자 두 소매가 바람에 펄럭였다. 안쪽에 팔이 없기에 일어난 일이다.

그러나 그 소매들은 금세 차분하게 가라앉아 얼핏 보면 팔이 잘렸다는 생각이 전혀 들지 않았다.

"불편하지는 않소?"

나왕이 혼마 창에게 물었다.

"나쁘지 않군."

"다행이오."

나왕이 석대의 뒤쪽으로 이동했다.

아마도 이곳에서 혼마 창과 함께 이천을 맞을 생각인 모양이었다.

"그럼 난 물러나 있겠소이다."

모청이 나왕을 보며 말했다.

"잘 부탁드리겠소."

"후후후, 최선을 다하겠소. 나로서도 내 일생일대의 작품이라 기대가 크오. 앞으로는 사 노사의 역할이 중요할 뿐이오."

홍림괴의 사반수를 말하는 듯했다.

"두 분은 아마도… 천년 무림사에 전설로 남을 것이오."

나왕이 정색을 하며 말했다.

"하하하, 그렇게까지. 나야 내 만족에 사는 사람인데."

모청이 호방한 웃음을 터뜨리고는 금세 흔적도 없이 사라졌다.

그러자 혼마 창이 중얼거렸다.

"어떤 준비를 했는지 모르지만 우리 삼천이 그리 호락호락하지는 않아."

"물론 알고 있소. 하지만 당신이 생각하는 그 이상의 것을 보게 될 거요. 그리고 그들이 일단 이곳까지만 온다면… 그땐 일이구 할은 끝났다고 볼 수 있소."

나왕이 자신 있게 말했다.

"정말 궁금하군. 그 자신감의 근거가."

혼마 창이 정말 호기심이 생긴 표정으로 말했다.

그런데 그때, 갑자기 멀리서 가벼운 새소리가 들려왔다.

그러자 나왕이 혼마 창의 질문에 대답하는 대신 경고를 했다.

"시작이오. 바라건대 허튼짓은 하지 마시오."

"후후, 두고 보자고."

혼마 창이 능글맞게 웃음을 흘렸다. 그런 혼마 창을 한 번 노려본 나왕이 얼굴을 가린 면사를 다시 한 번 단단히 동여맸다.

뚜걱뚜걱!

거의 동시에 남쪽과 동쪽에 네 필의 말이 나타났다.

한쪽은 정광이 가득한 눈빛을 뿜어내며 천객 운학의 호위를 받고 나타난 명안 이조, 다른 쪽은 심드렁한 표정으로 조금 거리를 두고 뒤따르는 학사검 종선을 대동한 운중한 곤이다.

이 두 사람이 나타나는 순간 갑자기 안개로 둘러싸인 공터의 공기가 팽팽해지는 느낌이 만들어졌다.

"어서들 오시오. 오랜만이오!"

혼마 창이 앉은 채로 두 사람을 향해 입을 열었다.

그리 큰 소리는 아니지만 세 사람이 모인 공터 어느 곳에서나 명확하게 들을 수 있는 목소리다.

명안 이조와 운중학 곤이 그런 혼마 창에게 시선을 줬다. 두 사람 모두 불쾌한 기색이 역력한 모습이다.

"우리가 비록 무림천하를 두고 내기를 하고 있지만, 그건 어디까지나 우리 절대삼천의 유흥일 뿐이오. 우린 결국 한 뿌리의 무맥을 둔 사형제 간이라 해도 틀린 말이 아닌데 형제를 맞이하는 예법을 설마 잊은 거요?"

밀천 운중학 곤이 혼마 창을 바라보며 물었다.

그러자 혼마 창이 너털웃음을 터뜨렸다.

"하하하, 기분이 상하셨소? 그렇다면 미안하오. 하지만 내가 지금 예법을 다해 두 분을 환영할 몸과 마음이 아니구려."

얼굴은 웃고 있지만 살기가 도는 시선으로 운중학 곤을 노려보며 혼마 창이 말했다.

그러자 명안 이조가 두 사람의 대화에 끼어들었다.

"무슨 일이 있으시오? 일어나서 우릴 반기지 못할 만큼?"

"후후후, 글쎄… 뭐 몸도 불편하고 마음도 불편하고. 자자, 일단 앉으시오들. 부족하나마 두 분의 자리를 만들어놓았으니."

혼마 창이 두 사람에게 모청이 준비한 석좌에 앉기를 권했다.

그러자 두 사람을 호위해 온 천객 운학과 학사검 종선이 먼저 호피가 깔려 있는 석좌를 살폈다.

혹시라도 석좌에 감춰진 위험이 있는지를 확인하는 것이다.

"내가 두 분을 모실 의자에 수작을 부릴 만큼 간교한 사람은 아닌데… 참 의심들도 많구려."

혼마 창이 투덜거렸다.

그러자 운중학이 대답했다.

"나도 그럴 것이라 믿지만, 근자에 보이는 마맹의 움직임은 애초에 우리 삼천이 약조한 놀이의 규칙을 벗어나는 경우가 종종 있어서 말이오."

"글쎄. 난 별로 그런 기억이 없는데……."

혼마 창이 고개를 갸웃했다.

"낙양 인근 신화밀교의 분타를 공격해 사방유를 죽인 일을 잊은 거요?"

"아! 그것은……."

혼마 창이 잠깐 당황한 듯 슬쩍 곁에 서 있는 불사 나왕을 바라봤다.

그러자 불사 나왕이 고개를 숙여 그에게 속삭였다.

"신마령주가 밀천을 한 번 흔들어보았소."

"허, 그놈 참 대범하네."

혼마 창은 적월이 살수들을 이용해 낙양의 현학원을 공격한 사실을 모르고 있었다.

하지만 그렇다고 적월이 한 일에 대해 화가 난 것 같지 않았다.

"천산혈사에 대한 치죄 정도로……."

나왕이 다시 말했다.

적월이 학사검 종선을 만났을 때 신화밀교에 대한 공격의 이유로 댔던 것이다.

"허험, 그 일은 내가 미처 만류할 사이도 없이 일어난 일이오. 천산혈사에 신화밀교가 관련되었다는 정보가 마맹에 전해졌기 때문에 말이오."

혼마 창이 변명하듯 말했다.

그러자 밀천 운중학 곤이 무심하게 말했다.

"그 정도로 마맹에 대한 통제력이 떨어졌소?"

조롱이기도 하고 비난이기도 한 말투다.

"흐흐, 내가 마맹을 좀 오래 비웠소. 제자 녀석에게 마맹을 맡겨놓았더니. 그놈이야 우리 일에 대해선 거의 모르고."

혼마 창이 변명하듯 말했다.

"제자라… 그 신마령주라는 아이 말이오?"

이번에는 명안 이조가 물었다.

"그렇소."

혼마 창이 고개를 끄떡였다.

"허허, 마천은 꽤 많은 비밀을 가지고 계셨구려. 그 아이에 대한 말은 한 번도 한 적이 없는 것 같은데?"

"그런 정천은 그대의 후계자를 한 번이라도 보여준 적이 있소?"

"그야… 하지만 그 아이가 누군지는 알고 있지 않소?"

정천이 되물었다.

"겨우 이름 석 자… 그래서야 모래사장에서 바늘 찾기지."

어찌 믿을 수 있냐는 말이다.

"후우… 마천께서는 의심이 너무 많은 것이 항상 문제요."

"하하하, 우리 중 비밀 없는 사람이 어디 있겠소. 경중이 다를 뿐이지. 아니 그런가?"

혼마 창이 문득 밀천 운중학 곤의 뒤에 서 있는 학사검 종선에게 물었다.

갑작스러운 질문에 학사검 종선이 떨떠름한 표정을 짓다가 조심스럽게 물었다.

"지금 제게 말씀하신 겁니까?"

"그렇다네."

"뭐… 삼천께서 서로에게 적지 않은 비밀이 있다는 거야 놀랄 일이 아니지요."

종선이 다른 사람들 일 말하듯이 말했다.

"자넨 어떤가?"

"저 말입니까?"

"그래. 자네에겐 숨기는 비밀이 없나?"

십이천문을 동원해 자신을 공격한 일을 따지고 있는 것이다.

그러나 그런 사실을 알 리 없는 학사검 종선으로선 뜬금없는 질문이었다.

"글쎄요. 물론 삼천께 말씀드리지 않은 일들이 있으나, 그리 중요한 일들은 아니지요."

"그리 중요한 일이 아니라… 그렇군. 자네에겐 내가 그리 중요한 사람이 아니었군."

"대체 무슨 말씀을 하시는 건지……?"

학사검 종선이 왜 자신이 이런 질문을 받고 있는지 영문을 모르겠다는 듯 되물었다.

그러자 혼마 창이 말없이 노기에 찬 눈으로 학사검 종선을 노려봤다. 두 손이 있다면 당장에라도 검을 뽑고 싶은 기세다.

하지만 그는 지금 당장 학사검 종선에게 어떤 일도 할 수가 없었다.

그렇게 두 사람 사이에 불편한 공기가 흐르자 밀천 운중학 곤이 얼른 두 사람의 대화에 끼어들었다.

"대체 무슨 일인데 그러시오?"

삼천의 회합에서 혼마를 상대할 사람은 학사검이 아니라 운중학 곤 자신이다. 자신의 후계자인 학사검을 추궁하는 마천 혼마 창의 태도가 마음에 들 리 없는 운중학이다.

"정말 몰라서 묻는 것이오?"

혼마 창이 노기가 서린 목소리로 물었다.

그러자 운중학 곤 역시 더 이상 참을 수 없다는 표정으로 반발했다.

"말하시오. 대체 마천이 우리 두 사람을 추궁하는 이유를 말이오. 만약 합당한 이유가 아니라면 그에 대한 책임을 지셔야 할 거요."

너무 강력한 반발에 마천 혼마 창의 눈가에 혼란한 빛이 스쳐 지나갔다.

무심한 학사검 종선의 반응이나, 오히려 화를 내는 운중학 곤의 모습에서는 십이천문을 움직여 자신을 기습한 것이 이들이라는 어떤 흔적도 발견할 수 없었다.

그러자 그는 자신을 공격한 그 배후에 운중학 곤이 있다는 믿음이 흔들리기 시작했다.

그리고 그런 마음은 곧 자신의 등 뒤에 서 있는 불사 나왕에 대한 불신과 의구심으로 이어졌다.

학사검 종선이 자신이 당한 일의 배후라는 말은 바로 불사 나왕 등 십이천문의 사람들이 말한 것이기 때문이었다.

장내에 잠시 침묵이 흘렀다.

혼마 창의 머릿속에 수많은 생각들이 스쳐 지나가는 것을 운중학 곤과 명안 이조는 그의 표정으로 읽고 있었다.

그들 역시 혼마 창에게 뭔가 기이한 일이 생겼고, 그로 인해 그가 운중학 곤과 학사검 종선을 의심하고 있다는 것을 이미 알아채고 있었다.

우두둑!

한순간 혼마 창이 정신을 차리려는 듯 머리를 좌우로 흔들었다. 그에 따라 그의 목뼈에서 뼈마디가 마찰하는 소리가 일어났다.

그렇게 목을 풀어 정신을 바로 한 혼마 창이 나직하게 입을 열었다.

"어떻게 된 것이냐?"

불사 나왕에게 묻는 것이다.

불사 나왕이 고개를 숙여 혼마 창의 귓가에 입을 가져다대고 속삭였다.

"뭐가 말이오?"

"몰라서 묻는 것이냐?"

"그러니까 뭐가 궁금하냐고 묻지 않소."

불사 나왕이 태연하게 되물었다.

"저들이 십이천문을 움직였다고 말하지 않았느냐?"

"내가… 그런 말을 했소?"

나왕이 침착하게 되물었다. 마치 정말 자신은 그런 말을 한 적이 없는 사람 같았다.

"이놈… 감히 날 조롱하느냐?"

혼마 창의 입에서 억눌린 분노의 목소리가 흘러나왔다.

그러자 불사 나왕이 고개를 들며 퉁명스럽게 입을 열었다.

"내가 어찌 감히 천하의 주인인 절대삼천을 조롱하겠소이까? 재미로 칠마의 난을 일으켜 천하인들의 피로 강호천하를 적시고 이후에도 정사마, 무림천하를 주관하였으며, 이제 그 지루함을 견디지 못하고 다시 한 번 정사대전을 일으키려는 무림의 주인 절대삼천의 일을 난 감히 언급할 용기가 없소."

"놈!"

한순간 혼마 창의 입에서 욕설이 흘러나왔다.

그 순간 불사 나왕의 손이 혼마 창의 목덜미를 지그시 눌렀다.

"컥!"

한순간 혼마 창의 입에서 억눌린 듯한 신음 소리가 흘러나왔다.

"마천!"

"혼마!"

거의 동시에 명안 이조와 운중학 곤의 입에서 경악스러운 목소리가 터져 나왔다.

그러자 불사 나왕이 한 손을 들어 두 사람의 움직임을 제지했다.

"두 분은 잠깐 그대로 있어주시오. 그렇지 않으면 이자는 죽소. 그리고 난 이곳을 떠날 거요. 그럼 대체 그대들에게 무슨 일이 일어났는지 결코 알지 못하게 될 거요."

불사 나왕의 제지에 명안 이조와 운중학 곤이 굳은 표정으로 불사 나왕을 노려봤다.

"넌 대체 누구냐?"

명안 이조가 물었다.

그러자 불사 나왕이 명안 이조를 바라보며 되물었다.

"정말 날 모르겠습니까?"

"얼굴을 가린 천 조각을 치워라."

명안 이조가 명령하듯 말했다.

"한 가지 말씀해 주시면 그리하겠소."

"놈······."

감히 자신의 명을 거절하고 거래를 하려는 불사 나왕의 태도에 명안 이조의 분노가 타올랐다.

그러나 불사 나왕은 침착했다.

"진정하시오. 이자가 죽는 걸 원하시오?"

불사 나왕이 이번에는 혼마 창의 머리를 한 손으로 감싸며 물었다. 그럼에도 불구하고 혼마 창은 어떤 반항도 하지 못했다.

그 모습은 명안 이조와 운중학 곤, 그리고 학사검 종선과 천객 운학을 다시 한 번 경악시켰다.

혼마 창의 모습은 비참했다.

천하를 손아귀에 넣고 희롱하던 절대마인의 모습이라고는 도저히 상상할 수 없는 수치스러운 상황이었다.

"대체… 그에게 무슨 짓을 한 것이냐?"

명안 이조가 불사 나왕의 경고에 움직임을 멈추고 물었다.

애써 억누른 그의 감정으로 인해 가래가 끓는 듯한 목소리가 흘러나왔다.

"질문은 내가 먼저 하겠소."

"말하라."

명안 이조가 욕설을 내뱉듯 대꾸했다.

"그대는 이자를 살리고 싶소? 아니면 죽이고 싶소?"

"뭣?"

전혀 예상치 못했던 질문이라 명안 이조가 당황한 표정을 지었다.

"강호에 알려진 바에 의하면 이자는 마맹의 중심이오. 물론 마도의 절대자 칠마의 일인이기도 하고. 그는 지금 마맹을 만들어 과거의 패배를 되갚고, 천하를 마도의 그늘에 담으려 하고 있소. 반면 명안께선 무림맹을 만든 정도의 최고 어른. 그렇다면 당연히 명안께서는 이자가 죽는 것을 원하셔야 되는 것 아니오?"

"……."

나왕의 물음에 명안 이조의 말문이 막혔다.

무림에 알려진 대로면 불사 나왕의 말대로 그는 혼마 창의 죽음을 원해야 했다. 하지만 절대삼천으로서는 그럴 수 없다.

"대답해 보시오. 대답을 망설이는 걸 이해할 수 없구려. 아,

운중학께서 답변해 보시겠소? 과거 칠마의 난 때 그대도 무림맹을 후원했으니 말이오."

불사 나왕이 이번에는 운중학 곤에게 물었다.

그러자 운중학 곤이 침착한 표정으로 대답했다.

"이미 모든 사실을 알고 있는 것 아니냐?"

"무슨 사실 말이오?"

"놈, 우릴 희롱하는 것이냐?"

운중학 곤이 노한 표정으로 일갈했다.

하지만 불사 나왕은 전혀 동요가 없다. 대신 한 줄기 비웃음을 흘리며 입을 열었다.

"그러니까. 그대들 절대삼천이 사실은 같은 뿌리에서 갈라져 나온 사람들이며, 신의 경지에 이른 무공과 천재적인 두뇌를 가지고 있으나 선조의 유훈으로 직접 강호에 군림할 수 없다는 사실, 그리고 그 무료함을 참지 못해 어둠 속에서 정사대전을 일으켜 그 승패를 두고 서로 내기를 하고 있다는 그 사실 말이오?"

"……."

"……."

불사 나왕의 말에 운중학 곤과 명안 이조 모두 대답을 하지 못했다.

그리고 그들은 그 순간, 오늘의 이 만남이 뭔가 크게 잘못된 만남이라는 것을 깨달았다.

그 순간에도 불사 나왕의 질문은 계속됐다.

"묻겠소. 이자를 죽여 강호의 정의를 세울 것이오? 아니면 이자를 살리겠소?"

면사 위에 드러난 불사 나왕의 눈에서 푸른 정광이 번뜩였다.

그 안광의 강렬함은 결코 절대삼천의 아래가 아니다.

그 안광을 마주한 명안 이조와 운중학 곤은 긴장하지 않을 수 없었다.

"놀랍구나. 너와 같은 자가 강호에 있다니. 더군다나 감히 우리 절대삼천을 상대로 이런 간계를 꾸밀 배포를 지니고 있다니……."

명안 이조가 나직하게 탄식했다.

"천하를 상대로 시산혈해의 내기를 해온 당신들만 하겠소?"

나왕이 덤덤하게 말했다.

"허허허, 정말 궁금하군. 대체 누군지. 면사를 걸을 용기는 여전히 없느냐?"

이조가 물었다.

"내 물음에 대한 대답을 먼저 해야 한다고 하지 않았소."

불사 나왕이 퉁명스럽게 대답했다.

그러자 명안 이조가 가볍게 한숨을 쉬다가 운중학 곤을 보며 물었다.

"밀천의 생각은 어떻소?"

"글쎄올시다. 우리 삼천이 제법 살벌한 놀이를 하지만 서로의 목숨을 노린 적은 없지 않소? 그건 곧 우리가 한 뿌리의 식구임을 인정하기 때문이고. 사실 절대삼천은 세상을 움직이는 세 바퀴와 같은 존재요. 한쪽 바퀴만 빠져도 무림에 대한 통제력을 잃을 것이오."

"그의 제자가 있지 않소?"

이조가 되물었다.

이조는 혼마 창의 목숨을 담보로 위협하는 불사 나왕에게 굴복하고 싶지 않은 듯 보였다.

혼마가 죽어도 그 제자가 혼마의 뒤를 이을 것이란 생각 때문인 듯 보였다.

"그러나 그는 아직 마천을 대신할 수 없을 것 같은데. 절대마룡과의 관계도 확실치 않고……."

"그렇긴 하지만……."

이조가 말꼬리를 흐렸다.

비록 혼마 창의 이제자로 알려진 신마령주가 마맹을 통솔해 이 거대한 놀이의 한축을 담당하고 있지만, 혼마를 대신할 만한 능력은 없다고 생각하는 듯 보였다.

"마천, 어쩌면 좋겠소? 마천의 생각을 듣고 싶소만."

운중학 곤이 나왕에게 제압되어 있는 혼마 창을 보며 물었다.

"하긴 자신의 운명은 스스로 결정하는 것이 가장 좋은 방법이긴 하오."

이조도 마천의 의사를 듣고 싶은 듯 중얼거렸다.

물론 그 말속에는 마천이 스스로 죽음을 택해주는 것도 나쁘지 않겠다는 내심이 섞여 있었다.

"저들은 당신이 스스로 죽음을 택하길 원하는군. 당신 생각은 어떻소?"

불사 나왕이 가볍게 마천의 아문혈을 두드렸다.

"컥!"

한동안 혈도가 제압되어 제대로 숨을 쉬지 못하던 혼마 창이 가볍게 기침을 해댔다.

"자자, 진정하시고, 당신의 동문들과 이야기를 나눠보시오."

나왕이 혼마 창의 등을 가볍게 문질러 그가 호흡하는 것을 도우며 말했다.

"후우……."

나왕의 도움으로 호흡의 안정을 찾은 마천 혼마 창이 길게 숨을 내쉬었다.

그러고는 씁쓸한 미소를 지으며 자신을 보고 있는 이조와 운중학 곤을 바라봤다.

그의 얼굴에 지울 수 없는 불신의 빛이 서려 있다. 그 불신은 두 사람이 자신의 죽음을 은근히 바라고 있다는 확신에 기반하고 있었다.

"내가 죽으면 그 아이는 충분히 감당할 수 있을 것 같소?"

혼마 창이 두 사람에게 물었다.

"그 아이라면… 마맹의 신마령주 말이오?"

이조가 되물었다.

"그렇소."

혼마 창이 대답했다.

"그야 당연히… 물론 마천의 제자이니 제법 고집은 있겠으나 그래도 우리가 그 아이의 사숙과 사백뻘이 되는데 감히 우리의 말을 듣지 않겠소? 그리고 정말 그 아이가 후계자요? 절대마룡을 정말 포기한 거요? 솔직히 우린 아직도 절대마룡이 마천의 후계자일 거라 생각하는데……."

이조가 대답했다.

"후후후, 보통 인물이라면 그렇겠지만 그 아이는 보통 인물이 아니오. 막초? 이미 승부는 결정되었소. 막초는 절대 신마령주의 상대가 아니오."

혼마 창이 단호하게 말했다.

"마천의 제자가 되었으니 당연히 뛰어난 자질을 가지고 있을 거요. 하지만 그렇게 대단한 친구인지는 솔직히 믿기 어렵구려. 하지만 어쨌든 마천의 평가가 사실이라도 그 친구가 우리 두 사람의 경륜을 감당하지는 못할 것이오."

이조가 담담하게 대답했다.

마천의 어린 제자 따위는 결코 자신들의 상대가 될 수 없을 거란 뜻이다.

그러자 혼마 창이 갑자기 몸을 흔들었다.

펄럭!

한순간 혼마 창의 두 팔소매가 허공에 휘날렸다.

"엇!"

"마천… 설마……?"

명안 이조와 운중학 곤에게서 경악스러운 음성이 흘러나왔다.

침착함을 유지하고 있던 학사검 종선조차도 놀라움을 감추지 못했다.

눈썰미가 조금이라도 있는 사람이라면 안개를 타고 흩날리는 혼마 창의 소매가 뭘 말하는지 짐작할 수 있다.

두 팔이 없는 것이다.

"대체 무슨 짓을 한 거냐?"

이조가 분노로 이글거리는 눈으로 불사 나왕을 노려보며 말했다.

"그는 그가 진 빚의 대가를 치렀을 뿐이오."

"빚?"

"지금까지 그의 즐거움을 위해, 혹은 약간의 불쾌함 때문에 죽어간 사람의 숫자가 얼마일 것 같소. 그대들이 스스로를 하늘이라 부르며 사람의 목숨을 언제든 죽여도 좋은 놀이의 대상으로 삼고 있다고 해도, 결국 그대들 역시 사람일 뿐이오. 그러니 그대들이 치른 살생의 대가를 받은 것이 이상한 일은 아니지 않소?"

"놈!"

운중학 곤의 입에서 일갈이 터져 나왔다.

"운중학… 그대는 천산혈사를 일으켰지? 신화밀교를 이용해 세상을 농락하고……."

나왕이 차갑게 말했다.

그런데 그 순간 운중학 곤이 아니라 학사검 종선이 갑자기 뭔가 깨달은 듯 깊은 탄식을 흘렸다.

"아… 그렇게 된 것이군."

학사검 종선의 탄식에 운중학 곤과 명안 이조가 시선을 그에게로 돌렸다.

"짐작 가는 것이 있는가?"

운중학 곤이 물었다.

"강호에서 감히 절대삼천을 대상으로 이런 대담한 일을 꾸밀 사람은 많지 않지요. 하물며 절대삼천의 존재를 아는 사람조차 없습니다. 그런데 그는 절대삼천의 존재와 그동안 삼천께서 하신 일들, 그 처참한 놀이에 대해서도 알고 있습니다. 그렇다면 결국 한 사람을 떠올릴 수밖에 없습니다. 더군다나 얼굴을 가리고 있지만 그 몸의 특징을 가릴 수 없으니……."

학사검 종선이 불사 나왕을 응시하며 말했다.

"역시 눈치가 빠르시구려."

나왕이 덤덤하게 대답했다.

"얼굴은 뭐 하러 가렸소? 어차피 드러날 정체인데."

학사검 종선이 자신의 짐작을 확신하는 듯 퉁명스럽게 물었다.

"약간의 시간은 필요했소. 무림의 구성이라는 이 세 사람이 삼천이라는 신분을 인정하고, 또 지난날 칠마의 난과 오늘날 제이차정사대전이 자신들의 무료함을 달래기 위해 일으킨 핏빛 놀이에 지나지 않는다는 것을 인정할 시간 말이오."

"음……."

불사 나왕의 말에 학사검 종선의 표정이 갑자기 무거워졌다.

"대체 저자가 누군가?"

명안 이조가 심각해진 학사검 종선에게 급히 물었다.

하지만 학사검 종선은 명안 이조의 말에 대답하지 않고 좀 더 침묵을 지켰다.

그러다가 문득 우울한 음성으로 입을 열었다.

"세 분, 아니, 마천께서 저리되셨으니 이제 두 분의 일이겠군요. 두 분은 오늘 참 곤란한 상황에 빠지신 것 같습니다."

"그게 무슨 소린가?"

이번에는 운중학 곤이 학사검 종선을 다그쳤다.

그러자 학사검 종선이 고개를 저으며 말했다.

"이제 와서는 그의 정체가 중요한 것이 아닙니다. 그가 절대삼천의 존재와 그간 삼천께서 하신 일들을 시인하게 만들었다는 사실이 중요합니다. 그건… 지금까지의 일들을 이곳에 있는 사람들만이 아닌 다른 사람들도 보고 듣고 있다는 뜻이 되니까요. 불사, 아니 그렇소?"

학사검 종선이 불사 나왕을 날카롭게 응시하며 물었다.

그러자 불사 나왕이 천천히 손을 얼굴로 가져가 검은 면사를 떼어냈다.

제10장
파천(破天)

구르릉!

불사 나왕의 얼굴에서 면사가 떨어져 나가는 순간, 갑자기 지진이라도 난 것처럼 천망협 깊은 협곡들이 흔들리기 시작했다.

그 거대한 움직임의 중심은 불사 나왕과 절대삼천이 모여 있는 공터였다.

후우웅!

흔들리는 협곡의 진동에 맞춰 불어온 바람이 협곡을 가득 메운 안개들을 사방으로 흩어버렸다.

안개가 사라진 천망협 깊은 협곡 위로 아침 햇살이 내리고 있었다. 물론 워낙 깊은 계곡들이 거미줄처럼 이어져 있어 계곡 아래까지 햇빛이 닿는 곳은 그리 많지 않았다.

그중 한 곳이 불사 나왕이 있는 공터였다.

눈부신 햇살이 잠시 눈을 가려 빛에 적응할 시간이 필요할 정도였다.

밝은 빛이 쏟아지는 것과 반대로 운중학 곤과 명안 이조의 얼굴은 급격하게 어두워졌다.

안개의 변화와 흔들리는 땅의 진동은 사람의 힘이 이곳의 지형을 변화시키고 있다는 것을 말해준다.

기관진식이 펼쳐져 있다는 의미다. 그건 곧 이곳이 함정이라는 뜻이다.

그리고 그들을 더 긴장하게 만든 것은 이 함정을 만든 사람이 불사 나왕이란 것이었다.

두 팔이 잘린 혼마 창, 그리고 그를 제압해 자신들을 이곳까지 끌어들인 사람인 불사 나왕. 그는 절대삼천을 자처하는 명안 이조나 운중학 곤도 긴장하지 않을 수 없는 인물이다.

단지 그가 천하십대고수로 불리는 인물이기 때문은 아니었다.

그들이 두려워하는 것은 불사 나왕의 성정이었다. 뒤로 물러남이 없는 인물, 독선적일 정도로 강인한 심성을 지닌 자, 송가장을 떠난 이후에는 무엇에도 거리낌이 없는 인물이 그다.

하지만 그보다 더 두려운 것이 있다.

그건 그가 바로 무림맹 신응조 출신이라는 것이다.

신응조는 귀산 왕전에 의해 움직이지만 신응조의 고수들은 왕전보다 불사 나왕에 대한 신뢰가 더 깊다고 알려져 있었다.

비록 송가장을 위해 신응조를 떠났지만, 그가 칠마의 난 당시 형성한 신뢰의 힘은 여전히 신응조에 살아 있었다.

그런 그가 이 함정을 만들었다면 그건 곧 신응조가 이 일에

개입했을 가능성이 있다는 뜻이다.

그럼 그 뒤에는 무림맹이 있다.

그리고… 더 걱정스러운 것은 이 일에 혼마 창이 동의했다는 것이었다.

혼마 창의 뒤에는 누가 있는가.

마맹이 거기 있었다.

"곤란하군."

명안 이조가 눈살을 찌푸리며 중얼거렸다.

"그렇구려. 우리가 아주 고약한 상황에 처한 것 같소."

운중학 곤도 편치 않은 기색으로 말했다.

"일단… 아이들을 부릅시다."

명안 이조가 말하자 운중학 곤이 고개를 끄떡이고는 가볍게 뒤를 돌아봤다.

그러자 학사검 종선이 잠시 망설이는 듯하다가 품속에서 작은 철궁을 꺼내 허공을 향해 화살 한 대를 날렸다.

쒜애액!

검은 화살 한 대가 동쪽 하늘을 향해 모습을 감출 때까지 날아갔다.

그러자 명안 이조를 호위해 온 천객 운학 역시 아침 하늘로 화살을 날려 보냈다.

삐이익!

천객 운학이 쏜 화살에서도 날카로운 파공음이 일어나 수백 장 밖에서 그 소리를 들을 수 있었다.

그런 두 사람의 모습을 보고 있던 혼마 창이 불사 나왕에게
물었다.

"그들이 천객과 밀겁들을 불렀다. 감당할 수 있나?"

"물론 그렇소."

불사 나왕이 대답했다.

당연히 그의 대답은 운중학 곤과 명안 이조에게도 들렸다.

"우리 아이들을 감당할 수 있다고?"

운중학 곤이 물었다.

"이미 그 존재를 알고 있는데 대비를 안 했겠소?"

"후후후, 존재를 알고 있었다고 그 능력을 알고 있는 것은 아
니지. 아마… 어떤 준비로도 그들을 막지 못할 것이다. 그리고
일단 그 아이들이 움직였으니 너의 이 함정도 아무런 소용이 없
겠지. 아니, 사실 그 아이들조차 필요치 않아. 우리 두 사람이라
면 어떤 함정도 소용없으니."

운중학 곤이 차가운 살기를 드러내며 말했다.

그러자 불사 나왕이 무심하게 대답했다.

"이 함정은 그대들을 제압하기 위해 만든 것이 아니오. 이미
말했지만 이런 일을 준비한 것은 그대들의 입으로 자신들이 지
난날, 그리고 오늘날 무림에 행한 악업들을 인정하게 만들기 위
한 자리요."

절대삼천의 비밀, 그 존재조차 비밀이었던 인물들이다.

하물며 그들이 행한 일들, 칠마의 난을 조장하고, 어둠 속에
서 무림을 지배했으며, 단지 무료하다는 이유로 다시 무림의 대
혈란을 일으키려는 이들의 행동이 무림에 알려진다면 그건 곧

그들의 파멸을 의미한다.

죽음이란 것보다 더 무서운 것, 자신들의 명예와 권위가 더 이상 세상에 남아 있지 않은 것, 정사양도로부터 무림 역사상 가장 추악한 악인으로 낙인찍히는 것은 사실 죽음보다도 더 두려운 일이었다.

"놈!"

명안 이조의 입에서 도저히 그가 내뱉은 말이라고는 상상할 수 없는 거친 욕설이 흘러나왔다.

그 순간 불사 나왕이 허공을 보며 소리쳤다.

"자, 모두 들었을 것이오. 지난날 무림이 정사로 나뉘어 수천 명의 피를 뿌리며 싸웠던 일이 과연 어떻게 시작된 일인지 말이오. 물론 과거에도 정사의 대결은 있어왔고, 또 향후에도 싸움은 이어질 것이오. 하지만 적어도 그 싸움이 누군가의 무료함을 달래기 위한 놀이여서는 안 되지 않겠소?"

그그긍!

불사 나왕의 외침과 동시에 다시 거대한 울림이 일어나며 또다시 주변의 지형이 변하기 시작했다.

태초부터 있어왔던 것 같던 협곡의 절벽들이 중간중간 무너지듯 사라졌다.

무너진 절벽들 중간중간에 평평한 공간이 모습을 드러냈다.

그리고 그 위에서 정사의 고수들이 충격과 분노의 표정으로 공터의 삼인, 절대삼천을 응시하고 있었다.

이 놀라운 변화는 절대삼천조차도 상상할 수 없었던 것인 듯 운중학 곤과 명안 이조는 물론 불사 나왕에 의해 이곳으로 온 혼마 창조차도 당황한 표정을 감추지 않았다.

"이건… 뭔가?"

혼마 창이 불사 나왕에게 물었다.

"그대들의 정체를 세상 모두에게 알리기 위한 우리의 선물이오."

불사 나왕이 말했다.

"대체 이게 어떻게……?"

혼마 창이 도저히 이해할 수 없다는 듯 주위를 둘러보았다.

주변의 모습은 그들이 처음 이 공간에 들어왔을 때와는 완전히 달라져 있었다.

공터와 이어진 여러 줄기의 계곡들 중 여러 개가 사라지고 오직 세 줄기의 계곡만이 공터와 이어져 있었다.

또한 곳곳에 마치 얼음판 같은 거대한 석판들이 서 있었는데 그 석판의 용도는 금세 드러났다.

"명안… 지금 당신들이 한 말이 정말 모두 사실이오?"

묻는 자는 무림오선 중 일인인 소림의 괴승 항불이다.

그런데 그가 있는 곳은 공터가 보이는 곳이라고는 해도 거리가 족히 일백여 장 밖이다. 그럼에도 불구하고 항불의 목소리는 바로 옆에서 말하는 것처럼 선명하게 들렸다.

계곡 중간중간에 서 있는 석판은 바로 이 공터에서 이뤄지는 대화들을 일백여 장 떨어진 곳에 모습을 감추고 있던 정사양도의 고수들에게 선명하게 들릴 수 있도록 하기 위한 울림판 역할을 하고 있었다.

"이 간교한!"

항불의 질문에 대답을 하는 대신, 명안 이조가 고개를 돌려 불사 나왕을 노려봤다.

"날 너무 모욕하시는구려. 간교함이라니… 간교함이란 지금까지 세상을 속이고 시산혈해의 정사대전을 일으킨 그대들에게 더 어울리는 말이 아니오?"

불사 나왕이 퉁명스럽게 대꾸했다.

그러자 명안 이조가 더 이상 입을 열지 않고 끓어오르는 분노를 안광에 농축시켜 불사 나왕을 노려봤다.

그러다가 문득 혼마 창을 보며 말했다.

"마천, 아무래도 그대는 포기해야 할 것 같소."

"날 죽게 두고 살길을 찾겠다?"

"어쩔 수 없는 상황이오. 하지만 한 가지는 약속하겠소. 우리 두 사람이 이곳을 벗어난 후 반드시 그대의 복수를 해주겠소. 단지 십이천문 따위가 아닌 천하를 상대로 말이오. 천하를 피로 씻어 깨끗이 한 후, 절대삼천의 이름이 인간 위에 있음을 인정하는 자들로만 무림을 꾸리겠소. 그때 그대의 후계자인 신마령주도 삼천의 이름으로 함께 있을 것이오."

차갑고 냉정한 말이다.

또한 두려운 말이기도 했다. 천하를 피로 씻어 정화한 후 그 위에 절대삼천의 세계를 만들겠다는 것은 결국 수천의 무림인을 죽이겠다는 말이었다.

더군다나 이젠 놀이가 아니라 실질적으로 무림천하 위에 군림하기 위한 목적이었다.

"후우… 그거야 그대들 좋을 대로 하시오. 하지만 단 하나, 그 아이는 그대들의 뜻에 동조하지 않을 거요. 앞서 말하다 말았지만 내 팔을 이렇게 만든 사람이 누군지 아시오?"

혼마 창이 이조에게 물었다.

순간 이조의 얼굴에 불신의 빛이 서렸다.

"설마… 신마령주의 짓이란 말이오?"

이조가 설마 하는 표정으로 되물었다.

"그렇소."

혼마 창이 대답했다.

"대체 왜……?"

이해할 수 없다는 얼굴로 이조가 다시 물었다.

혼마가 불사 나왕을 바라봤다. 적월의 정체를 밝혀도 되냐는 뜻이다.

그러자 나왕이 대신 입을 열었다.

"신마령주는 그의 제자이기 이전에 우리의 사람이오."

"우리? 설마 십이천문?"

"그렇소."

"그런데 어떻게……?"

"마천이 우리와 거래를 했소. 신마령주에게 자신의 무공과 신마령을 주어 마맹의 일원이 되게 한 후, 정사의 대충돌을 막아 무림이 공멸하는 대재앙을 멈추게 하는 거래 말이오. 대신 그는… 목숨을 건질 뿐 아니라 자신을 이 지경으로 만든 자들에게 복수를 하는 거래였소. 물론 그도 자신이 속았다는 것을 조금 전에야 알았지만."

불사 나왕이 혼마 창을 바라봤다.

그러자 혼마 창이 갑자기 앙천대소를 터뜨렸다.

"아하하하! 하하! 그러게 말이야. 천하의 나 혼마 창이 그만 그 간단한 속임수에 속고 말았어. 하하하!"

"당신을 속인 것은 우리가 아니오. 당신 자신이지. 당신은 절대삼천 이외의 인물이 당신을 패배시켰다는 사실을 인정할 수 없었던 거요. 그래서 조금만 생각해 보면 의심할 수도 있었던 일을 사실이라고 믿어버린 거지."

불사 나왕이 차갑게 말했다.

그러자 멀리서 학사검 종선이 말했다.

"그에게 자신을 공격한 배후가 나라고 말한 모양이구려."

학사검 종선의 말에 나왕이 고개를 끄떡였다.

"그렇소. 그리고 사실 그 말이 아주 틀린 것은 아니오. 당신 역시 혈월야의 계기를 만든 사람이니 말이오. 그로부터 이 몰락이 시작되었으니 결국… 당신도 이 일의 배후 중 한 명 아니겠소?"

나왕이 차갑게 물었다.

그러자 학사검 종선이 깊게 한숨을 내쉬었다.

"후우… 부인하지 않겠소. 업이라면 업이겠지. 물론 혈월야를 일으킨 것은 마천이지만 내가 형제들을 죽음의 구렁텅이로 몰아넣은 것은 사실이니까. 그런데… 그거 알고 있소?"

"무엇을 말이오?"

나왕이 되물었다.

"나조차도 감히 이 양반들을 제어할 수 없어 십이지방의 형제들이 죽어가는 것을 막지 못했소. 그러니 이제 정말 무림은 큰일이 난 거요. 이 양반들은… 정말 무섭거든."

학사검 종선이 운중학 곤과 명안 이조를 가리키며 말했다.

그러자 나왕이 한 줄기 미소를 지었다.

"그대도 한 가지 사실을 알아야 하오."

"……?"

학사검 종선이 눈빛으로 물었다.

"바로 그런 두려움, 이들이 절대적인 존재라는 바로 그 두려움이 그대를 이들에게서 벗어나지 못하게 했다는 사실 말이오. 그래서 십이지방의 영웅들이 죽었고, 복수는 꿈도 못 꾸었던 거요. 하지만 보시오."

"컥!"

한순간 나왕 앞에 있던 혼마 창의 입에서 고통스러운 신음 소리가 터져 나왔다.

나왕의 한 손이 그의 머리를 누르고 있었다.

그의 손을 통해 밀려들어 가는 막강한 공력이 혼마 창으로 하여금 고통스러운 신음을 계속 토해내게 만들었던 것이다.

"허억!"

얼마간 혼마 창에게 고통을 가하던 나왕이 그의 머리에서 손을 떼자 혼마 창이 큰 헛바람을 토해내며 축 늘어졌다.

얼핏 보면 혼절한 것처럼 보이지만 자세히 보면 그의 눈은 아직 정신을 잃고 있지는 않았다. 다만 온몸의 기력이 모두 빠져나간 듯 고개를 들 수 없을 만큼 지쳐 있을 뿐이었다.

그렇게 혼마 창을 혼절 직전까지 몰고 간 나왕이 학사검을 보며 다시 말을 이었다.

"이자는 한때 삼천의 일원이었소. 당신이 그렇게 두려워하는 삼천 말이오. 한 팔을 내주고도 어쩌지 못할 만큼. 하지만 지금은 두 팔이 잘리고 고통에 몸부림치고, 살기 위해 같은 뿌리의 이천을 이 함정으로 초대했소. 이 사실들이 뭘 말하는지 아시오?"

나왕이 물었다.

그러자 학사검 종선의 얼굴이 붉게 달아올랐다.

한순간 나왕의 말에서 수치심을 느낀 것이다. 그가 그토록 두려워하고, 선망하던 절대삼천도 결국 고통에 비명을 지르고, 살기 위해 동료를 배신하는 일개 인간일 뿐이란 사실을 깨달은 것이다.

혼마 창의 비루한 모습을 본 상황에서는 나왕의 그 지적을 반박할 수 없었다.

종선의 침묵이 이어지자 나왕이 다시 말했다.

"이들도 사람인 것이 확인된 이상 한 가지는 확언할 수 있소."

"……?"

종선이 나왕을 바라봤다.

"오늘 이 자리에서 이자들이 죽을 거라는 것 말이오."

"그러나……."

종선이 고개를 저었다.

다른 건 몰라도 명안 이조와 운중학 곤의 무공은 여전히 두려운 문제였던 것이다.

"그 어떤 인물도 무림 전체를 상대할 수는 없소. 아무리 뛰어난 고수도 말이오. 자, 이제 모두들 이리 와주시오. 정사대전은 잠시 뒤로 미뤄두고 오랫동안 무림을 희롱해 온 자들에게 그대들의 손으로 최후를 선물해 주시구려."

불사 나왕이 남쪽과 북쪽에 각기 모여 있는 정사양도의 고수들을 보며 소리쳤다.

그러자 정사양도의 고수들이 차가운 살기를 뿜어내며 장내로 달려오기 시작했다.

"천산에서 죽은 아들의 빚을 받아야겠다!"

가장 먼저 장내에 도착해 운중학 곤을 공격한 사람은 만무회의 회주 상지손이었다.

그는 천산혈사에서 후계자인 아들 상황을 잃었다.

물론 상황을 죽인 사람은 대량이었지만, 그 일을 주도한 사람이 운중학 곤이라고 밝혀진 이상 복수의 대상은 운중학 곤이 되어야 했다.

쿠오오!

막강한 공력이 만들어내는 도기가 거의 일 장의 길이로 일어났다. 그리고 그 도기가 그대로 운중학 곤의 머리에 떨어져 내렸다.

천하구패, 만무회의 주인다운 무공이다. 강렬한 도기가 주변의 빛조차 흡수하는 듯한 착각이 들 정도였다.

"천한 것이!"

만무회주 상지손의 도기를 마주한 운중학 곤의 입에서 멸시의 비웃음이 흘러나왔다.

그리고 그 순간 그의 손이 가볍게 움직였다. 어느새 한 자루 작은 검이 그의 손에 들려 있다. 아이들이나 규방의 여인네들이나 쓸 법한 한 자 길의 소검. 그러나 그래서 빛처럼 빠르기도 했다.

삭!

운중학 곤이 한 발 옆으로 비껴나 상지손의 검기를 피해내며 극쾌의 속도로 검을 그어 올렸다.

쩡!

강렬한 파열음이 장내를 진동시켰다.

"억!"

그리고 한마디 비명 소리가 터져 나왔다.

비명의 뒤를 이어 두 개로 잘려 나간 상지손의 도와 피를 뿌리며 빠르게 뒤로 밀려 나가는 상지손이 모습이 보였다.

"목숨은 두고 가거라."

검이 잘리고 가슴 어림을 베여 비틀거리는 상지손을 향해 운중학 곤이 손을 뻗었다.

그러자 그의 팔이 엿가락처럼 늘어나는 듯 보이더니 한순간에 상지손의 목을 움켜잡았다.

"컥!"

목울대를 제압당한 상지손의 입에서 격한 신음 소리가 터져나왔다. 하지만 그 신음조차 오래가지 않았다. 운중학 곤이 손에 진기를 주입하는 순간 상지손의 목이 갈대처럼 꺾였기 때문이다.

털썩!

목이 꺾인 자는 아무리 고수라도 살아남을 수 없다.

제대로 비명도 질러보지 못하고 구패의 일인 만무회주 상지손이 운중학 곤 앞에 쓰러졌다.

"아!"

상지손의 허무한 죽음이 가져온 파장은 적지 않았다.

명안 이조와 운중학 곤을 향해 질주하던 정사양도의 고수들의 발걸음이 약속이나 한 듯 멎었다.

그들의 얼굴에 두려움이 전염되듯 번져갔다.

"누가 감히 우리의 길을 막겠느냐?"

운중학 곤이 나직하게 으르렁거렸다.

그 소리가 천망협 끝까지 퍼져 나가는 것 같았다.

소리에 실린 힘으로 인해 일부의 고수들은 주춤거리며 뒤로 물러날 정도였다.

"오늘은 모든 것을 묻어두겠다. 앞을 막지 않으면 죽음도 없을 것이다. 그리고 곧 절대삼천의 이름으로, 아니, 이제 절대이천의 이름으로 너희들을 부를 것이다. 그때… 명심하라. 하늘의 부름에 응하지 않는 자, 강호의 새로운 탄생을 위한 피의 거름으로 쓰일 것임을! 갑시다."

명안 이조가 정파의 기둥이라는 명성에 걸맞지 않은 협박을 해대고는 운중학 곤에게 말했다.

그러자 운중학 곤이 고개를 끄떡이고는 걸음을 옮기기 시작했다.

만무회주 상지손을 단 이 초 만에 목을 꺾어 죽인 운중학 곤의 무공과 독심에 경악한 정사양도의 고수들이 감히 그의 앞을 막을 생각을 하지 못했다.

하지만 세상에는 언제든 예외적인 인물들이 존재하게 마련이다.

특히 이 함정을 만든 십이천문의 사람들에게 지금은 도저히 물러날 수 없는 시간이었다.

"당신들은 갈 수 없소."

역시 가장 앞서서 두 사람을 막은 이는 불사 나왕이다.

"감히… 천하십대고수라는 허명이 널 지켜줄 거라 생각하느냐? 조용히 기다려라. 머지않아 이 일을 꾸민 네 죄를 물으러 갈 것인즉!"

명안 이조가 명령하듯 말했다.

"그렇게 말하면 나 불사 나왕이 겁이라도 먹고 물러날 줄 알았소?"

"너 따위가?"

"물론 나만 있는 것은 아니지."

나왕의 말이 끝나자마자, 신마령주의 모습으로 변해 있는 적월과 그림자처럼 그를 따르는 환동이 앞으로 걸어 나왔다.

그리고 뒤를 이어 계곡 반대편에서 자왕 사송과 유왕 서리도 모습을 드러냈다.

그들 외에 다른 십이천문의 고수들은 보이지 않았다.

"겨우 이 정도로? 더 없느냐?"

운중학 곤이 비웃음을 머금으며 물었다.

그러자 이번에는 무림맹의 고수 중 일부가 움직였다.

"소승도 그대들을 보내줄 수 없소."

소림의 괴승 항불이다.

"나 역시 그렇소. 명색이 오선인데……."

무당의 현무자 도원명 역시 항불과 함께 나섰다.

그러자 명안 이조와 운중학 곤의 표정도 변했다. 적어도 무림오선에 오른 이인과 불사 나왕이라면 조심해야 할 상황이라 생각한 모양이었다.

물론 여전히 그들은 이 자리를 벗어날 수 있다는 자신감에 차 있기는 했다.

"대사… 소림은 어떤 경우라도 건들지 않을 것이오만……."

명안 이조가 항불을 보며 말했다.

일종의 거래다. 소림의 안전을 보장할 테니 이 일에서 빠지라는 의미다.

그러나 항불은 그 제안을 단번에 거절했다.

"소림은… 무림의 정의를 지키는 일에서 한 번도 물러선 적이 없소. 또한… 이미 소림의 많은 식솔들이 죽었소. 지난 칠마의 난 당시……."

항불의 거절에 이조의 표정이 싸늘해졌다.

"대사, 오늘의 이 결정을 후회하게 될 것이오. 소림 자체가 무림에서 사라질 수도 있소."

"명안께서야말로 소림에 대해 너무 모르시는구려. 소림의 역사는 결코 외인에 의해 끝날 역사가 아니오. 솔직히 말해 숭산 깊은 동굴에는 무림오선이라는 허명을 얻은 나 항불조차 감히 가늠할 수 없는 경지의 선승들께서 여럿 계시오. 장담컨대 무림의 그 누구도 감히 그분들이 계신 소림을 범할 수는 없을 것이오."

소림의 저력을 말하는 항불의 얼굴에 도도한 자존감이 흐른다. 결코 허언을 말하는 것이 아니었다.

"음……."

이조의 입에서 침음성이 흘러나왔다.

항불이 말한 소림의 저력은 그조차도 생각지 못한 것이었다.

그러나 그렇다고 또한 항불의 말을 곧이곧대로 믿지도 않았다. 그는 여전히 자신과 운중학 곤의 힘이 인간의 범주를 벗어났다고 믿고 있었기 때문이다.

"정 그러시다면 어쩔 수 없구려. 과연 그대에게, 그리고 소림에게 정말 우릴 감당할 힘이 있는지 시험할 수밖에! 갑시다."

이조가 항불에게 경고를 하는 동시에 운중학 곤에게 외쳤다.

그러자 운중학 곤이 몸을 날렸다.

슈우욱!

운중학 곤의 갑작스러운 움직임이 그의 몸을 한순간에 십여 장 밖으로 옮겨놓았다.

그 누구도 그의 갑작스러운 움직임과 쾌속한 신법을 막아설 수 없었다.

그런데 십여 장 뒤에서는 달랐다.

"늙은이, 어딜 가나?"

쐐액!

한 줄기 날카로운 파공이 무림인들의 포위망을 벗어나려는 운중학 곤을 할퀴었다.

"음!"

운중학 곤의 입에서 나직한 탄식이 흘렀다.

자신을 공격한 자의 공세가 무척 날카로웠기 때문이다.

하지만 운중학 곤이 당할 만한 공격은 아니다.

팟!

운중학 곤의 검이 허공을 갈랐다. 만무회주 상지손을 단번에 베어버린 그 검이다.

"이크!"

운중학 곤의 걸음을 막았던 자가 놀란 듯 뒤로 물러났다.

삭!

아슬아슬하게 운중학 곤의 검이 사내의 옷자락을 베고 지나 갔다.

"아이고야."

사내, 자왕 사송의 입에서 겁먹은 듯한 음성이 흘러나왔다.

충분히 조심하고 있었지만 옷자락이 잘려 나가는 것을 막을 수 없었던 사송이다.

더군다나 스스로 강호에서 가장 빠른 발을 가졌다고 자부하 는 사송이었다. 당연히 운중학 곤의 무공에 두려움을 느낄 수밖 에 없었다.

"쥐새끼 같은 놈!"

운중학 곤이 비록 옷자락을 잘랐지만 사송을 베지 못한 것에 화가 났는지, 가벼운 도약으로 한순간에 사송과의 거리를 좁혔다.

그러고는 짧은 검을 휘둘러 사송의 정수리로 검기를 발출했다.

팟!

강력하다기보다는 빛으로 만든 화살을 쏘는 듯한 운중학 곤의 검기는 사송조차도 피할 수 없을 만큼 날카로웠다.

사송이 두려운 눈빛으로 급히 쇠갈고리 모양의 기병을 들어 올리며 고개를 옆으로 틀었다.

그런데 그 순간, 전혀 엉뚱한 곳에서 강렬한 충돌음이 일어났다.

쾅!

삭!

굉음과 함께 아슬아슬하게 운중학 곤의 검기가 사송의 머리카락을 자르고 지나갔다.

"어이쿠!"

사송이 머리가 뚫리지 않은 것에 안도하며 다시 대여섯 걸음 뒤로 물러났다.

그리고 재빨리 운중학 곤의 이차 공격에 대비했으나 운중학 곤은 더 이상 사송을 공격하지 않았다.

대신 그는 묘한 눈으로 자신의 공격을 방해한 인물에게 시선을 돌렸다.

"네가… 신마령주냐?"

운중학 곤의 검기를 강하게 때려 사송에 대한 공격을 흔들리게 한 사람은 적월이었다.

"지금은 그렇소."

"지금은……? 그 얼굴이 본래 얼굴이 아니라는 뜻이군."

"그의 제자 노릇을 하려고 약간 손을 보았소."

적월이 대답했다.

"그의 제자라… 좋은 기회인데 왜 이런 일을 벌인 거지?"

그냥 혼마의 제자로 살아가는 것이 낫지 않냐는 뜻이다.

"미치광이들에게 세상을 맡길 수는 없지 않겠소? 하물며 내가 그 미치광이들의 일원이 될 수는 더더욱 없는 일이고. 더군다나… 깊은 은원도 있으니."

적월이 대답했다.

"은원이라… 너 역시 십이천문이란 것이지? 십이천문은 혈월야, 그 일에서 자유로울 수 없으니."

"맞소."

적월이 부인하지 않고 대답했다.

그러자 운중학 곤에 잠시 생각에 잠겼다가 갑자기 학사검 종선을 바라보며 물었다.

"자네가 맡아주겠나?"

"누굴 말입니까?"

"저 친구."

운중학 곤이 사송을 가리켰다.

그러자 학사검 종선이 고개를 저었다.

"그건 어렵겠습니다."

"그럼 이 친구는 어떤가?"

이번에는 운중학 곤이 적월을 지목했다.

"그건 가능하겠군요."

같은 십이천문의 사람이라도 의형제나 다름없는 자왕 사송과 정체 모를 적월은 학사검 종선에게 그 의미가 다르다.

"좋아. 그럼 빨리 끝내자고. 그리고 나중에 저자를 죽였다고 날 원망하지는 말게. 어쩔 수 없는 일이니까."

운중학 곤이 사송을 가리키며 말했다.

그러자 학사검 종선이 한숨을 쉬며 사송에게 소리쳤다.

"아우, 물러나게."

"흐흐, 그럴 수는 없소."

"목숨을 가볍게 여기지 말게."

"하하하, 절대삼천의 그늘에서 수천의 인명이 죽어가는 걸 지켜본 사람이 할 말은 아닌 것 같소."

사송이 빈정거렸다.

"후… 어쩔 수 없지. 운명대로 될 뿐."

학사검 종선이 설득을 포기했다.

그러자 운중학 곤이 다시 사송을 향해 다가서며 말했다.

"두 번의 운은 없을 것이다."

"제길… 그러게 말이오. 그래서 걱정이오, 사실!"

사송이 두려움을 감추지 않고 중얼거렸다.

"사숙부님을 도와 드리세요."

적월이 멀뚱하게 서 있는 환동에게 말했다.

사송 혼자, 혹은 유왕 서리가 돕는다 해도 운중학 곤을 상대하는 것은 무리라고 생각했기 때문이다.

"난……."

환동이 적월 옆에 있고 싶다는 듯 말을 얼버무렸다.

"전 괜찮아요. 충분히."

적월이 미소를 지으며 환동에게 말했다.

그러자 환동이 싫은 표정을 하면서도 대답했다.

"알았어. 가서 저 늙은이를 죽이고 올게. 조금만 기다려!"

환동의 천연덕스러운 말에 학사검 종선이 황당한 듯한 표정을 짓는 순간 환동이 움직였다.

"늙은이, 나랑 놀아!"

콰아아!

단 한 번의 도약이었다.

그 도약으로 환동이 삼사 장 높이로 떠오르더니 마치 마른하늘에 날벼락 치는 것처럼 쇠몽둥이를 떨쳐냈다.

꽈릉!

환동의 쇠몽둥이에서 정말 벼락이 일어났다.

그리고 그 벼락이 운중학 곤을 경악시켰다.

"흡!"

몸을 트는 운중학 곤의 입에서 다급성이 흘러나왔다.

쩌쩍!

그사이 어느새 다가온 환동의 몽둥이가 운중학 곤의 머리에 떨어졌다.

쩡!

운중학 곤이 사람의 눈에 보이지 않는 속도로 쳐올린 검이 환동의 쇠몽둥이와 충돌했다.

"욱!"

"이익!"

순간 두 사람이 거의 동시에 힘겨운 소리를 토해냈다. 운중학 곤은 고통이 섞인 신음성을, 환동은 좀 더 힘을 쓰기 위해 이를 가는 소리다.

푹!

운중학 곤의 다리가 발목까지 땅속으로 파고들어 갔다.

그를 누르는 환동의 공력이 얼마나 막강한지 여실히 드러나는 순간이다.

그 순간 틈을 노려 자왕 사송이 번개처럼 운중학 곤을 향해 다가들며 갈고리 모양의 기병을 휘둘렀다.

"악적! 죽어라!"

팟!

기병으로부터 날카롭게 뻗어나간 기운이 운중학 곤의 등을 베어내려는 순간 운중학 곤이 우측으로 몸을 굴렸다.

삭!

그 와중에 사송의 기병이 운중학 곤의 등에서 옆구리까지 길게 베어냈다.

물론 운중학 곤이 움직이고 있어서 치명상을 입지는 않았지만 적지 않은 피가 그의 등에 배어나오기 시작했다.

"이놈들!"

수치스러운 자세로 환동과 자왕 사송의 공격을 피해낸 운중학 곤의 입에서 참을 수 없는 격렬한 노성이 터져 나왔다.

"모두 죽여주마!"

운중학 곤이 검을 가슴 높이로 들어 올리며 소리쳤다.

그러자 환동이 태연하게 대답했다.

"당신이 먼저 죽을 거야."

학사검 종선은 도저히 믿을 수 없다는 표정으로 운중학 곤과 환동, 그리고 사송의 싸움을 바라보고 있었다.

운중학 곤의 분노에도 싸움은 길어지고 있었다. 환동의 무공은 놀라워서 운중학 곤과 대등한 무위를 보여주고 있었다.

그리고 사송은 운중학 곤이 환동과 싸우느라 드러내는 허점을 집요하게 공격했다.

"우리도… 시작합시다. 저쪽도 시작을 한 것 같으니."

운중학 곤의 싸움에 정신이 팔려 있는 학사검 종선에게 적월이 말했다.

그가 가리키는 곳에서는 불사 나왕과 소림의 항불, 그리고 무당의 도원명이 명안 이조를 협공하고 있었다.

숨겨두었던 명안 이조의 무공은 전율적이어서 강호에서 가장 강한 세 사람을 상대하면서도 싸움의 균형을 유지하고 있었다.

그러나 그럼에도 불구하고 명안 이조가 장내를 탈출할 가능성은 없어 보였다.

그러기에는 삼인의 절대고수가 너무 강한 상대였던 것이다.

"후우… 결국 내가 기회를 만들어야 하는 건가?"

종선이 한숨을 쉬었다.

명안 이조와 운중학 곤의 싸움이 만만치 않으니 결국 자신이 탈출로를 뚫어야 할 때였다.

"그럴 수 있겠소?"

적월이 퉁명스럽게 물었다.

"물러나거라. 널 죽이고 싶지는 않다. 십이천문 사람이라니."

학사검 종선이 말했다.

"글쎄, 날 죽일 수 있을 것 같냐고 묻지 않소. 만약 내가 당신에게 죽을 것 같았으면 십이천문의 사람들이 당신을 나에게만 맡겨두었겠소?"

적월이 반문했다.

순간 학사검 종선의 얼굴이 굳었다. 단지 호기로만 하는 말이 아니라는 것을 깨달았기 때문이다.

불사 나왕이나 자왕 사송, 혹은 유왕 서리는 누구보다 학사검 종선의 실력을 잘 아는 사람들이다.

그런데 그들 중 누구도 이 신마령주 노릇을 하는 젊은이를 도우러 오지 않는다.

그건 곧 그들이 이자를 믿는다는 것을 의미했다.

"넌… 대체 누구지?"

학사검 종선이 새삼스럽게 물었다.

"나중에 알게 될 거요. 당신을 내 손으로 꿇린 후에… 혼마를 저리 만든 사람 중에 한 명이 나라는 것만 말해두겠소. 그러니 학사검께서도 최선을 다하시길. 나머지 한 팔이나마 잘 보존하시려면!"

적월이 냉정하게 경고하며 검을 뽑았다.

순간 학사검 종선이 자신도 모르게 한 걸음 뒤로 물러났다.

그의 얼굴에 한순간 이게 뭔가 하는 표정이 떠올랐다.

텅 빈 것 같은 공허함, 태산 같은 무거움, 한겨울 북풍 같은 날카로운 살기… 그것들이 한 사람에게서 동시에 흘러나오고 있었다.

무공 고수인 학사검으로서는 믿을 수 없는 상황이다.

물론 그 기운들을 적월이 의도적으로 뿜어내는 것은 아니었다.

단지 그의 몸에 스며들어 있는 무공의 기운들, 불파일맥과 검신 백초산, 그리고 혼마 창의 무공이 뒤섞여 만들어내는 자연스러운 기운이었다.

저벅저벅!

혼란스러운 종선을 향해 적월이 성큼성큼 다가왔다.

그에게는 어떤 두려움이나 거리낌도 없어 보였다. 그만큼 학사검 종선을 상대하는 일이 자신 있다는 의미였다.

"조심하시오."

혈월야가 없었다면 사백이나 백부로 불렸을 사람이다. 그를 향해 적월이 손을 뻗었다.

팟!

혼마의 파천일지다.

순간 종선도 정신을 차렸다.

슉!

종선이 한 걸음 옆으로 움직이자 적월이 발출한 파천일지가 한 뼘 차이로 종선의 앞을 지나갔다.

순간 종선이 옆으로 선 채 검을 횡으로 휘둘렀다.

웅!

검에서 일어난 묵직한 검음과 함께 눈부신 검기가 적월의 허리를 갈라갔다.

적월이 검을 들어 슬쩍 종선의 검을 비껴냈다. 백초산의 금강검이다.

지잉!

신경에 거슬리는 마찰음이 일어나며 종선의 검기가 적월의 검에 밀려 허공으로 흩어졌다.

"이화접목! 좋구나. 좀 더 네 무공을 구경하고 싶지만 난 이 싸움을 일찍 끝내야겠다."

종선이 적월의 무공을 칭찬하면서도 어느새 허공으로 도약해 적월을 향해 십여 번의 칼질을 해댔다.

파파팟!

검기가 만들어내는 빛의 줄기들이 그물처럼 적월을 덮쳤다.

절대지경의 경지에 오른 고수만이 만들어낼 수 있다는 검망(劍網)이다.

장내의 상황이 급박해 단번에 승부를 보고자 하는 학사검 종선이 그의 모든 힘을 쏟아낸 공격이었다.

그런데 그 검망 안에서 적월은 여유로웠다.

마치 잔잔한 물속에서 노니는 물고기처럼 강렬한 종선의 검망 안에서도 적월은 차분하게 검을 휘둘렀다.

그그긍!

여유 있는 적월의 모습과 달리 종선의 검망과 격돌한 적월의 검에서 바위가 갈리는 듯한 격렬한 마찰음이 일어났다.

그러자 어떤 고수라도 벗어날 수 없을 것 같던 종선의 검망이 적월의 옷자락도 건드리지 못하고 그를 지나쳤다.

마치 검망을 형성한 검기들이 스스로 적월을 피해가는 듯한 모습이었다.

"대체 넌……?"

자신의 거의 모든 힘을 쏟아 넣은 공격이 허무하게 실패하자 종선이 한순간 경악과 허탈함에 빠졌다.

그리고 적월은 종선의 그 빈틈을 놓치지 않았다.

팟!

적월의 검이 짧고 빠르게 움직였다.

그러자 한 줄기 검기가 빛보다 빠른 속도로 종선의 가슴을 찔렀다.

"헉!"

검에 찔린 것이 아니라 누군가의 주먹에 복부를 강타당한 것처럼 종선이 헛숨을 내뱉었다.

그런 그의 가슴이 뒤늦게 흘러나온 피로 붉게 물들었다.

"…이게 대체……."

종선은 자신에게 일어난 일을 도저히 믿을 수 없었다.

절대삼천조차도 감당할 수 있는 경지에 올랐다고 자부하던 자신의 무공이다. 그런데 겨우 서른 전후로 보이는 애송이에게 몸을 내주고 만 것이다.

"사부가 그러더이다. 어떤 고수도 상대를 경시하는 순간 아이가 휘두른 칼에도 찔려 죽을 수 있다고. 하물며 난 보통 아이가 아니오."

슥!

적월이 바람처럼 종선 앞으로 다가서며 말했다.

그리고 그 순간, 이미 그의 손은 종선의 마혈을 제압하고 있었다.

"뭐냐? 대체 네놈은!"

운중학 곤이 질린 표정으로 중얼거렸다. 그러나 환동은 대답 없이 계속해서 운중학 곤을 향해 쇠몽둥이를 내려쳤다.

그럴 때마다 검기와 같은 기운이 일어나 운중학 곤을 곤란하게 만들었다.

그렇다고 운중학 곤이 환동에 비해 무공이 약한 것은 아니었다. 그 역시 환동 못지않은 공력과 무공의 소유자였다.

그럼에도 불구하고 그가 당황하는 것은 감히 자신을 상대로 평수를 이룰 고수가 강호에 존재한다는 현실 때문이었다.

환동이 진기의 대결로 싸움을 걸어왔기에 운중학 곤 역시 공력의 힘으로 환동을 상대했다.

그로 인해 두 사람이 싸우는 공간은 순식간에 폐허로 변했다. 반 자 가까이 파인 웅덩이도 여럿이었고, 부근의 절벽이 무너져 내린 곳도 한두 곳이 아니었다.

마치 두 명의 천신이 벽력을 이용해 싸움을 벌이는 것처럼 요란하고 거친 싸움이었다.

그래서 두 사람의 싸움은 명안 이조나 학사검 종선의 싸움을 제쳐두고 장내 고수들의 시선을 끌어모았다.

이 강렬한 대결의 끝이 어찌 될지가 모든 사람들의 관심사였다.

그래서 학사검 종선이 아주 짧은 순간에 적월, 마맹의 신마령주에게 무릎을 꿇은 것조차도 별 관심을 끌지 못할 정도였다.

그런데 그렇게 팽팽하고 격렬한 두 사람의 싸움에 한 가지 변수가 있었다.

바로 자왕 사송의 존재였다.

사송의 존재는 운중학 곤에게 발바닥에 박힌 가시처럼 계속 불편함을 일으켰다.

환동과 강하게 충돌하는 순간 어쩔 수 없이 드러나는 허점을 사송이 계속해서 파고들었기 때문이다.

환동과 운중학 곤과는 비교할 수 없지만, 사송도 고수 중의 고수였다.

특히 그의 빠름은 두 사람 못지않아서 기습적인 공격은 운중학 곤에게 꽤 큰 부담이 되고 있었다.

그리고 결국 그 가시가 싸움의 승패를 결정지었다.

콰릉!

다시 한번 환동이 휘두른 쇠몽둥이를 막아낸 운중학 곤의 몸이 어쩔 수 없이 흔들리며 뒤로 물러나는 순간, 갑자기 그의 발밑에서 자왕 사송의 쇠고리 기병이 솟구쳤다.

아마도 그동안 운중학 곤이 싸울 때 만들어지는 허점을 좀 더 세심하게 살폈던 모양이다.

그래서 이번 기습은 운중학 곤에게도 큰 위협으로 다가왔다.

"쥐새끼 같은 놈!"

운중학 곤이 허공에서 빙글 몸을 돌렸다. 그러자 그의 검이 어느새 사송의 머리를 겨누었다.

"이크!"

사송이 크게 놀라 급하게 기병을 휘둘렀다.

쩡!

사송의 기병과 운중학 곤의 검이 낮은 위치에서 충돌했다.

"욱!"

사송이 신음을 토해내며 옆으로 몸을 굴려 운중학 곤의 검을 피했다.

퍼퍼퍽!

사송의 몸이 굴러가는 방향으로 운중학 곤의 검기가 따라붙으며 깊숙이 땅에 꽂혔다.

사송으로선 목숨이 위험한 순간. 그러나 그런 상황이 환동에게 기회를 주었다.

환동이 다른 때와 달리 조용히 사송을 공격하는 운중학 곤의 뒤로 따라붙었다.

극히 조용하고 쾌속한 움직임이어서 과연 그가 지금까지 격렬하게 운중학 곤과 진기 싸움을 벌였던 사람이 맞나 싶을 정도였다.

물론 운중학 곤은 사송을 공격하면서도 항상 환동의 존재를 경계하고 있었다.

그러나 마치 살수처럼 은밀히 움직인 환동과의 거리를 미처 파악하지 못했다. 운중학 곤은 환동이 몽둥이를 검처럼 뻗어낼 때야 환동이 훨씬 가까이에 다가섰음을 알아챘다.

그리고 환동의 몽둥이도 다른 때와 다르게 움직였다.

쒜액!

강력한 일격이 아닌 살수들이 쓰는 극쾌의 찌름, 그 초식을 환동의 몽둥이가 만들어냈다.

"헛!"

운중학 곤의 입에서 당황한 듯한 헛바람이 터져 나왔다.

그가 사송에 대한 공격을 거두고 재빨리 몸을 허공에 뉘였다.

허공에 수평으로 누운 운중학 곤의 가슴을 환동의 몽둥이가 만들어낸 진기가 스치고 지나갔다.

팟!

"음!"

한순간 운중학 곤의 입에서 신음 소리가 흘러나왔다.

치명상은 피했지만 그의 옷과 살이 환동의 공격에 적지 않게 찢어졌던 것이다.

그런데 그 순간, 땅 아래서 굴러 도망치던 사송의 괴병이 솟구쳐 올랐다.

"죽어라, 노괴!"

슈욱!

사송의 혼신을 다한 기습에 운중학 곤이 불편한 자세로 몸을 틀었다.

촤악!

사송의 기병이 운중학 곤의 옆구리를 베고 지나갔다.

역시 치명상은 아니지만 옷과 살이 함께 베어지는 것은 어쩔 수 없었다.

운중학 곤이 반격할 기회를 찾지 못하고 훌쩍 뒤로 몸을 날렸다.

그런데 그 순간, 기다렸다는 듯 거대한 구름이 운중학 곤을 덮쳤다.

환동의 몽둥이가 바람개비처럼 회전하며 운중학 곤을 덮친 것이다.

"이놈이……!"

운중학 곤의 입에서 욕설이 흘러나왔다.

그가 급하게 검을 들어 자신을 덮치는 환동의 공격을 막았다.

콰르릉!

두 사람 사이에서 천둥 치는 듯한 굉음이 터져 나왔다. 그리고 다음 순간, 환동이 만들어내는 쇠몽둥이의 검은 그림자가 그대로 운중학 곤을 휩쓸었다.

"악!"

운중학 곤의 입에서 날카로운 비명 소리가 터져 나왔다.

뒤를 이어 그의 몸이 실 끊긴 연처럼 힘없이 근처 절벽을 향해 날아갔다.

환동이 바람처럼 운중학 곤을 따라붙었다.

턱!

어느새 운중학 곤을 따라붙은 환동이 그의 목을 한 손으로 움켜잡고 절벽에 밀어붙였다.

"컥!"

운중학 곤의 입에서 한 무더기 검은 피가 밀려 나왔다.

"네… 놈 대체……."

운중학 곤이 피 묻은 입으로 환동을 노려보며 중얼거렸다.

그러자 환동이 다시 한번 운중학 곤을 절벽에 밀어붙이며 그의 귀에 대고 속삭였다.

"듣자하니 당신이 내 사부의 사부라던데."

"뭣?"

운중학 곤이 눈을 부릅떴다.

"나, 천산에서 전신극을 쓰던 대량이오."

"네… 네가 어떻게?"

"사부가 준 신마혈단을 먹고 얼마간 기억을 잃었었는데, 어느 날 기억을 찾고 보니… 후후, 천하의 살인마였던 내가 환골탈태, 몸이 변하고 얼굴이 변하고, 심성도 변해 사람답게 살고 있지 뭐요. 그래서 그 순간 결심했소. 계속 사람답게 살기로. 십이천문의 어린 환동으로 말이오."

"그걸 지금 말이라고……."

운중학 곤이 믿을 수 없다는 듯 눈을 부릅떴다.

"물론 나도 믿기지 않아. 하지만 이건 분명해. 내겐 지금의 삶이 과거 당신들이 만들었던 살인마로 살아가던 시절보다 훨씬 좋다는 것. 그래서 지금의 삶을 결코 포기할 수 없다는 것 말이야. 그래서… 당신은 죽어야겠어. 내 과거를 아는 사람은 십이천문의 형제들이면 족하니까. 잘 가시오, 사조!"

콱!

환동이 한순간 손에 힘을 줬다.

그러자 운중학 곤이 비명도 없이 그대로 목숨이 끊어졌다.

그 순간 사송이 두 사람에게 달려왔다.

"환동, 괜찮으냐?"

사송이 운중학의 죽음보다 환동의 몸을 걱정했다.

그 순간 환동의 얼굴에 자신의 선택이 틀리지 않았음을 안도하는 미소가 지어졌다.

"이 사람 죽었어."

환동이 고개를 돌려 걱정스러운 표정으로 다가오는 사송에게 말했다.

"어이쿠, 이 녀석아. 무슨 싸움을 그렇게 무식하게 해. 그러다 다치면 어쩌려고."

사송이 진심으로 환동을 걱정하며 타박을 했다.

"히히, 그래도 재밌었어."

"뭐? 허, 허허허, 허허허! 재밌었어? 천하의 운중학 곤을 죽이고 겨우 재밌었어?"

사송이 어이가 없다는 듯 헛웃음을 흘렸다.

"응, 재밌었어. 그런데 배고파."

"오냐, 오냐. 신나게 놀았으니 배도 고프겠지. 보자… 얼추 싸움이 끝나가는구나. 곧 밥 먹을 수 있겠다."

사송이 마지막 남은 절대삼천 명안 이조의 싸움을 돌아보며 중얼거렸다.

두 팔이 잘린 혼마 창, 가슴에 검을 맞고 마혈을 제압당한 학사검 종선, 목이 꺾여 죽은 운중학 곤… 모두 비참한 종말이었다.

그러나 그들보다 더 비참한 종말을 앞에 둔 사람이 있었다.

그는 비록 팔다리도 멀쩡했고, 죽지도 않았으며, 몸에도 큰 상처조차 없었으나 절대삼천의 다른 두 사람보다 훨씬 비참한 감정을 느끼고 있었다.

왜냐하면 어제까지만 해도 자신을 고귀한 존재로 떠받들던 사람들 앞에 무릎 꿇은 채 세상에서 가장 악독한 인물이라는 경멸의 시선을 받아야 했기 때문이다.

명안 이조의 운명이었다.

그는 불사 나왕과 소림 괴승 항불, 그리고 무당의 현무자 도원명의 합공을 이겨내지 못했다.

사실 한 명의 무인으로서 보자면 그 세 명의 합공을 백 초 이상 받아냈다는 것 자체가 전설이 될 수 있는 일이었다.

그럼에도 그는 비참했다.

이 한 번의 패배가 그의 모든 것을 앗아갈 것이기 때문이다.

쿡!

두 무릎이 꺾였다.

아마도 걷지 못하던 아기 때를 제외하고는 한 번도 무릎을 꿇어본 적이 없는 명안 이조일 것이다.

삼천 중에서도 가장 화려한 삶을 산 인물이다. 정파 무림맹의 중심으로서 천하인의 존경을 한 몸에 받던 그가 무릎을 꿇었다.

불사 나왕의 손이 부드럽게 다가와 그의 마혈을 제압했다.

그러자 두 팔의 힘도 빠져서 들고 있던 검을 떨어뜨렸다.

"후우……."

마혈이 제압된 명안 이조가 길게 한숨을 내쉬었다.

마치 오랜 여행을 끝낸 사람 같은 표정이다.

그 앞에서 자신들의 모든 것을 끌어내 명안 이조를 상대했던 항불과 도원명이 오히려 더 지친 표정으로 고개를 저었다.

"정말… 이런 무공이 가능한 것이오?"

도원명이 항불을 보며 믿을 수 없다는 듯 물었다.

"그들 스스로 하늘을 자처한 자들이오. 그만한 능력이 있었던 것이고."

"그런 자를 결국 잡기는 잡았구려."

도원명이 기쁨보다도 두려움이 내포된 음성으로 말했다.

"이 모든 것이 불사 대협과 십이천문의 공이오."

항불이 명안 이조 뒤에 서 있는 불사 나왕을 보며 말했다.

"본 문에는 과거 십이지방의 후예들이 다수 포함되어 있습니다. 결국 이들을 상대한 것은 과거 십이지방의 멸문에 대한 사사로운 원한을 푸는 일에서 시작된 것. 세상의 칭송을 받을 생각은 없습니다. 그리고 그간 북두산문과 귀산 왕전 어른 등 드러나지 않게 오늘의 일을 도와준 분들이 많습니다. 그러니 이 일은 무림 모두가 한 일이지요. 그보다……."

나왕이 자신에 대한 칭송을 정중히 사양하며 말꼬리를 돌렸다.

"말씀하시오. 뭐든 할 수 있는 일이라면 돕겠소."

항불이 대답했다.

"도움이 필요한 일은 아니고, 결정을 해야 할 일이지요. 이자를 어찌하면 좋겠습니까?"

나왕이 마혈이 제압된 명안 이조를 가리키며 물었다.

"음… 그간의 악행을 생각하면 당연히 목숨을 거둬야겠지만……."

항불이 말꼬리를 흐렸다.

싸울 때는 천하의 악적이었지만 일단 제압하고 나니 명안 이조라는 과거의 명성이 슬며시 살아나는 듯했다.

"죽이려면 지금 이 자리에서 죽여야 합니다."

나왕이 단호하게 말했다.

"맞는 말이오. 이자를 살려두면 훗날 자세한 사정을 모르는 자들이 이자를 죽이는 것을 반대할 수 있소."

도원명이 말했다.

"음……."

소림 괴승 항불이 나왕과 도원명의 말에 나직하게 침음성을 흘렸다.

비록 무승이지만 살생을 금하는 불가의 승려로서 쉽게 죽음을 말할 수도 없을뿐더러, 비록 악인으로 밝혀졌지만 명안 이조의 명성이 여전히 그의 죽음을 쉽게 결정할 수 없게 하고 있었다.

그런데 그때, 아혈은 살아 있어서 말은 할 수 있는 명안 이조가 힘겹게 입을 열었다.

"내가 살 수 있다면 일 년 안에 강호는 정파의 세상이 될 수 있소. 이천이 죽은 이상… 내가 무림맹을 돕는다면… 악!"

한순간 자신이 살았을 때의 이득을 말하던 명안 이조가 단말마의 비명을 터뜨리며 그 자리에 고꾸라졌다.

쓰러진 그의 입에서 검붉은 피가 흘러나왔다. 그는 눈을 뜬

채였으나 더 이상 생기는 없었다. 죽은 것이다.

"불사!"

"왜?"

항불과 도원명이 한순간에 명안 이조를 죽인 불사 나왕을 경악스러운 눈으로 바라봤다.

도대체 왜 그가 명안 이조를 갑자기 죽였는지 이해할 수 없었기 때문이었다.

의문 가득한 두 사람의 시선을 받은 불사 나왕이 무심하게 입을 열었다.

"그가 입을 여는 순간 깨달았지요. 이자는 이런 순간에도 무림에 혈겁을 일으킬 생각을 하고 있는 악인이란 걸. 명안이라는 명성에 죽이기를 망설이기에는 너무 위험하고 간악한 존재란 걸 말입니다."

종장(終章)

　무림 공멸을 걱정했던 정사대전이 갑작스러운 대타협으로 끝
난 천망협 대회전의 여운이 여전히 강호를 가득 채우고 있었다.
　정사양도는 절대삼천이라는 간악한 천재들의 존재를 눈으로
확인한 이후 십 년 대휴전을 약속했다.
　혼마 창과 명안 이조의 유물인 마맹과 무림맹 역시 해체되었다.
　무림 각 파는 서로의 영역에 대한 침범 없이 모든 문파가 봉
문에 가까운 십 년 휴전에 동의했다. 그리고 대타협의 중재자로
서 감시의 역할은 무림의 작은 청부문 십이천문에게 맡겨졌다.
　절대삼천의 음모를 파헤쳐 무림을 혈란의 위기에서 구했다는
공적과 명안 이조와 운중학 곤을 제외한 무림오선, 무림맹의 새
로운 구심점이 된 북두산문의 문주 백완과 마맹의 맹주였던 후
금, 빙궁 등 마맹 각 파 수장들의 동의하에 결정된 일이었다.

강호의 호사가들은 이를 대청부라 불렀다.

십이천문이 십 년을 기한으로 무림 전체로부터 받은 대청부와 함께 무림 십 년 평화가 시작되었다.

물론 이 십 년의 평화가 영원할 거라 생각하는 사람은 없었다.

십 년의 평화가 끝나면 무림의 패권을 원하는 야심가, 명분에 사로잡힌 정사양도의 고수들이 새로운 싸움을 시작할 것이다.

그러나 적어도 십 년간 정사양도의 모든 문파는 절대삼천이 강호에 가한 충격으로부터 회복할 시간을 갖게 될 터였다.

그렇게 무림이 안정을 찾아가고 있는 어느 봄날 정오다.

한적한 산길, 네 사람이 걸음을 옮기고 있었다.

쪼르릉쪼르릉! 산길 주변에서 낯선 이방인의 출현에 놀란 새들이 소란스럽게 울음을 울었다. 네 사람이 새소리를 뒤로하고 작은 산허리를 넘자 눈앞에 작은 초옥이 모습을 드러냈다.

"정말 그가 있을 것 같소?"

자왕 사송이 손으로 해를 가린 후 초가를 살피며 물었다.

"그의 진심을 알 수 있을 거요."

나왕이 대답했다.

"후우… 정말이었으면 좋겠소. 아니면… 이번에 돌아가면 그를 죽여야 하니까."

사송이 한숨을 쉬며 말했다.

"그 역시 약속을 받고 한 말이니 믿어봅시다. 더군다나 월이가 자신의 의조카라는 것을 알고 난 후 그의 심경도 크게 변한 듯하더이다. 만약 그의 말대로 정천의 후계자가 절대삼천의 존재 자체를 모르고 있다면 그의 바람대로 살려서 데려가고, 아니면 그와 정천의 후계자 모두 죽을 것이오."

나왕이 냉정하게 말했다.

"그런데 이상한 일 아니오? 밀천의 후계자인 그가 왜 정천의 후계자 안전을 그리 신경 쓰는지……."

"어떤 식으로든 여의선인 순우황의 맥이 이어지길 바라는 것 아니겠소?"

"제길, 그럼 좀 찜찜한데… 후일을 어찌 알겠소. 그 아이가 절대 삼천과 자신의 관계를 알고 또다시 강호에 혈란을 일으킬지……."

"장담할 수 없는 일이지만 그건 또 그 시대의 몫 아니겠소?"

나왕이 말했다. 그러자 사송이 뒤따르는 적월을 보며 말했다.

"네 몫이라는데… 살려둘 거냐?"

"그렇다고 지금 죽일 수도 없잖아요. 학사검 백부와 한 약속이 있는데. 그에게 사악한 심성이 없다면 살려주겠다는 약속 때문에 이곳의 위치를 말한 것이고요."

"백부는 무슨……."

"아무튼 만나봅시다. 그나저나… 이번 청풍회 회합 준비는 잘 되고 있는지 모르겠구려."

나왕이 화제를 돌렸다.

"뭐, 금림주가 알아서 잘하지 않겠소. 그런 일에 도가 튼 사람인데. 그런데 적월, 이번에는 결정해야 할 것 같다만."

"뭘요?"

"너만 바라보는 세 여인 중 한 명을 택하는 문제 말이다. 공예나 초아냐, 아니면 빙궁주냐? 아직 마음을 정하지 못했느냐?"

"또 그 말씀이세요? 난 생각 없어요."

"어허, 이제 네 나이도 가정을 이뤄 자식을 볼 때가 됐어. 미룰 일이 아니다. 뭐, 영웅은 삼처사첩도 흉이 아니니 아예 셋 다……."

"아, 그만하세요. 제 걱정은 마시고 숙부님 걱정이나 하세요."

적월이 사송을 보며 쏘아붙였다.

"나? 내가 뭐?"

"이번 회합에 천통문의 화명 여협도 온다잖아요? 그분이 왜 오겠어요. 숙부님을 보러 오는 거지."

"허험, 그, 그것은……."

"하하, 강호가 평온하니 우리 십이천문에 여난(女難)이 시작되려나 보오."

불사 나왕이 평소의 그답지 않게 농담을 했다.

"그러게 말입니다. 과연 불사께서 북두산문의 문주를 택할지, 아니면 북화문의 그 칠화 연빈 여협을 택할지 자못 궁금하오. 이번 청풍회 모임에도 분명히 올 것인데……."

사송의 반격에 나왕이 겸연쩍은 표정으로 급히 시선을 돌렸다.

그런 세 사람의 모습을 조금 떨어진 뒤쪽에서 거대한 체구의 환동이 미소를 지으며 지켜보고 있었다.

『십이천문』 완결

초대형 24시 만화방

신간 100%, 샤워실, 흡연실, 수면실(침대석), 커플석, 세탁기 완비

■ 광명 광명사거리역점 ■

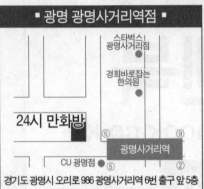

경기도 광명시 오리로 986 광명사거리역 6번 출구 앞 5층
02) 2625-9940 (솔목타워 5층)

■ 강북 노원역점 ■

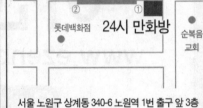

서울 노원구 상계동 340-6 노원역 1번 출구 앞 3층
02) 951-8324 (화용빌딩 3층)

■ 일산 정발산역점 ■

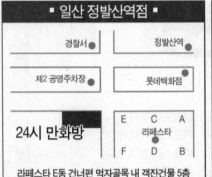

라페스타 E동 건너편 먹자골목 내 객잔건물 5층
031) 914-1957

■ 일산 화정역점 ■

경기도 고양시 덕양구 화정동 984번지 서일빌딩 7층
031) 979-4874 (서일사우나 건물 7층)

■ 부천 역곡역점 ■

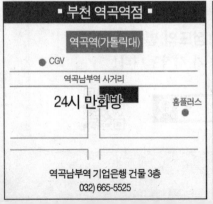

역곡남부역 기업은행 건물 3층
032) 665-5525

■ 부평역점 ■

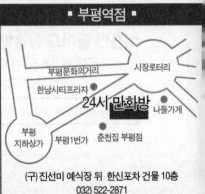

(구) 진선미 예식장 뒤 한신포차 건물 10층
032) 522-2871

실명 무사

김문형 新무협 판타지 소설

FANTASTIC ORIENTAL HEROES

**망자가 우글거리는 지하 감옥에서
깨어난 백면서생 무명(無名).**

그런데, 자신의 이름과 과거가 기억나지 않는다?
잃어버린 기억을 되찾기 위해 망자 멸절 계획의 일원이 되는 무명.

**망자 무리는 죽음의 기운을 풍기며
점차 중원을 잠식해 들어가는데……!**

"나는 황궁에 남아서 내가 누구인지 알아낼 것이오."

**중원 천하를 지키기 위한
무명의 싸움이 드디어 시작된다!**

Book Publishing CHUNGEORAM

유행이 아닌 자유추구 -
WWW.chungeoram.com

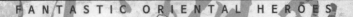

와룡봉주

임영기 新무협 판타지 소설

세상천지 원하는 것을 모두 다 이룬
천하제일인 십절무황(十絕武皇).

우화등선 중, 과거 자신의 간절한 원(願)과 이어진다.

"…내가 금년 몇 살이더냐?"
"공자께선 올해 스무 살이죠."

개망나니였던 육십사 년 전으로 돌아온
화운룡(華雲龍).

멸문으로 뒤틀린 과거의 운명이 뒤바뀐다!

Book Publishing CHUNGEORAM